Lilly Grünberg
Dein
– erotischer Roman –

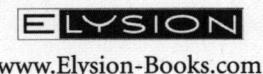

www.Elysion-Books.com

Lilly Grünberg

Unter verschiedenen Namen hat sich die Autorin Lilly Grünberg in die Herzen der Erotik- und SM-Leser aber auch in die der Fantasy-Liebhaber geschrieben.

Unter dem Namen »Lilly Grünberg« sind bisher die Romane »Begierde« und »Verführung der Unschuld«. Letzerer ist als Lizenz auch bei Heyne und im Club Bertelsmann erhältlich.

Mehr Infos unter www.lilly-romane.de

Lilly Grünberg

Dein

– erotischer Roman –

ELYSION

www.Elysion-Books.com

ELYSION-BOOKS TASCHENBUCH
BAND 4042
1. Auflage: März 2012

VOLLSTÄNDIGE TASCHENBUCHAUSGABE

ORIGINALAUSGABE

UMSCHLAGGESTALTUNG: Ulrike Kleinert
www.dreamaddiction.de
FOTO: © fotolia/konradbak
LAYOUT & WERKSATZ: Hanspeter Ludwig
www.imaginary-world.de
Lektorat und Korrektorat: Maren Frank

PRINTED IN POLAND BY OPOLGRAF
ISBN 978-3942602-21-1

Mehr himmlisch heißen Lesespaß finden Sie auf:
www.Elysion-Books.com

Kapitel 1

Sophie saß an dem langen Tisch mit der schwarz glänzenden Platte und den blank polierten Chromfüßen und versuchte ihre Nervosität in den Griff zu bekommen. Sie wollte einen ruhigen und gefassten Eindruck vermitteln, devot und zur Unterwerfung bereit, weder verängstigt noch hochmütig, sondern ganz so, wie man sich eine Sub wünschte. Ungern gestand sie sich ein, dass ihr das Treffen mit dem derzeit geheimnisvollsten und begehrtesten Dom der Stadt Herzklopfen bereitete.

Sie hatte keine Ahnung, wie Laurin, der Top ihrer besten Freundin Nadine, diesen Termin für sie arrangiert hatte. Nadine musste sich für sie wie eine Löwin eingesetzt haben, damit Laurin seine Beziehungen spielen ließ und sie war beiden auf jeden Fall zu ewigem Dank verpflichtet. Nun lag es ganz alleine an ihr, ob sie punkten konnte und ihr Ziel verwirklichen.

Das Zimmer war spartanisch, aber geschmackvoll eingerichtet. Sechs Stühle mit hohen Lehnen, wie sie häufig in modernen Esszimmern zu finden sind. Eine Zeitlang bequem, aber nicht geeignet, darauf zu lümmeln und mehr als ein paar Stunden zu verbringen.

An den Wänden hingen drei große Gemälde, dem Stil nach zu urteilen, vom selben Künstler gefertigt. Moderne Stillleben, die Farben frisch und lebensfroh, auf denen ungewöhnliche Accessoires mit viel Liebe im Detail arrangiert waren. Jedes Motiv konzentrierte sich auf die Abstufungen einer vorherrschenden

Hauptfarbe: orange, grün, violett. Die beiden anderen Farben wiederholten sich als Akzentfarbe da und dort und lenkten den Blick des Betrachters.

Sophie sah sich weiter um, darum bemüht, ihren Kopf möglichst wenig zu bewegen. An der Stirnwand war ein riesiger Spiegel angebracht, der ihr beim Eintreten ihr Spiegelbild entgegen geworfen hatte und gut Zweidrittel der gesamten Wandfläche einnahm. Über dem Spiegel hing ein Raffrollo aus leichtem Stoff, mit dem man diesen jederzeit verbergen konnte. Auf jeden Fall gab der Spiegel dem eigentlich recht kleinen Raum mehr Tiefe. Die Frage war nur, konnte man sich beim Essen wohlfühlen, wenn man das Gefühl hatte, im Spiegel beobachtet zu werden – und zwar nicht nur direkt, sondern vielleicht auch von der anderen Seite?

Sophie war sich nicht sicher, aber sie befürchtete, dass dieser Spiegel in Wirklichkeit ein einseitiges Fenster war und sie schon die ganze Zeit über der kritischen Betrachtung des Fremden ausgesetzt war. Allmählich hielt sie es nicht mehr aus stillzusitzen. In ihren Beinen kribbelte es vor Anspannung. Nur in dem Bewusstsein, dass dies für ihre nähere Zukunft ein enorm wichtiger Augenblick war und sie diesen nicht aufs Spiel setzen durfte, gelang es ihr, sich zu bändigen. Falls sie tatsächlich beobachtet wurde, war es eine Geduldsprobe, die auch etwas über ihre Qualitäten als Sub aussagte. Dazu gehörte bestimmt auch der große Umschlag, der mitten auf dem Tisch lag. Ohne Aufschrift, nur schlichtes Weiß. Darauf ein blauer Kugelschreiber, der nach Nobelmarke aussah. Sie widerstand der Versuchung, ihre Hand auszustrecken und die Gegenstände anzufassen.

Sie hatte die kleinen Lautsprecher, die seitlich des Spiegels hingen, zwar gesehen und sich gefragt, ob sich die zugehörige Stereoanlage wohl im angrenzenden Zimmer befand und warum daraus nicht leise Musik erklang. Es hätte sie ein wenig beruhigt. Trotzdem erschrak sie, als die Stimme so plötzlich zu ihr sprach.

»Guten Abend Sophie Lorato.«

Die Stimme war tief, dunkel und so sexy, dass Sophie ein Prickeln überkam. Es war eigenartig, mit vollem Namen angesprochen zu werden. Nicht Frau Lorato oder einfach nur Sophie, nein, Sophie Lorato. Ob sie diesem Umstand eine Bedeutung beimessen sollte?

Sophie sah in den Spiegel und bemühte sich, nicht erschrocken oder ängstlich auszusehen. *Ich bin ich,* dachte sie. Aber wie selbstbewusst durfte eine Sub wirken, um trotzdem noch als devot durchzugehen?

»Vielen Dank, dass Sie bereit sind, mich zu empfangen, Herr«, versuchte sie gleichermaßen höflich seine Begrüßung zu erwidern. »Ich weiß das zu schätzen.«

»Davon gehe ich aus. Aber halten wir uns nicht lange mit Floskeln auf, sondern kommen gleich zum Grund dieses Treffens. Warum hast du um ein Gespräch mit mir gebeten?«

Sophie atmete tief durch. Bisher hatte sie sich mit jedem Top geduzt, aber das war im Moment vielleicht nicht angebracht, zumal ihr der strenge Unterton nicht verborgen geblieben war. Eigentlich kannte er den Grund, aber gut, wenn er ihn aus ihrem Mund hören wollte, dann würde sie gehorchen.

»Ich habe viel über Sie gehört, Herr, und wollte Sie in aller Höflichkeit fragen, ob Sie interessiert sind, mein Dom zu werden.« Verflixt, sie hatte sich besser formulierte Sätze zurecht gelegt. Das lange Warten hatte ihr nicht gut getan.

Nach kurzem Schweigen antwortete er. »Nun, Sophie, das weiß ich und es ist nicht die Antwort, die ich hören wollte. Du verfolgst mich jetzt schon seit fast einem Jahr. Ich dachte, es wäre vielleicht einfacher, ein klärendes Gespräch zu führen und diese Angelegenheit zuende zu bringen, als dir weiterhin auszuweichen.«

»Sie sind mir ausgewichen, Herr? Warum?«, fragte Sophie überrascht und hoffte, dass es nicht zu unhöflich war, um eine Erklärung zu bitten. Sie hätte ihn also schon längst treffen können, statt sich auf der Suche verrückt zu machen? Wo waren sie sich begegnet?

»Du hast mit vielen Tops in dieser Stadt gespielt. Sehr vielen.«

Es fiele ihr leichter, mit ihm von Angesicht zu Angesicht zu sprechen, als nur mit seiner Stimme konfrontiert zu sein.

»Das stimmt, ich habe mit vielen gespielt. Aber nur weil nicht der Richtige für mich dabei war. Ich hoffe, das spricht nicht gegen mich?«, fragte Sophie ein wenig verunsichert.

»Nicht generell, abgesehen von deinem viel zu rasch ersterbenden Interesse. Du hast eine starke Neigung, deine Tops auszuprobieren ohne dir die Mühe zu machen, sie richtig kennenzulernen oder dich anzupassen. Auch Dominanz kann sich entwickeln, indem man sich nach und nach mehr aufeinander einlässt. Erst kommt das Vertrauen, dann die Demut und mit ihr die Lust. Stattdessen wechselst du voller Ungeduld zum Nächsten. Ein netter Verschleiß, das muss man dir echt lassen.« Trotz der glasklaren Kritik klang die Stimme eher belustigt als rügend.

»Kein einziger von ihnen strahlte wahre Dominanz aus«, setzte Sophie nach und biss sich auf die Unterlippe. Verdammt. Hatte sie sich nicht vorgenommen, sich unterwürfiger zu geben statt zu widersprechen? Sie starrte in den Spiegel und hoffte inständig, dass ihn die Antwort dazu herausforderte, sich selbst als einen Top mit wahrhafter Dominanz zu sehen und beweisen zu wollen.

»Soso, junge Dame …«

Überhaupt – was sollte diese Diskussion? Gefiel ihm denn nicht, was er sah? Er war doch auch nur ein Mann, der für weibliche Reize empfänglich sein musste. Davon kam jedoch überhaupt nichts herüber. War sie vielleicht zu artig angezogen?

»… und was lässt dich glauben, dass ich dominant genug bin, dich zu zähmen?«

Plötzlich lag Verärgerung in seiner Stimme, als würde sie ihm die Zeit stehlen. Sophie fühlte sich unbehaglich. Das Gespräch verlief nicht so, wie sie es sich vorgestellt hatte, nicht mal ansatzweise. Zumal sie davon ausgegangen war, ihm leibhaftig gegenüber zu stehen und zu sehen, mit wem sie es zu tun hatte. Schließlich wollte sie das absolut Besondere. Einen Mann, der sowohl dominant als auch attraktiv war. Allerdings lag auch ein gewisser Reiz in dem Geheimnisvollen und es erregte sie, dass er nicht einfach zustimmte, sondern nachhakte.

»Na ja, Herr. Ihr Ruf eilt Ihnen voraus …«, sie zögerte.

Wie viel sollte sie ihm von sich selbst erzählen? Von einem zunächst ängstlichen, dann enthusiastischen Neuling hatte sie sich zu einer erfahrenen Expertin weiterentwickelt. Aber der Hype, den sie zu Anfang empfunden hatte, das Kennenlernen verschiedener Spielvarianten, war mit jeder neuen Session, mit jedem neuen Top, immer schneller verflogen und hatte sie süchtig gemacht nach Mehr.

»Ich suche jemanden, der seine Dominanz nicht nur spielt, nicht nur für einige Stunden herauslässt, sondern lebt. Oder kurz gefasst: Ich suche jemanden, der die personifizierte Dominanz ist«, erwiderte sie schließlich mit klopfendem Herzen. Jedes Wort war wichtig, jede Betonung. Ihr Schoß mahnte sie voller Begierde, ihre Sache gut zu machen, aber die mehr und mehr steigende Erregung war trug nicht dazu bei, sich zu konzentrieren. »Ich brauche jemanden, der mich gekonnt unterwirft, der gerecht, unnachgiebig und streng ist.« *Und der zuallererst mal meinen Stolz bricht, der wahre Unterwerfung nicht zulässt,* fügte sie in Gedanken hinzu, aber das brauchte er nicht zu wissen. Wenn er gut war, würde er es selbst herausfinden, ohne dass sie es ihm auf die Nase band. Wichtig war jetzt nur noch, ihre Vorzüge hervorzuheben. »Meine Erfahrung ist durchaus von Vorteil. Sie werden es bestimmt erregend finden, mit mir zu spielen, Herr.«

»Es geht hier um viel mehr, am allerwenigsten jedoch um Erregung«, erwiderte er kalt.

Worum geht es denn dann, fragte sich Sophie ernüchtert, traute sich aber nicht, das laut auszusprechen. Jedes Widersprechen, jedes Infrage stellen konnte ihr Ziel zunichte machen. Er musste den Eindruck gewinnen, dass es ihr ernst damit war, ihn als ihren Dom anzuerkennen, falls er sie seinerseits für geeignet befand.

»Nenn mir einen einzigen stichhaltigen Grund, warum ich es

mit dir versuchen sollte, und fang nicht wieder mit Banalitäten wie deiner Erfahrung an.«

Sophie brach der Schweiß aus. So unauffällig wie möglich atmete sie tief durch. *Matchball.* Nun kam es absolut darauf an, das Richtige zu sagen und es überzeugend rüberzubringen, sonst war die Chance endgültig vertan. Bislang war kein Interesse herauszuhören, aber der Ruf, der diesem Mann vorauseilte, ließ nur einen Schluss zu: er war der Richtige.

»Sie sind ein Mysterium, Herr, eine lebende Legende. Ein Raunen liegt über der Szene und verkündet, Sie seien der beste Dom in der Stadt.« Am liebsten hätte sie sich ausgezogen, vor dem Spiegel hingekniet und sich ihm nackt dargeboten. Aber das war es nicht, was eine solche Beziehung ausmachte. Falls er ein wahrer Dom war, würde ihn das nicht beeindrucken. Sie durfte nicht zulassen, dass das Adrenalin in ihren Adern ihr Denken lähmte.

»Lebende Legende? Klingt ein wenig wie gestorben, nun ja, du glaubst also, der beste Dom sei gerade mal gut genug für dich?«, erwiderte er voller Spott.

»Ja. Äh, nein.« Sophie presste die Lippen zusammen. Sie hatte keine Kontrolle über den Verlauf dieser Unterhaltung und war auf dem besten Weg sich als Idiotin darzustellen.

Reiß dich zusammen! Er hat es nicht nötig, dich anzunehmen. Er kann jede haben, wenn er will, und es gibt genügend Subs, die sich zehnmal devoter geben als du! Blöde Kuh!

»Ich – ich finde bei niemandem wahre Befriedigung, Herr. Bisher war einfach niemand stark genug, mich zu zähmen. Alles ist so kurzlebig, so vergänglich …« Sophies Stimme erstarb. Das klang jämmerlich und war mehr als peinlich.

»Jetzt kommen wir der Wahrheit näher. Ich halte fest: Du stellst deine eigenen Bedürfnisse in den Vordergrund«, meinte er emotionslos.

»Herr, wenn Sie mich als Ihre Sub akzeptieren, werde ich mich selbstverständlich zurücknehmen und mich vor allem um Sie und

Ihre Bedürfnisse kümmern«, antwortete Sophie hastig. »Das ist doch selbstverständlich als Sub.«

Er sollte keinesfalls den Eindruck bekommen, sie wolle ihn nur ausnutzen. Wenngleich er damit nicht so falsch lag. Sie musste dringend daran arbeiten, ihre wahren Absichten besser zu verbergen.

»Ich bin gut, Herr, wirklich. Ich kann das. Ich werde alles geben, Ihnen zu gefallen. Sie werden sehr zufrieden mit mir sein. Ganz bestimmt.«

Sophie neigte frustriert den Kopf. Sie hatte die Worte in aller Hast herausgestoßen. Die Art, wie er das Gespräch führte, sein berechtigter Vorwurf, sie denke doch eigentlich nur an sich, hatten sie völlig aus dem Konzept gebracht. Das hätte nie passieren dürfen. Hatte sie noch eine Chance? Trotz allem hoffte sie inständig auf sein Ja.

Aber vergeblich. Es kam nicht.

»Das genügt mir nicht, Sophie. Du suchst jemanden, der dich zu immer neuen Abenteuern und Höhepunkten trägt. Würdest du aus freiem Willen dein Bestes geben, um deinen Top zufrieden zu stellen, hättest du schon längst deinen Herrn gefunden – oder er dich. Kurz gesagt: dein Angebot reizt mich nicht und ich habe nur deshalb diesem Gespräch zugestimmt, um dir das zu sagen und zu verhindern, dass du auch weiterhin nach mir suchst.«

Sophie fühlte Tränen aufsteigen und wie die Enttäuschung sie lähmte. Sie war bei weitem keine Heulsuse, aber sie hatte all ihre Energie in diese Suche gesteckt, Tag und Nacht an nichts anderes mehr gedacht. Es durfte nicht sein, dass *die* Chance ihres Lebens vorbei war, ehe sie begonnen hatte. Was sollte sie denn nun machen? Wie und mit wem sollte sie in Zukunft ihren Spaß und ihre Befriedigung ausleben?

»Bitte, Herr, bitte, geben Sie mir wenigstens eine kleine Chance, eine einzige, ein paar Tage, eine Probezeit. Bitte.« Sie erinnerte sich nicht, jemals um irgendetwas so gefleht zu habe.

»Nein.« Seine Stimme klang freundlicher als zuvor, ohne diese gewisse Strenge. »Nein, keine Probezeit. Ganz oder gar nicht. Genau deswegen kennt niemand meine Identität. Wenn ich an einer Sub Interesse habe, dann spreche ich diese selbst an. Man rennt mir nicht hinterher. Die Erniedrigung dieser Unterhaltung wäre vermeidbar gewesen.«

Das traf absolut den Kern der Sache. Sophie fühlte sich erniedrigt wie noch nie. Ihr Puls gab ein trommelndes Kommando, die Aufforderung zu einem letzten Aufbäumen von sich.

»Aber Herr, ich blühe auf, wenn ich erniedrigt werde. Ich bin eine absolute Masochistin«, gab Sophie zurück und wagte es, wieder in den Spiegel zu sehen. »Bitte, lassen Sie es mich beweisen.«

»Masochismus? Ich glaube, du kennst nicht einmal die exakte Definition dieses Wortes, sonst würdest du es schon längst ausleben, egal mit welchem Dom«, donnerte es vorwurfsvoll aus dem Lautsprecher.

Sophie schwieg. Ihre Enttäuschung verwandelte sich allmählich in Wut und es wäre taktisch unklug, dieser nachzugeben und zu widersprechen. Solange er sie nicht vor die Tür setzte, bestand noch der Funken einer Hoffnung, das Ruder herumzureißen.

Als seine Stimme nach Sekunden der Stille erneut erklang, wirkte sie beherrschter und freundlicher. »Ich gebe dir eine letzte Möglichkeit, mir zu begründen, warum ich dich annehmen sollte. Du willst mir beweisen, dass du devot bist? Wie?«

Ein alarmierendes Kribbeln setzte in Sophies Nacken ein. Falls er sie in einem der Clubs beobachtet oder sich über sie erkundigt hatte, so wusste er ganz genau, dass ihr Verhalten meistens die nötige Höflichkeit und Unterwürfigkeit vermissen ließ. Sie war zu aufmüpfig und widersprach viel zu häufig, statt anzunehmen und gehorsam auszuführen, was der Dom von ihr erwartete.

»Nun, ich warte nicht ewig. Hat es dir die Sprache verschlagen?«

Sophie suchte fieberhaft nach einer plausiblen Begründung. »Wie – wie kann ich devot sein, wenn mein Herr keine Dominanz ausstrahlt?«, erwiderte sie patziger, als sie beabsichtigte. Ihr Temperament und ihr Dickschädel schienen die Oberhand zu gewinnen. Schnell senkte sie den Kopf und versuchte sich wieder zu sammeln. »Jemand muss mir befehlen, der stärker ist als ich. Der mir die Freiheit nimmt und über das, was ablaufen soll, mit fester Hand bestimmt«, fügte sie hinzu. »Ich will mich unterwerfen, ich sehne mich von ganzem Herzen danach, aber ich kann es nur, wenn ich vor jemandem Achtung habe, zu meinem Herrn aufsehen kann. Ich muss es spüren, dass er mir nichts durchgehen lässt, dass er mich hart bestraft, wenn ich nicht gehorche.«

»Weiter«, befahl er mit tiefem Knurren und Sophies Schoß reagierte auf diese sexy Stimme mit einem sehnsüchtigen Prickeln.

»Ich mache das schon zulange, um eine normale Beziehung mit durchschnittlichem Sex zu führen. Meine Gedanken kreisen Tag und Nacht darum, den einen zu finden, der streng genug ist, mich nach allen Regeln der Kunst zu unterwerfen. Ihm zu dienen soll mein Lebensinhalt werden, ich würde alles dafür geben, alles, und ich habe so sehr gehofft, Sie würden derjenige sein.«

Es fiel ihr nichts mehr ein, was sie noch anzubieten hatte. Der Lautsprecher schwieg. Kein Kommentar.

Die Zeit tröpfelte träge dahin und strapazierte ihre Ungeduld. Es hatte wohl keinen Sinn, noch länger auf eine positive Antwort zu warten. Diese Schlacht hatte sie verloren. Ein merkwürdiges, deprimierendes Gefühl.

Sophie stand langsam auf, strich ihren Rock glatt, trat nah an den Spiegel heran und musterte ihr Erscheinungsbild. Sie hatte eine attraktive Figur, ein schönes Gesicht, sinnlich geschwungene Lippen. Sie war vieles, vielleicht sogar klug, aber eines war sie gewiss nicht: demütig. Das war bestimmt der Grund, warum er sie nicht akzeptierte. Sie gab nur vor, devot zu sein, in Wirklichkeit wäre es nötig, ihr eine Lektion zu erteilen, damit sie es schaffte, dies zu leben.

Die Enttäuschung über ihre Niederlage konnte sie in ihrem Gesicht nicht verbergen, aber das spielte nun keine Rolle mehr, sie hatte nur keine Ahnung, wie es weitergehen sollte. Sie würde sich sinnlos betrinken und – Sophie schluckte, ja, vielleicht wollte sie ihren Frust diesmal sogar in ihren Kissen ausheulen. Morgen war auch noch ein Tag um darüber nachzudenken, was sie falsch gemacht hatte und wie es weiter gehen sollte. Im Augenblick fühlte sie nur eine lähmende Energielosigkeit.

»Vielen Dank, Herr, dass Sie mich angehört haben, auch wenn Sie mich nicht als Ihre Sub annehmen«, brachte sie mühsam heraus. Das einzige was ihr nun noch blieb, war einen professionellen Abgang zu machen, um ihren Ruf zu retten. »Es war wohl vermessen von mir zu glauben, ich wäre gut genug für Sie. Es tut mir leid, wenn ich Ihre Zeit vergeudet habe. Bitte entschuldigen Sie. Ich wünsche Ihnen eine gute Nacht.«

Dann drehte sie sich auf dem Absatz um und ging zur Tür auf der gegenüberliegenden Seite, ein wenig steif, mit dem beklemmenden Wissen, dass er ihr dabei zusah.

»Warte. Ich habe dir nicht erlaubt zu gehen.«

Seine Stimme hieß sie innehalten, eine aufrechte Haltung annehmen. Das sinnliche Kribbeln in ihrem Unterleib meldete sich zurück.

»Vielleicht finde ich dich interessant genug, um meine Entscheidung zu überdenken.«

Sophies Herz fing an zu rasen, ihr Unterleib ging in Flammen auf. Sie drehte sich langsam um und sah in den Spiegel. »Sie akzeptieren mich also doch als Ihre Sub?«, fragte sie überrascht.

»Nein, nicht als Sub.«

Kapitel 2

Seine leisen, aber deutlich artikulierten Worte ließen Sophie von Kopf bis Fuß erbeben. Was sollte diese widersprüchliche Aussage bedeuten? Sie verstand kein Wort.

»Nicht als Sub, Sophie. Auch nicht als One-Night-Stand oder für ein Intermezzo von ein paar Tagen oder Wochen oder auf Probezeit. Du willst Dominanz und so wie ich das sehe, hast du sie auch dringend nötig. Du bist eingebildet und anmaßend. Aber ich kann dir zeigen, was Dominanz und Unterwerfung wirklich bedeutet, wenn du bereit bist, dich auf meine Bedingungen einzulassen.«

Sophie vergaß fast zu atmen. Seine Worte und der Ausdruck in seiner Stimme versprachen genau das, wonach sie sich sehnte. Welche Bedingungen? Sie würde jede akzeptieren, ganz gewiss jede, wenn sie dafür ihr Ziel erreichen könnte.

»Wenn ich mich dazu bereit erkläre, dich anzunehmen, dann kann das nur auf eine Weise geschehen, Sophie. Als meine Sklavin.«

Sophie schritt an den Stühlen entlang, bis sie ganz nah vor dem Spiegel stand. Ihr Herz schlug wild und wollte nicht, dass sie darüber nachdachte, wie er das meinte. Aber sie musste es wissen. »Na und? Sub oder Sklavin? Was macht das schon für einen Unterschied?«

Das war doch nur ein anderes Wort für den Part, der in diesem Spiel nichts zu bestimmen hatte.

»Das ist ein großer Unterschied und du solltest ihn eigentlich kennen. Aber ich bin bereit, es dir zu erklären. Du hattest zu viel Sex mit zu vielen Tops«, erklärte er mit rügendem Unterton. »Du probierst, du genießt, du forderst – und wenn es dir zu langweilig wird, machst du dich auf und davon. Eine solche Beziehung interessiert mich nicht, denn ich bin an mehr als einem Spiel interessiert. Ich will BDSM leben. Wenn ich mich investiere, dann kommt für mich nur etwas von Dauer in Frage und das heißt ganz klar: 24/7, ohne Wenn und Aber. Wenn du das willst, musst du dich vollkommen unterwerfen. Wenn du dich dazu bereit erklärst, es aber nicht einhalten kannst, werde ich dich dazu zwingen.«

In Sophies Kopf begann es zu surren und ihr Kreislauf drohte zu versagen. Sie mochte nicht glauben, was er gerade gesagt hatte. 24 Stunden am Tag, 7 Tage die Woche. Das meinte er doch nicht wirklich ernst? Noch weigerte sich ihr Verstand, zu glauben, was sie gehört hatte und was das bedeuten würde. Das war es, was sie wollte. Nein, das war mehr, als sie wollte.

»Wie – was – wie stellen Sie sich das vor?«, stotterte Sophie verwirrt und hasste sich dafür.

»Du wirst mir deine Wohnungsschlüssel aushändigen und bei mir einziehen. Du wirst nichts mehr ohne meine Genehmigung tun. Jegliches selbstständiges Handeln ist dir verboten. Darüber hinaus erwarte ich natürlich, dass du mir als meine Sklavin zu jeder Zeit zur Verfügung stehst, wann immer ich dich benutzen will und auch wie ich das will. Du hast keinerlei Rechte, verlierst jegliche Selbstbestimmung.«

Sophie japste, ihr Verstand befand sich am Rande eines Kollapses. So ernst hatte sie das nun wieder nicht gemeint. Aber während ihr Verstand versuchte, seine Worte zu begreifen, schwollen ihre Schamlippen spürbar an. Ihr Slip wurde feuchter, ihr Mund trocken, ihre Hände schwitzten. *Du wolltest Unterwerfung, du wolltest Dominanz. Nun beschwer dich gefälligst nicht darüber, dass er es extremer will als du!*

Er wollte sie zu seiner persönlichen Lustsklavin machen, sie so behandeln, wie man in der Antike mit ihr umgegangen wäre, oder zumindest so ähnlich. Zum ersten Mal hatte sie eine ungefähre Ahnung davon, was Dominanz bewirken konnte und dass sie dieses Thema noch längst nicht zuende gedacht hatte. Das Feuer und die Kraft, die in seiner Stimme lagen, nahmen ihr die Luft und dieses Gefühl erregte sie wiederum geradezu unerträglich. Es war Angst, pure Angst, die ihre Lust schürte.

»Nur damit dir die Tragweite klar ist – du wirst dich auch um meinen Haushalt kümmern, was nicht weiter tragisch ist, da es ja dann auch deiner sein wird. Du wirst Einkaufen, Waschen, Bügeln und Kochen, alles was zum Alltag gehört. Und du wirst dich gehorsam bücken, wenn ich der Meinung bin, dass dein Hintern eine Züchtigung verdient. Du wirst mich befriedigen und du wirst mir gehören. Mit deinen Gedanken und deinem Körper, mit Haut und Haar, ohne Wenn und Aber.«

Das sehnsüchtige Ziehen in Sophies Unterleib war eine Qual. Sie hatte diesen Kerl noch nicht einmal gesehen, keine Ahnung, ob er attraktiv oder hässlich, durchtrainiert oder fett war. Seine Vorstellungen sprengten den Rahmen und waren unannehmbar. Doch zugleich hatte er geschafft, was noch keinem gelungen war: Er hatte ihr butterweiche Knie beschert und je länger diese Diskussion andauerte, desto leerer wurde ihr Kopf, was überhaupt nicht unangenehm, sondern im Gegenteil sehr befreiend war. Trotzdem, sie durfte auf diese Forderung nicht eingehen. Das wäre – leichtsinnig.

»Und mein Job?«, stieß sie mit trockenem Mund hervor.

»Du wirst weiterhin ganz normal deiner Arbeit nachgehen, Sophie. Du bist eine intelligente und erfolgreiche junge Frau, das gefällt mir. Ich werde deine Karriere nicht zerstören, aber es wird mir ein umso größeres Vergnügen sein, dich trotz oder gerade wegen deines Selbstbewusstseins und ausgeprägten Stolzes zu unterwerfen.« Seine Stimme klang leicht amüsiert. »Um zu deinen Aufgaben zurückzukommen: ich erwarte von meiner Sklavin, dass sie charmant, zärtlich und unterhaltsam ist. Es wird kein Kinderspiel, Sophie. Du wirst einfach alles für mich tun. Jederzeit. Alles was du bist, wird in meinen persönlichen Besitz übergehen.«

Sophies Widerstand regte sich. »Das klingt ziemlich anspruchsvoll und anstrengend, und zudem absolut unrealistisch«, stotterte sie vollkommen aufgelöst. Sie konnte sich nicht vorstellen, alle diese Forderungen zu erfüllen, falls er das wirklich ernst meinte. Seine Stimme allerdings klang nicht nach einem Scherz, und falls er noch länger mit dieser eindrucksvollen und sexy klingenden Stimme zu ihr spräche, würden ihre Knie irgendwann versagen und sie würde vor dem Spiegel zu Boden sinken.

»Natürlich wirst auch du zu deinem Teil von unserer Verbindung profitieren. Wenn der Tag gekommen ist, werde ich dich ausgiebig belohnen und du wirst bei mir die Befriedigung deiner unersättlichen Lüste erfahren. Aber das musst du dir erst verdienen, Sophie. Ich werde dir nichts schenken, absolut gar nichts. Deine Erziehung wird streng, aber gerecht sein, bis du meine perfekte Liebesdienerin bist.«

Sophies Beine gaben in diesem Moment nach. Sie konnte nichts dagegen tun. Sie sank ganz einfach auf die Knie und senkte tief beeindruckt, mit Tränen in den Augen, ihren Kopf vor dem Spiegel. *Himmel noch mal, was geschieht gerade mit mir? Habe ich jetzt wirklich meinen Herrn gefunden? Das ist … beeindruckend.*

Hunderte Bilder von Spielen mit anderen Doms zuckten ihr durch den Kopf. Vor keinem, nicht einem einzigen, war sie aus Überzeugung niederkniet oder weil sie das Gefühl hatte, ihr Innerstes verlange danach. Nur als Teil des Spiels hatte sie zum Schein ihren Kopf gesenkt, und sie hatte damit fast immer ihr Ziel erreicht, eine Abmilderung des Spiels und ausreichend Spaß. Nie hatte sie jemand an ihre Grenzen gebracht und nun hörte es sich an, als ob dieser Dom dazu in der Lage wäre. Nicht sie hatte entschieden, dass sie aus Demut niederkniete, sondern er allein, nur durch seine Stimme und seine Worte. Ein erster, wenn auch kleiner Schritt zur Unterwerfung.

»Bevor du ja dazu sagst, meine Sklavin zu werden, solltest du genau darüber nachdenken. Steh auf, setz dich an den Tisch, Sophie und öffne das Kuvert, das auf dem Tisch liegt. Entscheide in Ruhe, ob du meine Bedingungen annehmen willst oder nicht.«

Sophie gehorchte. Es fiel ihr schwer, sich zu erheben, ohne sich am Spiegel abzustützen und Fingerabdrücke zu hinterlassen. Ihr Körper war geschwächt wie nach einer Grippe. Sie hatte sich so sicher gefühlt, geglaubt, sie wüsste, worauf sie sich einlassen würde, als sie zu diesem Gespräch gefahren war. Sie würde den Dom aller Doms für sich gewinnen und dann ein intensiveres Spiel erleben, dann und wann, abends oder am Wochenende. Nicht mehr und nicht weniger. Ein bisschen Unterwerfung, ein kleines mentales Kräftemessen, erotischer Spaß. Aber auf keinen Fall zu Regeln, die er jetzt vorgab. Für einen Augenblick fragte sie sich, was in sie gefahren war zu glauben, dass dieser Dom, über den alle Welt ehrfurchtsvoll flüsterte, sich von ihr an der Nase herumführen lassen würde. Ihr Körper zitterte vor Erregung bei dem Gedanken daran, dass ein Fremder vollständig von ihr Besitz ergreifen würde und dass ihr Wunsch weit mehr als von ihr vorauszusehen gewesen war, in Erfüllung gehen würde. Es war so abstrus, so fern jeder Realität, als befände sie sich gerade als Hauptdarstellerin in einem Film. Jeden Augenblick würde jemand laut rufen: »Danke, das genügt, die Szene ist im Kasten.«

Sophie versuchte ihr Selbstbewusstsein und ihre Konzentration zu reaktivieren, atmete einige Male tief durch und setzte sich an den Tisch. Sie legte den Stift beiseite und öffnete das Kuvert. Es war nicht zugeklebt, sondern die Lasche nur in den Umschlag geschoben. Sie holte das Dokument heraus, legte es vor sich auf den Tisch und las.

Vertrag zwischen der Liebessklavin Sophie Lovato und ihrem Herrn

Der Vertrag war computergeschrieben, machte dabei trotzdem einen edlen Eindruck. Es war eine besonders schöne Schrift gewählt worden, der Text in klaren Abschnitten gegliedert, mit einer Initiale am Beginn jedes neuen Absatzes, und die freien Ränder waren in großzügigem Abstand zur Blattkante gewählt. Das Papier war ein wenig fester als gewöhnlich, nicht Weiß sondern Chamois, von einer zarten Struktur durchzogen.

Interessant. Der Mann schien ein Ästhet zu sein.

Ihr Name stach in bordeauxroten, schwungvoll geschriebenen Buchstaben heraus, sein Namen hingegen fehlte. Er hielt sich also bis zum letzten Augenblick bedeckt. Warum war ihm dies so wichtig? Was hatte er zu verbergen? Sie zitterte innerlich vor der Entscheidung, sich einem Fremden anzuvertrauen, von dem sie noch weniger als Nichts wusste.

Die Sklavin erklärt hiermit, ihrem Herrn in absolutem Gehorsam zu dienen und sich ihm vollständig zu unterwerfen, zu jeder Zeit und an jedem Ort devot und widerspruchslos die Befehle ihres Herrn zu befolgen.

Die Sklavin erklärt sich ohne Ausnahme damit einverstanden, dass ihr Körper von nun an ihrem Herrn gehört und von diesem benutzt wird, wie er es für richtig hält.

Für ihre Konten, ihren gesamten Besitz und ihre Mietwohnung stellt die Sklavin ihrem Meister Vollmachten aus.

Wut stieg in ihr auf und es kostete Sophie viel Selbstbeherrschung, überhaupt noch weiter zu lesen. Sie sollte ihm ihre Ersparnisse und ihre Konten überlassen? Der spinnt ja! Das hörte sich ja fast so an, als sollte sie für ihn anschaffen gehen. Alles an ihr fühlte sich auf einmal eiskalt an. Was, wenn er tatsächlich ein Zuhälter wäre? Sie war jung genug und attraktiv, um …

Seine Regeln gaben keinen einzigen Hinweis auf ein erotisches Spiel. Selbst wenn er sie nur für sich wollte, war nicht sichergestellt, dass sie bei ihm die Erfüllung ihrer Sehnsüchte finden würde. Sie schüttelte den Kopf. Um Himmels willen, wenn das ernst gemeint war, was dort Schwarz auf Weiß stand, dann war es vollkommen verrückt, unanständig und krank, was er von ihr erwartete. Und es spielte keine Rolle, dass ein solcher Vertrag ungesetzlich war. Wenn sie sich aus freien Stücken darauf einließ, dann war es wie ein Versprechen, und dieses würde sie auf keinen Fall brechen. Sie sah zur Tür. Würde diese gleich aufgerissen werden, ihre Freundin hereinstürmen und rufen: »Das war nur ein Scherz, um dir zu zeigen, wie gefährlich dein Vorhaben ist!«

Mit einem unguten Gefühl in der Magengegend beschloss Sophie weiter zu lesen.

Die Sklavin hat verstanden,, dass sie ab sofort nur noch für das Vergnügen ihres Herrn lebt und dass alles, was ihr selbst an Zugeständnissen gewährt wird, ein Privileg ist, das sie sich immer wieder aufs Neue erarbeiten muss.

Sollte eine SM-Beziehung nicht auf Gegenseitigkeit beruhen, dem gemeinsamen Spaß und der sexuellen Befriedigung dienen? Bei all dem, was sie über diesen Dom gehört hatte, war zwar von ungewöhnlicher Dominanz die Rede gewesen, aber auch von besonderer Erotik, von allen Facetten, die SM zu der Spielart machten, die eine tiefe Befriedigung beinhaltete. Nie, nicht ein einziges Mal hatte Sophie davon gehört, dass dazu ein solcher absurder Vertrag gehörte. Ihr Puls beruhigte sich. Nein, ein Zuhälter konnte er unmöglich sein. Sein guter Ruf basierte auf stabilen realen Wurzeln. Außerdem – Nadine und Laurin hatten diesen Kontakt hergestellt. Der Fremde konnte sie also nicht einfach so verschwinden lassen. Ihre Freundin würde Fragen stellen und nicht aufgeben, sie zu suchen.

Sophies Puls beruhigte sich und verzog den Mund zu einem Lächeln. Wenn sie in dieser ungewöhnlichen Beziehung das erhalten wollte, wonach sie solange gesucht hatte, den ultimativen Kick, das rundum Besondere, dann würde sie genau das mit all ihrer Kraft geben müssen, was von ihr verlangt wurde. Sie wollte unterworfen werden, sie wollte den Kick des Unbekannten und Ungewöhnlichen. Jetzt.

Ich, Sophie Lovato, habe diesen Vertrag zu meiner Unterwerfung gelesen und in allen Teilen verstanden. Ich erkläre mich mit den darin enthaltenen Forderungen einverstanden. Ich verspreche, devot, gehorsam und treu zu sein, und meinem Herrn auf jede von ihm gewünschte Weise zu dienen.

Ich wünsche von ihm ausgebildet, erzogen und bei Ungehorsam streng bestraft zu werden.

Ein heftiges Prickeln in ihrem Unterleib ließ Sophie beinahe vor Lust aufstöhnen. Sie sehnte sich so sehr nach dieser Unterwerfung, dieser absoluten Dominanz, dass ihr Körper allein bei diesen Worten bereits verrückt spielte. Sie war ihrem Ziel zum Greifen nah, so nah wie noch nie. Nur ganz hinten, irgendwo fern in ihrem Kopf, rebellierte noch ein kleiner Teufel: Nicht zu diesen Konditionen. Doch er wurde immer leiser.

Von diesem Vertrag kann ich zu keinem Zeitpunkt zurücktreten. Nur mein Herr kann diesen wieder auflösen.

Sophie überlegte fieberhaft. Der Zwiespalt zwischen Begehren und Vernunft war unerträglich. Gab es denn überhaupt keinen Ausweg aus dieser Situation? Was wäre, wenn sie den Vertrag trotzdem unterschriebe, einfach nur um herauszufinden, welches perverse Arschloch sich hinter diesem Spiegel versteckte? Niemand, der halbwegs bei normalem Verstand war, dachte sich so etwas aus, in dem Bestreben es tatsächlich durchzuziehen.

Oder doch?

Sie platzte fast vor Neugierde, angetrieben von einer explosiven Empörung. Ihr Körper jammerte nach einer anständigen Portion Schmerz und Lust, nach Unterwerfung und Befriedigung. Wie riskant wäre ein Versuch?

Danach würde sie trotzdem gehen, wenn es ihr nicht gefiel. Vertrag her oder hin, Scheiß auf das Versprechen. Sie würde einfach alles widerrufen, sich einen Anwalt nehmen, um die Vollmachten als erzwungen zu deklarieren. Sie könnte behaupten, er habe sie unter Drogen gesetzt oder – ihr würde bestimmt noch etwas einfallen, auch wenn dies wiederum einen Betrug ihrerseits darstellte. In ihrer Brust baute sich ein Druck auf, der sie fast erstickte.

Beruhige dich!

Zitternd saß Sophie am Tisch und las den Vertrag nochmals durch, langsam und konzentriert, Wort für Wort. Vor dem Gesetz war dieses Papier null und nichtig. Aber nein, sie konnte nicht unterschreiben und später einfach alles hinwerfen. Es war nicht ihr Ding, zu lügen oder zu pokern. Ihr Gewissen und ihr Anstand ließen das nicht zu, auch wenn dieser Herr selbst keinerlei Anstand zeigte. Wenn sie etwas versprach oder unterschrieb, dann hielt sie sich auch daran.

Nein, sie durfte das auf gar keinen Fall unterzeichnen. Sie stand auf und schaute hinüber zum Spiegel.

»Herr, das ist doch nicht Ihr Ernst? Ich habe Sie noch nicht einmal gesehen und soll das hier unterschreiben und mich Ihnen ausliefern?« Sie schnaubte empört.

»Kein Problem«, erwiderte er vollkommen ruhig, als handle es sich um ein zwangloses Plauderstündchen. »Es ist nicht nötig, sich zu ereifern, Sophie. Ich zwinge dich nicht zu diesem Vertrag. Mein Chauffeur wird dich wieder nach Hause bringen. Es war nett mit dir zu plaudern. Adios.«

Nett? »Verflucht noch mal.« Sophie schob impulsiv den Stuhl zurück. Die spitzen Absätze ihrer Schuhe gaben ein kurzes eindrucksvolles Stakkato von sich, als sie zum Spiegel lief. Sie schlug mit der Faust dagegen. »Wer sind Sie? Was bilden Sie sich eigentlich ein? Wir hätten uns diese Unterhaltung ersparen können, wenn Sie mir gleich zu Anfang erzählt hätten, was Sie von mir wollen.«

Ein spöttisches Lachen erklang, was Sophie noch wütender machte.

»Ich will gar nichts von dir, meine Liebe. Vergiss nicht, du hast mich gesucht, fast wie eine Stalkerin verfolgt, nicht umgekehrt.« Seine Stimme strahlte eine solche Gelassenheit und Selbstbeherrschung aus, dass sie schon alleine darüber in Rage geriet. »Du hast Angst vor dem Kontrollverlust, Sophie.«

»Sie können doch nicht von einem aufgeklärten modernen Menschen verlangen, dass er sich freiwillig von einem Wildfremden versklaven lässt! Wenn ich das wollte, könnte ich genauso gut für einen Zuhälter anschaffen gehen! Ist es das, was Sie wollen? Mich ausbeuten?«

Er reagierte nicht. Sie musste ihn aus der Reserve locken.

»Verdammt noch mal, warum belassen Sie es nicht bei dem, was alle tun: bei einem besonders erotischen Spiel?«

Wieder kam keine Antwort, aber falls ihr ihre Wahrnehmung nicht einen Streich spielte, so hatte sie den Eindruck, ihn über den Lautsprecher atmen zu hören.

Schweigen, minutenlang, während Sophie unentschlossen vor dem Spiegel stand und die Arme um sich schlang. Sie zitterte am ganzen Körper, inzwischen jedoch nicht mehr vor Wut, sondern vor Erregung. Ihre Brustwarzen waren hart und schmerzten, ihr Slip war feucht und klebte an ihren Schamlippen, in ihrem Rücken stand der Schweiß und sie wusste nicht, was sie tun sollte, gehen oder bleiben. Denn trotz ihrer Empörung war da etwas, was sie erregte. Seine Weigerung war wie ein Aphrodisiakum. Niemals hatte sie Schwierigkeiten gehabt, einen Top dorthin zu bekommen, wo sie ihn hinhaben wollte: mit ihr zu spielen. Außer bei diesem. Es war eine echte Herausforderung.

Sie unternahm einen letzten Versuch und bemühte sich um einen neutralen Tonfall. »Was ist, wenn ich mir etwas kaufen möchte, etwas zum Anziehen, Kosmetik und so, oder wenn ich zum Arzt muss, meine Freundinnen treffen will? Muss ich jedes Mal um Erlaubnis betteln?«

»Falls ich von der Notwendigkeit überzeugt bin und du artig warst, werde ich dir die Erlaubnis dazu erteilen. Dinge für deinen persönlichen Gebrauch fallen nicht darunter und werden wir gemeinsam einkaufen. Es liegt ganz bei dir, wie viel Zugeständnisse ich dir machen werde.«

Sophie lachte bitter. »Ah, Sie wollen mit mir einkaufen gehen? Auch wenn es sich um so Frauenkram wie Tampons handelt?«

»Natürlich«, erwiderte er ungerührt.

Verdammt, dieser Mann war mit allen Wassern gewaschen.

Er wusste genau, auf was er sich bei diesem Geschäft einlassen würde, und sie?

Vermutlich könnte sie mit ihm den Kick erleben, den sie bislang nicht gefunden hatte. Sonst würde sie seine beherrschte Art nicht so sehr erregen. Das bedeutete aber auch, er würde es merken, wenn sie nur so tat, als ob sie unterwürfig wäre. Es war durchaus möglich, dass er sie weiter bringen würde als jeder vor ihm. Das war kein Spiel, das war viel mehr. Dieser Gedanke war beängstigend und zugleich so verdammt erotisch. Ihr Körper hatte eindeutig etwas dagegen, dass sie ihren Verstand einschaltete. Ihre masochistische Veranlagung jaulte laut auf vor Begeisterung und Erregung, dass er sie züchtigen, einsperren, oder sonst etwas tun würde, um sein Ziel zu erreichen und sie nach seinen Vorstellungen zu formen.

Oh ja, sie war maso, auch wenn er ihr das nicht abkaufte. Ihr Problem war ein anderes. Sie war weder devot noch leichtsinnig genug, diesen Vertrag zu akzeptieren.

»Es ist ganz allein deine Entscheidung, Sophie. Allerdings warne ich dich, versuche niemals, mich hinters Licht zu führen. Wenn du unterschreibst, werde ich mit allen mir zur Verfügung stehenden Mitteln dafür sorgen, dass du deine Verpflichtungen erfüllst. Ich kenne keine Gnade.«

Sophie runzelte die Stirn. »Wollen Sie mir drohen?« Er musste doch wissen, dass er keine rechtliche Grundlage hatte, ihre Schuld einzufordern, falls sie ihm weglief. Wollte er dann einen Bluthund auf sie ansetzen und sie ins seinen Gewahrsam zurückschleppen lassen?

»Nein«, er lachte leise. »Ich habe es nicht nötig, dir zu drohen. Das ist auch nicht mein Stil. Ich möchte dich nur vor einem Fehler bewahren. Die Sache verhält sich folgendermaßen: wenn du deinen Vertrag nicht erfüllst, wirst du in dieser Stadt und im weiten, sehr weiten Umkreis keinen Dom mehr finden, der bereit ist, sich mit dir einzulassen. Ein Hoch auf Buschtrommeln und Internet.«

Sehr komisch. Sophie blickte in ihre eigenen glasigen und erschreckt aufgerissenen Augen. Wie erlebnisfreudig war sie? Wie viel Risiko war sie bereit einzugehen? Der Fremde wäre imstande, ihren Ruf zu ruinieren und sie konnte es ihm nicht einmal verdenken. Es wäre eine Art Ehrenschuld, den Vertrag zu erfüllen, wenn sie ihre Unterschrift darunter setzte. Sophies Puls jagte. Um einen klaren Gedanken fassen zu können, musste sie sich dringend beruhigen. Aber wie?

»Und Sie? Was ist mit Ihnen?«, fragte sie herausfordernd. Es war vollkommener Schwachsinn, diese Unterhaltung fortzusetzen. Es ging nur noch darum, ihre Neugierde zu stillen. Sie wollte wissen, wie weit er sich vorbereitet hatte, wie raffiniert er war. Unterschreiben würde sie niemals. Das stand völlig außer Frage. »Was ist denn mit Ihren Pflichten? Sie haben natürlich keine.«

»Warum nicht? Öffne die Tür und sieh nach.«

Sophies Schuhe klackten bei jedem Schritt auf dem Fußboden. Sie öffnete die Tür. Der Mann, der sie an einem in der Stadt vereinbarten Treffpunkt abgeholt und mit verbundenen Augen hierher gebracht hatte, stand wartend davor und überreichte ihr mit ausdrucksloser Miene ein zweites Kuvert.

Alles war also durchdacht und geplant. Sollte sie sich darüber ärgern? Eigentlich sprach auch dies nur für die Dominanz des Fremden. Er überließ eben nichts dem Zufall, war für jede Entwicklung ihres Gesprächs gewappnet.

Kapitel 3

Sophies Ungeduld war viel zu groß, um Vorsicht walten zu lassen. Hastig riss sie die Lasche auf und entnahm das Dokument. Sie war gespannt, was er sich noch ausgedacht hatte, um frei über sie zu verfügen.

Die Pflichten des Herrn
1. *Ich nehme Sophie Lovato als Liebessklavin in meine Obhut.*
2. *Ich trage die Verantwortung für ihr körperliches, geistiges und emotionales Wohlbefinden.*
3. *Ich werde meine Sklavin ausbilden, zu perfektem Gehorsam erziehen und bei Bedarf den Umständen entsprechend bestrafen. Ebenso werde ich sie belohnen, wenn sie es verdient.*
4. *Nur ich alleine kann jederzeit den Vertrag zwischen mir und meiner Sklavin auflösen, wenn ich dies für sinnvoll erachte.*
5. *Ich bin mir der aus diesem Vertrag resultierenden Verantwortung bewusst und versichere, dass Sophie Lovato niemals ein Schaden entstehen wird, weder physisch noch psychisch.*

Sophie starrte auf die Zeilen, las sie noch einmal. Ihr innerer Aufruhr und ihre Wut nahmen mit jeder Zeile ab. Stattdessen empfand sie eine tiefe Ruhe. Es war ihm also nicht egal, wie sie sich in ihrer Rolle fühlte. Er würde für ihre mentale und körperliche Gesundheit Sorge tragen. Gehörte dazu nicht auch, dass ihr Körper Befriedigung verlangte, was wiederum ihrer Psyche gut tat?

Genau das war es, was sie gesucht hatte, diese absolute, von Verantwortungsbewusstsein getragene Dominanz. Das nahm ihrem Protest und ihrer Unsicherheit den Wind aus den Segeln. Hier hatte sie es mit jemandem zu tun, der sie nicht entkommen ließ. Mit jemandem, der mental noch viel stärker war als sie. Laurin musste das gewusst haben, sonst hätte er den Kontakt nicht hergestellt.

»Das ist unfair. Sie können den Vertrag jederzeit beenden, ich aber nicht«, insistierte Sophie schwach.

»Es könnte sein, dass du in gewissen Situationen durchdrehst und unsere Beziehung voreilig beenden willst«, entgegnete er sanft, als wäre ihm etwas daran gelegen, dass sie dem Vertrag zustimmte. »Allerdings würde ich es mir selbst ersparen, eine unwillige Sklavin gegen ihren Willen zu behalten. Ich weiß ebenso wie du, dass ich rein rechtlich betrachtet keinen Anspruch auf dich erheben kann. Die Gesetze dieses Landes garantieren dir deine persönliche Freiheit, ausgenommen ist natürlich alles, was du mir per Vollmacht übereignest. Und noch etwas: Solltest du mich unerlaubt verlassen, werde ich dich nicht wieder als meine Sklavin aufnehmen und auch überall verkünden, dass du unzuverlässig bist, das sollte dir klar sein.«

Das war in Sophies Augen das geringste Problem. Wenn sie sich entscheiden würde, davon zu laufen, würde sie wohl kaum zu ihm zurückkehren wollen, das verstand sich doch wohl von selbst. Allerdings – sie war soweit gegangen, hatte so lange nach Dominus Unbekannt gesucht, jeden für ihre Suche eingespannt, der ihr dafür nützlich erschien. Wenn sie jetzt aufgab, war alles umsonst gewesen und sie würde nie erfahren, ob sich der Versuch gelohnt hätte. Wie sollte sie den anderen gegenübertreten und ihnen erklären, dass ihre Mühen umsonst gewesen waren? Er war bereit, sie aus dieser Vereinbarung zu entlassen, wenn sie absolut nicht zusammen passten. Das war doch immerhin eine gewisse Option für sie, wenn auch nur eine kleine.

»Verdammt, ich wollte einfach nur die Sub eines wahrhaft dominanten Herrn sein und eine Zeitlang ein aufregendes Spiel …«

Sophie schluckte. Panik erfasste sie. »Sie hatten die Möglichkeit, mich die ganze Zeit über zu beobachten, mich zu begutachten. Werde ich Sie sehen, bevor ich unterschreibe?«

»Nein. Dieses Risiko muss es dir wert sein. Falls du nicht unterschreibst, werde ich für dich auf ewig ein Unbekannter bleiben. Dieses Gespräch und warum aus unserer Verbindung nichts geworden ist, würde im Gegenzug hundertprozentig unter uns bleiben.«

Ein letztes Aufbäumen, eine letzte Frage, die Sophies mentale Kräfte strapazierte. »Und – wie sieht es mit Sicherheit aus, mit einem Safeword?«, stieß sie hervor. Das war das Mindeste, was er ihr zugestehen musste. An die Sicherheitsregeln hielten sich alle Spieler.

Er lachte leise. »Es wird kein Safeword geben. Du hast es nicht verstanden, Sophie. Wenn du meine Sklavin bist, wirst du meinem Willen ausgeliefert sein, ohne Ausnahme. Du wirst dich absolut unterwerfen und mir bedingungslos vertrauen. Ich alleine weiß, was gut für dich ist. Du hast kein Mitspracherecht, dafür aber jede Menge Pflichten.«

Sophie starrte auf die Dokumente und dachte fieberhaft nach. Sie zitterte am ganzen Körper. Verdammt, dieser Dom konnte absolut jeder sein. Sie führte sich die absoluten No Go's noch einmal vor Augen: Klein und fett, picklig und hässlich, unrasiert und schlampig gekleidet. Das hier war das Riskanteste, was ihr je in ihrem Leben begegnet war, ungeachtet seiner Argumentation. Wenn sie diesen Vertrag unterzeichnete, könnte alles mit ihr geschehen und niemand würde es mitbekommen, nicht einmal Nadine. Schließlich wäre sie Tag und Nacht der Gnade ihres Herrn mit Haut und Haaren ausgeliefert. Vierundzwanzig Stunden am Tag, sieben Tage in der Woche.

Sie stöhnte leise. Dieser Dom wusste genau, wie er ihr Demut abverlangen und sie dabei erregen konnte. Schon jetzt war sie diesem Aufruhr ihrer Gefühle und vor allem ihres Körpers vollkommen hilflos ausgeliefert. Das Adrenalin, das seit Beginn ihres

Gesprächs durch ihren Körper jagte, ließ keine andere Entscheidung zu. Wenn sie ablehnte, würde sie verwirrt, ziellos und frustriert aus diesem Zimmer gehen. Sie würde ewig bereuen, nicht zu wissen, ob es sich gelohnt hätte. Wenn sie dagegen zustimmte, würde sie in eine unbestimmte, aber auf jeden Fall aufregende Zukunft aufbrechen.

»Also gut«, presste sie hervor.

Sophie nahm den Stift in die Hand und schloss ihre Augen. Sie sah Nadines Gesicht vor ihrem geistigen Auge. Ihre Freundin musterte sie mit gerunzelter Stirn, tippte sich mit dem Finger an die Schläfe und fragte, wie – verdammt noch mal – Sophie so etwas Dummes tun konnte. Es gab doch noch mehr Doms auf der Welt als ausgerechnet diesen einen mit seinem kranken Vertrag. Vielleicht in einer anderen Stadt, sie würde irgendwann …

Sophie riss ihre Augen auf. Genau, das war der Knackpunkt. *Nicht irgendwann!* Es blieb ihr gar keine Wahl, sondern nur die Hoffnung, dass dieser Mann, dem sie sich anvertraute, gütiger war, als der Vertrag versprach und sie trotz oder gerade wegen seiner Dominanz glücklich und zufrieden machen würde.

Ohne noch weiter überlegen setzte Sophie schwungvoll ihre Unterschrift auf das Papier und die beiliegenden Vollmachten für die Verwendung ihrer Wohnung und ihres Girokontos.

Kapitel 4

Nadine drückte den roten Ausschaltknopf ihres Handys. Sie ließ es in die Kissen fallen und wand sich wimmernd unter Laurins züngelnder Leidenschaft.

Seit sie das Telefonat mit Sophie begonnen hatte, hatte er ihr keine Ruhe gegönnt. Zuerst hatte er an den Fingern ihrer freien Hand gelutscht und dabei die Augen verdreht, um ihre Aufmerksamkeit zu erlangen. Als dies nichts nützte, wurde er offensiver. Er zog ihr die Hose aus. Zuerst hatte sie sich dagegen gesträubt, aber die Frauen nachgesagte Multitaskingfähigkeit traf auf sie nie zu, und schon gar nicht in einer solchen Situation. Entweder sie konzentrierte sich auf die Unterhaltung mit Sophie oder auf ihren Geliebten, beides zu gleichen Teilen klappte nicht.

Laurin lag mittlerweile zwischen Nadines Schenkeln und hielt sie auseinander. Seine Zunge hatte das Feuer in ihrem Schoß im Nu entfacht. Es prickelte und kribbelte und reizte sie, sich zu winden und vor Lust zu kichern. Nur unter großer Mühe hatte sie es geschafft, Sophie zuzuhören und zu antworten. Die wunderte sich bestimmt, warum sie so plötzlich abgewürgt worden war, wo sie ihrer besten Freundin doch unbedingt von dem Treffen mit dem unbekannten Dom erzählen wollte.

»Endlich hörst du auf zu telefonieren«, knurrte Laurin in Nadines Schoß und saugte an ihrer Perle und ihren Schamlippen.

Das war unfair. Sie hatten es sich gerade auf dem Bett gemütlich gemacht, sich geknuddelt und geküsst, als das Telefon klingelte.

Laurin selbst hatte sie aufgefordert ranzugehen, als wüsste er, dass sie andernfalls vor Neugierde sterben würde. Es war nicht nur unfair, sondern auch ganz schön raffiniert von ihm, sie währenddessen auszuziehen und lüstern zu machen, um sie möglichst schnell wieder vom Telefonieren abzubringen.

»Aaah«, Nadine schrie auf vor Lust.

Sie krallte ihre Finger in das Laken und warf ihren Kopf hin und her. Laurin war der absolute Kenner ihres Körpers. Er wusste ganz genau, wie sie es mochte, obwohl sie noch nicht solange ein Paar waren.

»Das ist unser Abend«, ergänzte er grimmig und knabberte sanft an ihren Schamlippen. »Habe ich dir nicht befohlen, dein Handy auszuschalten, wenn wir zusammen sind?«

Hatte er. Nadine hielt die Luft an. War er also doch ein wenig sauer oder tat er nur so?

»Strafe«, brummte er gefährlich tief und Nadine erfasste ein lüsterner Schauer.

Falls er sich nur missgestimmt gab, dann sicher um einen ausreichenden Grund zu finden, sie zu züchtigen. Als ob es eines Grundes bedurfte. Seine Züchtigungen waren die sinnlichsten und aufregendsten, die Nadine bisher erlebt hatte.

Seine Zunge stieß sich tiefer hinein, drängte sich ein Stück in ihre Vagina und Nadine jauchzte entzückt auf. Sie krallte ihre Finger in seine Haare. Er machte sie ganz verrückt mit seinem heißen Atem, seinen saugenden Lippen, den kurzen Blicken, die er ihr über ihren Venushügel hinweg zuwarf.

Ein Spiel. Oh ja, er wollte ein Spiel. Laurin war nicht der typische Dom und Nadine war darüber nicht unglücklich. Sie liebte diese softere Variante, die Sophie allenfalls verächtlich als Soft-SM bezeichnen würde. Kleine Fesseleien, ein bisschen Poversohlen, eine Augenbinde. Für die Dinge, die Sophie heiß machten, würde sie sich niemals erwärmen können. Sie hatte es wahrlich ausprobiert. Aber Paddel, Rohrstock und Co waren ihr zu heftig. Sie brauchte weder den Schmerz, der sie zum Weinen brachte noch Striemen, die sie tagelang an die Intensität des Spiels erinnern würden.

Ein bisschen Schmerz war dagegen durchaus geeignet, ihre Lust anzufachen, und sie spürte auch gerne die Ohnmacht, einem dominanten Mann im Spiel ausgeliefert zu sein, ein wenig um den Höhepunkt betteln zu müssen. Aber alles andere jagte ihr viel zuviel Angst ein und törnte sie eher ab, als sie zu erregen. Sophie behauptete immer, mit der nötigen Portion Vertrauen in den Partner wäre das alles anders, aber Nadine stimmte ihr darin nicht zu. Und überhaupt, Sophie vertraute doch selbst niemandem und konnte bislang auch nicht ernsthaft von einem Partner reden, höchstens von einem Abenteuer. Aber vielleicht würde das nun anders werden. Am Telefon hatte es sich immerhin so angehört, als hätte sie nun den Herrn gefunden, den sie sich schon lange wünschte.

Laurin schlang ein paar mit rotem Plüsch ummantelte Handschellen um Nadines Handgelenke und fixierte sie am Kopfende. Dann band er ihre Beine in weit gespreizter Stellung am Fußende fest. Sie hielt den Atem an, kostete für einen Augenblick das Gefühl aus, vor ihm gespreizt und ausgeliefert zu liegen. Es war köstlich erregend.

Normalerweise drehte er sie auf den Bauch und versohlte ihr mit seinen Händen solange den Po, bis dieser glühte und sie vorsorglich anfing, um Gnade zu winseln. Heute hatte er scheinbar etwas anderes vor. Hoffentlich folterte er sie nicht zu lange mit Warten, denn seine Erektion war genau das, wonach sich ihre Vagina sehnte. Steif und stattlich.

Nadine seufzte voller Begehren.

Laurin kramte in einer der Schubladen seines Nachttischchens, dann flammte kurz ein Feuerzeug auf. Grinsend wandte er sich ihr zu und hockte sich auf ihren Unterleib, ohne sie dabei zu sehr zu belasten.

»Nein«, keuchte Nadine, als sie sah, was er in der Hand hielt und zerrte an den Fesseln. Eine rote Kerze. »Nein, nicht das!«

Der erste Tropfen fiel auf den Vorhof ihrer rechten Brustwarze. Nadine stöhnte. Der Schmerz war kurz aber heftig. Nicht so schlimm wie von gewöhnlichem Kerzenwachs, aber schmerzhaft genug.

»Nein!«

Tropfen um Tropfen fiel, erkaltete, und bildete bald einen roten Ring aus Wachs um ihre Brustwarze. Nadine wölbte ihren Rücken, riss wieder und wieder an den Handfesseln, versuchte Laurin abzuwerfen. Natürlich lachte er nur über ihre kläglichen Versuche. Hatte sie eben noch gedacht, er wäre ihres Vertrauens würdig?

»Autsch!«

»Eine hübsche Dekoration, findest du nicht?«

Ausgehend von dem Ring tropfte er Strahlen auf ihre Brust. Während an der einen Stelle die Wirkung des Wachses aufhörte und nur eine Spannung auf der Haut zurückblieb, brannte jeder neue Tropfen höllisch. Allerdings – diese Hölle hatte durchaus einen erregenden Beigeschmack. In ihrem Schoß prickelte es noch erwartungsvoller als zuvor.

»Nächstes Mal werden wir das auf deinem Po ausprobieren.« Das wäre ihr fast lieber. Sein Grinsen war heute Nacht ungewöhnlich teuflisch. »Da fällt mir ein – hattest du schon mal eine brennende Kerze in deinem Anus stecken?«

Nadines Herzschlag setzte aus. Wie bitte? Sie schnappte nach Luft und fand keine Worte. Wachsklecks um Wachsklecks brannte neue Strahlen auf ihren Busen.

»Auaa«, schrie sie auf.

»Schscht, führ mich nicht an der Nase herum. So weh kann das gar nicht tun.« Er kicherte. »Ich werde dich fotografieren, wenn du vor mir kniest, deinen Po hoch erhoben, den Kopf tief auf den Boden gebeugt. Das Wachs wird an der Kerze herunterlaufen, über deinen Po …«

»Du Teufel!« Er hatte es geschafft, dass sich in ihrem Geist ein Bild von ihr selbst visualisierte, wie sie vor ihm kniete und …

»Niemals«, kreischte Nadine. Das wäre eine Session, wie Sophie sie vermutlich lieben würde. »Ohne mich!«

Laurin lachte. »Oh doch. Du wirst noch viel mehr akzeptieren. Oder hast du vergessen, wer von uns beiden das letzte Wort hat?«

Hatte sie vor wenigen Minuten noch gedacht, er wäre ein zärtlicher Romantiker, der höchstens soft spielte? Was für ein Irrtum. Aber es blieb keine Zeit, nachzudenken. Ihr Körper war in Aufruhr. Sie war ihm ausgeliefert, sein Schwanz war ihrer Pforte nah und doch machte er keine Anstalten, sie in Besitz zu nehmen. Verdammt, ihr Unterleib schwamm unter all diesen Reizen schier davon, das Laken klebte unter ihrem Po, und er hatte die Ruhe weg sie weiter zu quälen.

»Hör auf und komm endlich zu mir!«, wimmerte sie.

»Hoho, du hast es aber eilig. Mmmh. Einverstanden, ich werde dir ein wenig Befriedigung gönnen.«

Na endlich.

»Hier halt mal.«

Ehe sie begriff, was geschah, hielt sie die Kerze zwischen den Zähnen. Das Ende war mit einem serviettenähnlichen Stoff umhüllt. Nadine riss entsetzt die Augen weiter auf und hob den Kopf. Die Kerze brannte weiter und tropfte auf ihr Dekollete, langsam, aber unaufhaltsam. Und Laurin? Er war nach unten gerutscht. Sein Kopf verschwand zwischen ihren Schenkeln und sein Mund, *oh verdammt,* er leckte und saugte wunderbar. Es kribbelte und juckelte so erregend, dass Nadine schier verrückt vor Lust wurde.

»Mmmmh«, sie kreischte, gedämpft durch die Kerze und überlegte fieberhaft, was sie tun sollte. Ihre Erregung brachte sie fast um den Verstand. Der Reiz war unerträglich köstlich, sie wollte vor Lust schreien, aber wenn sie die Kerze ausspuckte, fing das Bett womöglich Feuer und sie war gefesselt, unfähig irgendetwas zu tun. Was war nur in ihn gefahren, sie einer so gefährlichen Situation auszuliefern? *Himmel nochmal,* er verstand es wirklich, sie außer Rand und Band zu bringen. Seine Zunge trommelte auf ihrer Klitoris, seine Zähne knabberten an ihren Schamlippen, und als wäre dies nicht erregend genug, zupften seine ausgestreckten Hände zärtlich an ihren Nippeln.

Nadine wand sich in den Fesseln, während die Kerze tropfte und tropfte. Wenn sie den Kopf stillhielt, würde das Wachs vielleicht immer auf dieselbe Stelle auftreffen. Dann würde der Schmerz aufhören.

»Mmmmh«, wie sollte sie sich kontrollieren und den Kopf ruhig halten, wenn dieser Mann sie dermaßen erregte?

Mit einem neuen Aufschrei verlor sie endgültig die Beherrschung. Das Wachs spritzte weit über das Bett und zog eine Spur roter Sprenkel über ihren Bauch, ihren Oberschenkel und das Bettlaken. Laurin grinste sie schadenfroh an. Er stieß einen dicken Vibrator in ihren Schoß und Nadine kam sofort. Einmal, noch mal, ein drittes Mal. Er heizte sie mit langsamen gefühlvollen Stößen an, steigerte langsam bis zum nächsten Höhepunkt.

Nadine tobte in ihren Fesseln und schrie sich die Lunge aus dem Leib. Die Kerze machte einen Sprung aus ihrem Mund, landete irgendwo auf dem Bett und sie hoffte inständig, dass Laurin sie ausblasen würde.

Es war wie ein Rausch, der ihre Sinne vernebelte. Es war schön, es war Lust und zugleich war es Qual. Denn er allein hatte die Kontrolle über ihren Körper und wie viele Orgasmen sie nacheinander erleben würde. Es war unmöglich, dabei den Kopf aufrecht zu halten und aufzupassen, was mit dem Wachs passierte. Es war nicht mehr als ein Knebel, der ihre Schreie dämpfte, aber sie musste schreien, ihrer Lust nachgeben.

Dann versiegelte sein Mund auf einmal ihre Lippen mit einem leidenschaftlichen Kuss, der ihr die letzten Kräfte raubte. Forsch drang er in ihre überlaufende Vagina ein und nahm sie mit intensiven tiefen Stößen in Besitz.

Es war für Nadine immer wieder ein Wunder, dass sie nach dem härteren Vibrator und unzähligen Orgasmen noch in der Lage war, seinen Penis als Lustbringer zu empfinden und mit ihm ein letztes Mal zum Höhepunkt zu kommen. Irgendwie fühlte es sich anders an, aber nicht weniger ihr Verlangen weckend. Sie wollte ihn. Wieder und wieder.

Kleine Küsse auf ihrem Gesicht brachten sie langsam zurück. Laurins Finger zupften vorsichtig die Wachskleckse von ihrer Haut und sammelten sie in einer Schale.

»Du Schuft«, knurrte Nadine lahm.

»Sag nur, es hat dir nicht gefallen. Dann machen wir's gleich noch mal.«

»Nein danke«, stöhnte sie. »Ich bin völlig fertig. Und das Bett-laken ist auch ruiniert.«

Laurin schüttelte den Kopf. »Kann man bestimmt rausbü-geln.«

»Ach. Und wer macht das?«

»Na du natürlich, mein Schatz.« Laurin gab ihr einen zarten Kuss auf die Nase und löste die Handschellen. »Böse?«

Nadine schüttelte den Kopf. »Nein. Wer kann dir schon böse sein. Aber ein Scheusal bist du trotzdem.«

Laurin lachte.

»Und wenn das Wachs nicht wieder rausgeht?«

»Ich komme für den Schaden selbstverständlich auf, beruhige dich.«

Er holte die Bettdecke, die auf einem Sessel lag, deckte Nadine zu und schlüpfte ins Bett. Sie kuschelte sich in seinen Arm und eine Weile ruhten sie, hörten auf den Herzschlag des anderen und dösten. Wie wunderbar die Welt zu zweit war, aufregend und entrückend, anstrengend und zugleich entspannend. Hoffentlich blieb es für immer so.

»Was wollte denn Sophie so Wichtiges von dir?«, fragte Laurin auf einmal in die Stille.

»Sie hat heute Mister Phantom getroffen«, murmelte Nadine gelangweilt.

Laurin gab ein tiefes Kichern von sich. »Mister Phantom? Ich glaube, das würde ihm gefallen.«

Anscheinend war er hellwach, ganz im Gegensatz zu ihr. Andere Männer waren nach dem Akt meistens schläfrig, pennten in Sekundenschnelle ein, aber nicht Laurin. Ein paar Minuten Ruhen genügten ihm völlig zur Regeneration.

»Und weiter?«

Nadine setzte sich auf, so dass sie Laurin in die Augen sehen konnte.

»Ist der Kerl wirklich so eine Art Super-Dom?«

»Hm, ich denke schon.«

Nadine lachte auf. »Und was ist an dem Kerl so Besonderes?«

Laurin zuckte mit den Schultern. »Ich war noch nie dabei. Ich kenne auch nicht mehr als die Gerüchte und weiß nicht, wodurch er seine Gespielinnen beeindruckt. Hat Sophie denn nichts erzählt?«

»Du hast uns ja nicht lange genug miteinander reden lassen«, erwiderte Nadine in vorwurfsvollem Tonfall. »Er ist doch nicht gefährlich, oder?«

»Ich glaube nicht. Und selbst wenn – du hättest Sophie doch sowieso nicht davon abhalten können, ihn zu finden und zu treffen.«

»Okay, stimmt. Wenn sie sich etwas in den Kopf gesetzt hat, bekommt sie es früher oder später auch.«

»Nun, das ist jetzt allein Sophies Ding. Du wirst dich keinesfalls einmischen.«

»Hey, Sophie ist doch meine beste Freundin und wenn sie …«

Laurin setzte sich auf und sah Nadine ernst an. »D u   w i r s t   d i c h   n i c h t   e i n m i s c h e n , klar?«

Sie schluckte beklommen und nickte.

Kapitel 5

Nacht für Nacht war Sophie in unzähligen Clubs gewesen, hatte Subs und Tops gefragt, die sie persönlich kannte. Aber niemand konnte ihr helfen. Sophie war klar, sie machte sich mit ihrer Fragerei ein wenig lächerlich, auch wenn sie mit allen möglichen rhetorischen Raffinessen versuchte, ihre Suche nach Mister Phantom als reine Neugierde zu tarnen.

Häufig hatte sie sich erschöpft und niedergeschlagen gefühlt. Die Suche nach diesem superdominanten Dom zehrte an ihren Nerven. Jeder sagte ihr, dass sie sich in eine aussichtslose Sache verrenne und allmählich war sie geneigt, es selbst zu glauben.

Ihr Körper war in einer Spannung gefangen, als bestünden ihre Adern und Muskeln aus einer Starkstromleitung. Es knisterte, zwickte, kribbelte ununterbrochen. Kaum lag sie im Bett fanden ihre Finger wie von allein den Weg zu ihren Nippeln und zu ihrer Klitoris. Aber die kurze Befriedigung, der schnelle Orgasmus, das war es nicht, was sie wollte und zufriedenstellte.

Sie war auf der Jagd. Vielleicht hatte sie zu viele männliche Hormone? Man sagte doch nur der Spezies Mann nach, dass sie dem Weib hinterher jage. Herrgott noch mal. Stimmte es etwa, was Nadine behauptete? War sie schlichtweg nymphoman? Ach Quatsch, dann würde sie doch mit jedem vögeln, den sie haben konnte. Aber das war nicht ihr Ziel.

War sie früher nur Freitag- und Samstagabend ausgegangen, so hielt sie es bald an keinem Abend zuhause aus. Wenn sie nicht unterwegs war, könnte sie *ihn* verpassen. Ihre von Übernächtigung zeugenden Augenringe verlangten sorgfältige Schminke und dank der Espressomaschine in der Firmenküche hatte sie die Zeit der Suche durchgestanden und fast immer ihr Arbeitspensum geschafft. Manchmal allerdings hatte sie das Gefühl gehabt, von den Kollegen kritisch gemustert zu werden. Vielleicht war das aber auch nur Paranoia.

Dann eines Abends, als Sophie sich schon fast auf dem Weg zum Ausgang des Clubs befand, hatte ihr Handy vibriert, das sie sich zwischen ihren Brüsten in die Korsage gesteckt hatte. Sie hielt sich mit der freien Hand ein Ohr zu, um am anderen besser zu verstehen, was gesagt wurde und strebte weiter dem Ausgang entgegen, wo es leiser sein würde.

»Hallo?«

»Sophie – Laurin kennt ihn.«

»Was sagst du? Ich verstehe dich nicht. Es ist so laut hier.« Zur Hölle mit dem Geräuschpegel aus Musik und Gesprächen.

»Laurin kann vielleicht ein Treffen arrangieren«, brüllte Nadine in den Hörer.

»Wovon zur Hölle sprichst du?« Sophie wollte nicht glauben, dass sie richtig verstanden hatte, was Nadine damit sagen wollte.

»Hey Süße, Laurin kennt den Dom, den du suchst. Kapiert?«

Sophie Herz setzte für einen Sekundenschlag aus. Es gab tatsächlich jemanden, der ihren Superdom kannte.

Nadine, ihre herzensgute hilfsbereite Freundin Nadine hatte tatsächlich ihren Mann gefragt und würde ihr ein Date mit Mister Phantom vermitteln.

Kapitel 6

Sie hatte es getan!

Die Tage nach der Unterzeichnung des Vertrages waren voll innerer Unruhe. Sophie überlegte hin und her, ob sie abgedreht genug war, diese Sache durchzuziehen. Noch immer wusste sie nicht, mit wem sie es tun hatte. Ein Diener hatte den Vertrag aus dem Raum geholt und einige Minuten später hatte ihr künftiger Herr ihr erklärt, dass sie fünf Tage Bedenkzeit hätte. In diesem Zeitraum wäre er bereit, den Vertrag ohne weitere Konsequenzen aufzulösen. Niemand würde etwas erfahren. Ansonsten erwarte er sie nach diesen fünf Tagen bei sich und der Vertrag wäre gültig. Ihr Konto würde noch am selben Tag geleert und ihr Gehalt per monatlichem Dauerauftrag auf ein anderes Konto transferiert werden.

Außerdem hatte er ihr noch eine Visitenkarte überreichen lassen, wonach sie sich bei dem darauf genannten Gynäkologen einzufinden habe, um einen HIV-Test durchzuführen. Schließlich könne er ja nicht darauf vertrauen, dass sie bei ihrem Spieltrieb immer auf ihre gesundheitliche Sicherheit geachtet hätte. Der Arzt würde sich darum kümmern, dass ihrem Herrn das Ergebnis schnell und unbürokratisch zugestellt werde.

Sophie war zu überrascht, um Einwände vorzubringen.

Natürlich hatte Nadine von ihrer Freundin wissen wollen, wie das Gespräch verlaufen war. Gleich am nächsten Morgen hatte sie angerufen und sie hatten sich für abends verabredet. Sophie hatte ihr alles erzählt, alles – außer die Sache mit den Vollmachten und dem Arztbesuch. Aber auch ohne dieses Detail hatte Nadine sie gefragt, ob sie den Verstand verloren hätte. Die Tatsache, dass Sophie bislang weder seinen Namen kannte, noch wusste, wo er wohnte, was er arbeitete, wie er aussah, war erschreckend genug. Nadine schimpfte, wie realitätsfremd Sophie eigentlich wäre, ob sie nie die Horrornachrichten von Entführungen, jahrelangem Gefangen- und Versteckhalten, von Missbrauch und Folter mitbekäme.

Sophie nahm Verteidigungshaltung an. Immerhin habe doch Laurin, Nadines Top, den Kontakt hergestellt und müsse ihren künftigen Herrn mehr als flüchtig kennen, sonst hätte er sich doch wohl nicht dafür verwendet, wenn Gefahr im Verzug wäre.

»Ja, das stimmt. Aber ich habe ihn dazu überreden müssen. Gerne hat er es nicht getan. Ich habe keine Ahnung, wie gut sich die beiden kennen. Ich habe deinen Herrn jedenfalls noch nie zu Gesicht bekommen.«

»Trotzdem, Laurin hätte dir doch bestimmt etwas gesagt, warum du mir die Sache ausreden sollst, wenn mein künftiger Dom in irgendeiner Weise gefährlich wäre.«

Nadine verdrehte die Augen. »Natürlich! Ich hoffe nur, du findest, wonach du gesucht hast.«

Der Rest der Woche war eine einzige Qual. Nadines Bedenken waren nicht ohne Wirkung geblieben, schließlich beschäftigte Sophie ja auch immer wieder die Frage, ob sie sich verrannt hatte. Sie wünschte, die Tage vergingen schneller. Das Packen und sich entscheiden, was ihr wichtig war, was sie mitnahm, und die Warterei auf Tag X machten sie unzufrieden, mürrisch und unkonzentriert.

In ihrer Position konnte sie es sich nicht leisten, mit ihren Gedanken abzuschweifen. Zu schnell verfälschte ein Zahlendreher, eine falsche Summe, eine fehlerhafte Berechnungsformel, das Gesamtergebnis.

Selbst ihren Kollegen war aufgefallen, dass sie abgelenkt war und hatten sie gefragt, ob mit ihr alles in Ordnung wäre. Sophie hatte sich herausgeredet, Familienstress zu haben und da sie nur wenig über Privates sprachen, wusste niemand nicht, dass dies ihr kleinstes Problem war. Ihre Eltern waren seit langem geschieden, ihr Vater lebte im Ausland, und ihre Mutter in einer anderen Stadt. Weil sie nur gelegentlich telefonierten und sich selten sahen, würde es vorerst nicht nötig sein, ihre Mutter über ihren Umzug zu informieren.

Nervös und neugierig fragte Sophie sich ohne Unterlass, wie ihr neuer Herr wohl aussehen würde. Groß, muskulös und attraktiv? Das würde zu seiner Stimme passen. Ach, er musste einfach attraktiv sein!

Sie würde keinen Rückzieher machen. In ihren Augen wäre das nicht vernünftig, sondern feige. Und waren nicht sowieso ihre spontanen Entscheidungen immer die besten?

Der Chauffeur, der Sophie auch schon zum ersten Treffen gefahren hatte, holte sie pünktlich zum vereinbarten Zeitpunkt am Samstagmittag ab. Sie hatte ihn gefragt, ob er fest für ihren Herrn arbeite und er hatte erwidert, nur von Zeit zu Zeit, sozusagen auf Abruf. Mehr sei nicht erforderlich.

Als sie die Wohnungstür abschloss, erfasste Sophie ein mulmiges Gefühl. Hinter dieser Tür mit zwei Zimmern, Bad und Küche, lag die Vergangenheit der letzten sechs Jahre. Nun gab es endgültig kein Zurück mehr. Sie gehörte nicht mehr sich selbst.

Der Mann nahm ihren Koffer und ihre Reisetasche und lud beides in den Wagen ein. Die Fahrt war eine Qual. Als hätten sich die roten Ampeln gegen sie verschworen, kamen sie nur langsam voran.

Dann war es soweit. Sophie staunte über ihr Ziel, das sie nun endlich sehen durfte, ein modernes Appartementhaus unweit der Stadtmitte, nicht allzu weit von ihrer Arbeitsstelle entfernt. Ein Aufzug brachte sie schnell hinauf zum Penthouse.

Sophie wartete im selben Zimmer wie beim ersten Mal. Sie hatte vermutet, dass es zu seiner Wohnung gehörte. Aber es war eben nur eine Vermutung gewesen.

Ihre Finger trommelten nervös auf der Tischplatte. Nach einer Minute sah sie auf die Uhr, nach einer weiteren, und obwohl sie glaubte, sich beherrscht zu haben, waren nur knapp zwei Minuten vergangen, als ihr Blick schon wieder auf die Uhr fiel.

»Guten Tag, Sophie.«

Sie zuckte zusammen. Wie verführerisch diese Stimme war, von angenehmer Tiefe und Volumen. Wenn sie schon so aufregend aus dem Lautsprecher klang, wie erregend musste das erst ohne diese Distanz sein.

»Guten Tag, Herr. Ihre Sklavin meldet sich zum Dienst.«

Ein trockenes Lachen klang. »Langsam, noch bist du nicht meine Sklavin. Erst wenn auch ich den Vertrag unterzeichnet habe.«

»Dann tun Sie das bitte«, sagte Sophie mit Nachdruck. »Ich bin hier, ich bin bereit, Ihnen zu dienen.« Ihre Nerven waren zum Zerreißen gespannt. Sie musste ihn endlich sehen, sonst würde sie noch durchdrehen.

»Du hast deine Meinung also nicht geändert?«

»Nein. Ich stehe zu meinem Wort.« Sophie atmete tief durch. Ihr Herz klopfte immer schneller. »Ich denke an nichts anderes mehr, obwohl ich nicht weiß, wer Sie sind.«

Er lachte leise. »In Ordnung, dann will ich dieser Qual mal ein Ende bereiten.«

»Danke, Herr.«

»Du hast nur deine wesentlichen persönlichen Dinge mitgebracht?«

»Ja, Herr. In zwei Koffern. Obwohl ich darin nicht alles untergebracht habe und vieles, was mir wichtig ist, zurücklassen musste«, erwiderte sie vorwurfsvoll.

Wieder lachte er leise, als nähme er ihren Einwand nicht ernst. »Wenn es dich beruhigt, ich werde deine Sachen in einem kleinen Lager, das ich angemietet habe, ein Jahr lang aufbewahren. Wobei du bald feststellen wirst, Sophie, dass du sie gar nicht vermissen wirst.«

In diesem Punkt war Sophie zwar anderer Meinung, aber sie verkniff sich eine Erwiderung. Es käme bestimmt nicht gut, sich schon jetzt aufmüpfig zu geben. Es war ihr nicht wohl dabei, ihm ihre Sachen zu überlassen.

»Inhalt deiner Handtasche auf den Tisch.« Der plötzliche Befehlston und die Strenge seiner Stimme machte Sophie bewusst, dass er ein Dom war und sie sich danach gesehnt hatte, ihm zu gehorchen. Trotzdem befolgte sie seinen Befehl nur widerwillig. Ihre Handtasche war so etwas wie das Allerheiligste. Geldbörse, Schminktäschchen, Schlüssel für Haus- und Wohnungstür, Keller und Briefkasten in dreifacher Ausfertigung, Ebook-Reader, Haarbürste, Kopfschmerztabletten, Taschentücher …

»Geldbeutel, Schlüssel und Lesegerät bleiben auf dem Tisch, alles andere darfst du wieder einräumen«, befahl er trocken.

Mist, sie hätte den Ebook-Reader irgendwo zwischen den Kleidungsstücken im Koffer verstecken sollen. Sophie biss wütend auf sich selbst die Zähne zusammen, bis sie knirschten. Hunderte für sie wichtiger Dokumente befanden sich auf dem Lesegerät, auch die Romanreihe, die sie noch nicht fertig zuende gelesen hatte.

»Wo ist dein Mobiltelefon? Leg es dazu.«

Sophie hob an zu protestieren, schluckte die Worte dann jedoch herunter und nahm ihr Handy aus der Jackentasche. Verdammter Mist, er beraubte sie all ihrer persönlichen Dinge, ohne die sie nicht leben konnte. Erst wenn sie wieder im Büro wäre, in zwei Wochen, hätte sie wieder Gelegenheit zu telefonieren, denn dass er ihr die Gnade zwischendurch gewähren würde, glaubte sie kaum. Sie war abgeschnitten von der Umwelt. Diese Erkenntnis durchzuckte Sophie kalt wie Eis. Internet schied damit ja wohl auch aus, sofern er überhaupt einen Computer besaß. Vielleicht gehörte er zur selten gewordenen Spezies, die außer einem normalen Telefon und einem Fernseher überhaupt nichts Technisches akzeptierte.

Kein Telefon, kein Skype, keine eMails, kein Facebook, kein Twitter. Konnte man ohne diese Errungenschaften moderner Kommunikation überhaupt existieren?

»Und du bist dir inzwischen ganz sicher, dass du meine Sklavin sein willst, Sophie?«, erklang es nun eher ermunternd und freundlich aus dem Lautsprecher.

… du … meine Sklavin … Sophie fühlte Schwindel aufkommen. Es hörte sich gut an, so persönlich. Und gleichzeitig erniedrigend, solange er ihr nicht erlaubte, ihn ebenfalls zu duzen. Sie hatte ihn bislang ganz bewusst höflich gesiezt und war sich nicht sicher, ob er diese Anrede auch in Zukunft von ihr erwartete. *Kommt Zeit, kommt Rat.*

»Dies ist deine allerletzte Chance, von unserem Vertrag zurückzutreten. Wenn du jetzt deine Schlüssel und deine Koffer nimmst und gehst, wird niemand davon erfahren. Wenn du bleibst, gehörst du ganz und gar mir.«

Wenn ihr Stolz einen Rückzug erlaubte, hätte sie dieses Angebot möglicherweise angenommen. Sophie holte tief Luft. Es kam auf die korrekte Wortwahl an, ihm ein Signal ihrer Unterwürfigkeit zu geben. »Ich gehöre ab sofort Ihnen, Herr.«

»Gut, dann soll es so sein. Hiermit beschlossen und durchzuführen. Knie dich devot auf den Boden und schließe deine Augen.«

Sophie gehorchte, schob den Stuhl zurück und kniete sich mit tief geneigtem Kopf Richtung Tür nieder, was sich mit ihren extrem hohen Stilettos nur schwer ausführen ließ. Ihr Magen war angesichts der Erwartung, dass sie in wenigen Minuten ihren Herrn von Angesicht zu Angesicht kennenlernen würde, ein wenig flau. Sie schloss ihre Augen, um sich für diesen lang ersehnten Augenblick zu wappnen.

Kapitel 7

Die Tür wurde leise geöffnet und wieder geschlossen. Schritte kamen näher und blieben direkt vor Sophie stehen.

Sofort änderte sich der bis dahin unspezifische Geruch des Raumes. Deutlich trat das Eau de Toilette hervor, das *Er* mitbrachte. Sophie schnupperte. Es war intensiv, mit markanter Note, aber ohne ihre Nase zum Niesen zu reizen. Sie wusste schon jetzt, dass sie diesen Duft lieben würde, eine feine, wohl abgestimmte Mischung, die auf jeden Fall Lemongras, Sandelholz und einen Hauch von Meeresbrise enthielt. Ihr Herz schlug noch aufgeregter als zuvor.

»Du darfst nun zu mir aufsehen«, forderte die Stimme sie sanft auf, noch tiefer und angenehmer – und aufregender – klingend als aus dem Lautsprecher.

Sophie öffnete ihre Augen ohne den Kopf zu heben, um bewusst jedes Detail vollkommen in sich aufzunehmen und blickte zunächst auf ein Paar moderne, auf Hochglanz polierte Schuhe. Einem drängenden, für sie selbst ungewohnten Impuls folgend, beugte sie sich vor und hauchte auf eine der Schuhspitzen einen Kuss, eine demütige Geste, zu der sie sich niemals bereit erklärt hätte, wenn sie jemand von ihr verlangte.

Ihr Blick schweifte langsam nach oben, zu einer schwarzen, eng an den muskulösen Beinen anliegenden Hose aus feinem Leder, mit einer Wölbung seines Geschlechts, die vielversprechend aussah. Weiter über den flachen Bauch zu einem eng anliegenden Shirt aus schimmerndem schwarzem Stoff. Alles andere als Billigware.

Ihr Exkurs stieg über seine Brust hinauf, den Hals und endete auf seinem Gesicht mit den energischen Zügen.

Sophies Atem stockte für einen Moment. Dieser Mann wusste, was er wollte, darüber bestand kein Zweifel. Zugleich war sie über seine Attraktivität ein wenig erleichtert. Ihre schlimmste Befürchtung war nicht eingetroffen. Er war nicht hässlich, ganz im Gegenteil. Er hatte weder Pickel noch Narben, auch keine schiefe Nase oder andere Makel. Wenn dieser Mann ihr neuer Herr war, dann war er eine wahrhaft charismatische Erscheinung und hätte an jeder Hand mehrere Frauen zügeln können. *Warum ich?*, schoss es ihr durch den Kopf. Durchdringende Augen von einem so hellen Blau, dass es schon fast unnatürlich war, umgeben von kleinen Lachfältchen, die sein Charisma nicht minderten, erwiderten ihren neugierigen Blick und die sinnlich geschwungenen Lippen schenkten ihr ein wohlwollendes, vielleicht ein wenig spöttisches Lächeln.

»Oh mein Gott«, entfuhr es Sophie überwältigt und im selben Moment ärgerte sie sich, dass sie sich dazu hatte hinreißen lassen.

»Belassen wir es dabei, dass du mich Herr nennst«, korrigierte er amüsiert.

Sophies Herz schlug in einem rasanten Trommelwirbel und wollte sich gar nicht mehr beruhigen. Er war um einiges älter als sie, mindestens zehn Jahre, vielleicht mehr. Im Schätzen war sie noch nie gut. Es war ihr nicht unangenehm. Er wirkte reifer und ruhiger als die Doms, die sie kennengelernt hatte, und gleichzeitig blitzte in seinen Augen ein wissender Schalk, als er von oben auf sie herab sah.

»Na, Sklavin – wie ich merke, bist du zufrieden mit dem, was du siehst?«, fragte er lächelnd, sich seiner Ausstrahlung bewusst.

»Ja, Herr«, hauchte Sophie ergeben. Ein wohliger, sinnlicher Schauer rieselte über ihren Rücken, die Poritze entlang, nach vorne, direkt in ihre Vagina und sie biss sich auf die Unterlippe, um nicht laut vor Verlangen aufzuseufzen. Egal was dieser Mann vorhatte, egal wie streng er sie erziehen würde – wenn er sie zwischendurch mit diesem Blick bedachte, würde sie dahin schmachten und gerne alles für ihn tun.

»Nimm Haltung an«, befahl er und das Lächeln verschwand binnen einer Sekunde aus seinem Gesicht und wich einer unnachgiebigen Strenge.

Sophie gehorchte. Sie kniete sich aufrecht hin, Rücken durchgestreckt, Hände auf dem Rücken, Schultern nach hinten, den Kopf zu ihm erhoben. Es war wichtig, seine Wünsche schnell und zu seiner Zufriedenheit auszuführen, die Lage vorsichtig auszuloten, bis sie einen Überblick hatte, welches Verhalten vorteilhaft war.

Fürs Erste schien er zufrieden. Er nahm ein Blatt vom Tisch, das er vermutlich nach dem Eintreten dort abgelegt hatte, und hielt es so vor sie hin, dass sie es lesen konnte. Es war der Vertrag, der seine Pflichten als Herr dokumentierte. In der ersten Zeile war das Wort Herr diesmal um seinen Namen ergänzt: *Leopold Maximilian Theodor Uhl.*

Seine Namen vermitteln so etwas Klassisches, Solides, fast wie mit einer langen Ahnenreihe gesegnet, dachte Sophie. Fehlt nur ein *von*. Trotzdem werde ich ihn im Stillen ganz für mich *Leo* nennen, auch wenn das respektlos klingt. Aber er weiß ja nicht davon. Das klingt weniger förmlich und bestimmt rufen ihn seine Freunde so.

Leo legte das Blatt auf den Tisch zurück und unterschrieb es. Sophie zitterte vor Erwartung. Sie fürchtete sich ein wenig vor dem, was ab sofort geschehen würde.

»Unser Vertrag ist ab sofort gültig. Ich werde dir nun als Erstes ein Halsband umlegen, das dich als meinen Besitz kennzeichnet.«

Sophie hatte oftmals bei den Spielen ein Halsband getragen, meistens aus breitem schwarzem Leder gefertigt, manchmal mit Nieten, einmal sogar mit nach innen gerichteten, kurzen, pieksenden Stacheln versehen, zuweilen auch aus groben Kettengliedern gefertigt. Sie war an der Leine gegangen, hatte sich zu Hündchenspielen erniedrigen lassen, bei denen sie aus einem Napf essen und trinken musste. Sie hatte Klammern und Nippelklemmen unterschiedlichster Kategorie ertragen. Sie kannte jede Art von Peitschen, Paddeln und anderen Züchtigungsinstrumenten, die man in einschlägigen Shops erwerben konnte. Sie war sich ziemlich sicher, dass es nichts gab, was sie noch nicht ausprobiert hatte. Doch was auch immer sie erlebt hatte, sie hatte aus keiner dieser Maßnahmen den von ihr erhofften Kick erlangt. Ob Leo die Vergangenheit toppen konnte?

Dieses Halsband, das ihr Herr jetzt in seinen Händen hielt, war ganz einzigartig und hatte Nichts mit der üblichen Shopware zu tun. Es war aus mattiertem Gold gefertigt, nicht allzu breit und als er es vor ihren Augen hin und her wendete, las sie innen in einer schönen feinen Schreibschrift ihren Namen graviert, außen dagegen in massiven männlichen Buchstaben mit dem Zusatz *Ich gehöre* den seinen: *Leopold.* Also hatte sie richtig geraten, dass dies sein Rufname sein musste.

Jeder würde lesen können, dass sie ihm gehörte, für immer und ewig an ihn gebunden war. Sophie schluckte. Er war sich seiner Sache also sicher gewesen und hatte sich in Unkosten gestürzt. Sie sollte sich geehrt fühlen.

»*Es ist wunderschön, Herr*«, flüsterte sie beklommen. Ihre Selbstsicherheit war dabei, ins Bodenlose zu sinken.

»Ich erwarte von dir, dass du dieses Zeichen meines Besitzanspruchs immer trägst. Erwische ich dich dabei, dass du es abgenommen hast, werde ich dich sehr hart bestrafen, und glaube mir, du wirst es bitter bereuen«, warnte Leo und Sophie zweifelte nicht eine Sekunde daran, dass er es genauso meinte. Sein Ruf war diesbezüglich eindeutig und unantastbar, und so wie er auftrat, bestätigte sich dieser schon jetzt, in diesen wenigen Minuten.

»Du darfst tagsüber in der Arbeit einen Schal darüber tragen, wenn dir das lieber ist. In der Szene jedoch wird jeder sofort wissen, dass du mir gehörst und keiner wird es wagen, mein Eigentum anzurühren.«

Er klappte das Halsband an dem kleinen Scharnier auf, legte es ihr um und verschloss es. Es war kühl und schmiegte sich sogleich an ihre Haut.

»Darf ich es anfassen, Herr?«

Er nickte und Sophie fuhr mit den Fingern über das Metall. Es fühlte sich gut an.

»Danke, Herr«, wiederholte sie mit Tränen in den Augen und schämte sich nicht, ihm zu zeigen, wie gerührt sie war. Ihr neuer Meister war in jeder Hinsicht schon jetzt die Erfüllung ihrer feuchten Träume. Dabei hatte sie doch stark sein wollen, auch in ihrer Rolle als Sklavin, aber es fühlte sich auf einmal so gut an, schwach zu sein und sich seiner Führung anzuvertrauen.

Leo streichelte ihr über die Wange, fuhr mit seinem Finger sanft ihre Lippen nach und musterte sie.

»Nun gehörst du ganz und gar mir«, sagte er leise, als müsse auch er sich noch mal über diesen Umstand und die damit verbundenen Konsequenzen vergewissern. Dann verschwand der nachdenkliche Ausdruck von einer Sekunde zur anderen.

»Deine Erziehung wird im Vordergrund stehen und das Zuckerbrot nach der sprichwörtlichen Peitsche wirst du dir hart erarbeiten müssen, Sophie. Dein tägliches Brot wird B und D sein, vor allem D.«

Bondage and Discipline? Es erschien Sophie weit weniger schrecklich, als er möglicherweise gemeint hatte. Sie hatte ihn genau aus diesen Gründen gesucht. Vielleicht war ihm noch nicht klar, wie viel Lust sie aus einer harten Erziehung ziehen würde. Schließlich war sie alles andere als eine Romantikerin oder Kuschelmaus. Zuckerbrot sah für sie eben anders aus.

»Steh auf, Sklavin.«

»Ja, Herr.«

Sophie erhob sich hastig und hatte Mühe, die Balance auf ihren Highheels zu finden. Würde er nun damit beginnen, sie durch eine harte Züchtigung zu unterwerfen? Oder würde er sie hier an Ort und Stelle mit seinem Geschlecht in Besitz nehmen? Sophie zitterte. Jede Faser ihres Körpers war auf Hochspannung und lechzte danach, ihm zur Verfügung zu stehen und natürlich für sich selbst das Vergnügen eines Höhepunkts dabei herauszuziehen. Es würde sich zeigen, wer von ihnen wirklich der Stärkere in diesem Spiel war. Im Augenblick fühlte sie sich ein wenig schwach, aber vielleicht verging dieses Gefühl wieder, wenn sie ihn näher kannte. Dennoch war da auch eine mahnende Stimme, nicht zuviel zu erwarten und seine Dominanz nicht zu unterschätzen.

»Zieh deine Schuhe aus und nimm sie in die Hand. Sie ruinieren meinen Fußboden.«

Sophie gehorchte schweigend. Bisher hatte sie sich immer damit beruhigt, dass es ein Codewort gab und sie die Session jederzeit beenden konnte, was sie in dem einen oder anderen Fall auch schon getan hatte. Weniger weil sie es nicht ausgehalten hätte, sondern eher weil der Funke nicht übergesprungen war und sie das Spiel nicht erregte, sondern langweilte.

Was aber würde geschehen, wenn sie Leo anflehen würde, Gnade zu zeigen und er nicht darauf einging? Sie wollte so sehr von ihm unterworfen und erzogen werden, einmal erleben, dass es nicht nach ihrem Kopf ging, dass sie Angst vor ihrer eigenen Courage hatte und fröstelte.

Kapitel 8

Während Sophie noch mit ihrem physischen und psychischen Gleichgewicht kämpfte und zu begreifen versuchte, dass es unausweichlich ernst mit ihrem Abenteuer wurde, die aufregendste aber auch unkalkulierbarste Zeit ihres Lebens auf sie zukam, driftete auf einmal die Wand auf der anderen Seite des Tisches in zwei Hälften auseinander. Ein Teil verschob sich in die Tiefe und verschwand dann langsam hinter der anderen. Übrig blieb eine Art Raumteiler zwischen Wohn- und Essbereich.

Sophie erblickte eine geräumige, offene Wohnlandschaft. Halbkreisförmige Panoramafenster gaben eine großzügige Sicht über die Dächer der Stadt frei. Bei Nacht war der Ausblick bestimmt erst recht einzigartig. Ein Glücksgefühl zog auf. Ihre eigene Wohnung hatte zwar alles gehabt, was sie sich wünschte, aber diese hier war ein Traum. Das wusste sie schon, bevor sie alles gesehen hatte.

Mit vielen Kissen bestückte bequeme Sitzgelegenheiten reihten sich unter diesen Fenster, die bis zum Boden reichten, aneinander. Mitten im Raum gab es eine zusätzliche Sitzgruppe aus drei Sesseln, die zu einem runden Glastisch gehörten. Dahinter folgte eine offene Küche mit Absauganlage und einem frei stehenden Block mit Herd und Spüle. Eine breite Schiebetür führte hinaus auf eine Dachterrasse, deren Ausdehnung Sophie von ihrer Warte aus nicht ermessen konnte.

Wow. Der Qualität und Lage dieser Penthouse-Wohnung nach zu urteilen, war ihr Herr vermögend.

Sophie drehte sich um. Es gab zuviel zu sehen, um es mit einem Mal zu erfassen. Aber da sie ab sofort hier wohnte, bliebe ausreichend Zeit, alles zu erkunden. Egal wie lange sie bliebe, in dieser Zeit würde sie sich wohlfühlen. Egal wie lange – sie unterdrückte ein Schmunzeln. Nichts konnte sie halten, falls dieser Dom sich doch als Fehlgriff erweisen würde.

Sophie gab sich einen Ruck. *Ich bin angekommen. Mein Traum wird wahr. Ich sollte folglich aufhören, über Eventualitäten nachzudenken und mich stattdessen fügen und meine Rolle leben.*

Ein weiterer frei stehender, schmaler Raumteiler diente als Unterbringung für einen enorm großen Plasmafernseher und eine üppige Stereoanlage. Auf der Rückseite gliederten sich Waschbecken und eine in den Boden eingelassene Wanne-Dusche-Kombination an, nur durch eine Glasscheibe an zwei weiteren Seiten vom Raum getrennt. Vergleichbares hatte Sophie noch nie gesehen.

Über drei Stufen hinter der Sitzgruppe ging es hinauf auf eine Empore, auf der ein breites, gemütlich wirkendes Bett stand. Eine verglaste Vitrine mit Geschirr und Accessoires, mehrere gut gefüllte Bücherregale und ein antiker Sekretär entlang der Wandseite vervollständigten die Einrichtung.

Sophie war sprachlos. Manche der Tops, zu denen sie nach Hause mitgegangen war, waren durchaus gut eingerichtet gewesen, zeigten was sie sich leisten konnten, aber das hier war der Trumpf, der Höhepunkt aller Erlebnisse. Ihr Herr schien nicht nur über Geld, sondern auch über guten Geschmack zu verfügen. Wenn er sich als Herr genauso perfekt gab – Sophie wagte nicht, den Gedanken zuende zu führen. Alles war vage, alles bedeutete ein Abenteuer noch unbekannten Ausmaßes.

Sie sah sich weiter um.

Nicht weniger imposant als der Raum, entpuppte sich die Decke beim Blick nach oben. In der weißen Lackspannfolie, die sich unter der gesamten Fläche spannte, spiegelte sich alles. Die integrierten Spots gaben ein schummriges, blendfreies Licht von sich.

Leo bedeutete Sophie, ihm zu folgen. Mit den Schuhen in der

Hand kehrte sie um und betrat hinter ihm das kleine Stück Flur, das auf der anderen Seite der Essbereichwand übrig geblieben war.

»Bügelzimmer inklusive Waschmaschine und Trockner«, kommentierte Leo nüchtern, was sich hinter der Tür neben dem Eingang verbarg. »Du wirst dafür sorgen, dass meine Wäsche regelmäßig gewaschen oder gereinigt ist, perfekt gebügelt und aufgeräumt, hier in meinem Umkleidezimmer. Nebendran befindet sich die Toilette. Es handelt sich um eine Luxusausführung mit Intimdusche, die Fernbedienung erklärt sich von selbst. Ich bin pingelig, was Sauberkeit betrifft.«

Dann stieß er die letzte Tür auf, zu einem Zimmer, das so klein war, dass darin nur ein Kleiderschrank, ein Hocker und eine auf dem Boden liegende Matratze Platz fanden. Sophies Koffer drängten sich vor dem Schrank.

»Das ist bis auf weiteres dein Zimmer.«

Sophie hatte keine besonderen Erwartungen an ihr eigenes Reich gestellt. Sie hatte einfach ein ganz normales Zimmer für sich als selbstverständlich erwartet, als Refugium für ihre persönlichen Dinge und Rückzucksbereich. Sie war tief enttäuscht darüber, wie klein und schlicht es war. Wie naiv sie gewesen war. Der Platz, der ihr zur Verfügung stand, entsprach eher einer Rumpelkammer, als einem Zimmer. Sogar das Fenster war winzig. Er meinte das so verdammt ernst mit ihrer Rolle als seine Sklavin, dass ihr nicht einmal ein richtiges Bett vergönnt war. Als Kind hatte sie einmal auf einer Matratze auf dem Fußboden geschlafen, danach nie wieder. Das hier war rundum eine Zumutung.

»Das ist alles?«, stieß sie hervor und schnaubte empört. »Es kann nicht Ihr Ernst sein, dass ich hier schlafen soll, in diesem – diesem Loch!«

Leos Blick war strafend. »Vergiss nicht, wer du bist. Der Platz in meinem Bett muss erst noch erarbeitet werden«, erklärte er streng.

Sophie schluckte. Eigentlich hatte sie als Sklavin genau genommen gar kein Recht auf ein eigenes Zimmer, wollte er wohl damit sagen. Er könnte genauso gut verlangen, dass sie vor seinem Bett auf dem Boden schlief.

»Und dazu noch etwas, das alles hier …«, er berührte kurz ihre Brüste, fuhr mit der Hand langsam nach unten und legte seine Hand auf Sophies Schoß, »gehört ab jetzt zu Hundert Prozent mir. Du wirst dich dort nicht anfassen, außer um dich zu waschen, und du wirst nicht masturbieren. Glaub mir, falls du es doch tust, ich werde es herausfinden.«

Sophie fühlte sich, als würde Leo ihr die Luft zum Atmen nehmen. Unter dem sanften Druck seiner Hand begann es sofort in ihrem Schoß zu pulsieren. Der Blick aus diesen überaus hellen, einzigartigen Augen wirkte hypnotisierend und sie wollte nichts anderes, als ihm gefallen und von ihm sofort genommen werden. Jetzt. Hier. Hart.

»Ja, Herr«, flüsterte sie ergeben.

»Ich erwarte dich in fünf Minuten im Wohnzimmer. Nackt. Und zeig mehr Demut.«

Sophie starrte ihm nach, wie die Tür hinter ihm ins Schloss fiel, dann ließ sie sich auf den Hocker sinken, der abgewetzt und verschrammt war, als stamme er vom Flohmarkt oder aus einem Keller. Kaum hatte die personifizierte Dominanz den Raum verlassen und die Wirkung seiner Aura verblasste, erwachte ihr Trotz zum Leben. Für diesen nüchternen Empfang würde sie sich bei Gelegenheit rächen!

Lustlos begann sie sich auszuziehen. Als sie ihren Slip in der Hand hielt, hob sie ihn hoch und roch daran. Er duftete nach ihr und war von der Erregung, die ihre Vagina erfasst hatte, so warm, dass er fast dampfte.

Grimmig knüllte Sophie den Slip in der Hand. Hätte er ihr als erstes diese Bleibe gezeigt, hätte das so abtörnend gewirkt, dass sie mit Sicherheit keinerlei Lust entwickelt hätte. Nun war es zu spät. Ihr Körper ließ sich nicht so einfach auf Null herunterbremsen.

Irgendwie musste sie ihr Verlangen vor ihrem Herrn verbergen, auch wenn sie nicht verhindern konnte, dass ihr Körper auf seine charismatische Ausstrahlung reagierte. Eine gezielte Ladung kaltes Wasser war ihre einzige Chance. Ihr Herr sollte sich nichts darauf einbilden, dass sie seinetwegen heiß war wie eine läufige Hündin.

Nachdem Sophie sich fertig ausgezogen hatte, schlich sie leise hinüber auf die Toilette. Sie setzte sich und nahm die Fernbedienung in die Hand. Temperaturanzeige, Startknopf, Blümchen-Symbol, Frau … Kurz darauf hatte Sophie die Funktionen verstanden und kühlte ihren Schoß, noch mal und noch mal. Es wurde immer kälter. So war es gut. Sie würde ihrem Herrn ohne Erregung und ohne Lustduft gegenüber treten.

»Wo bleibst du denn?«

Leo hatte es sich auf einem der Sofas vor den Panoramafenstern bequem gemacht. Seine Stiefel hatte er in der Zwischenzeit ausgezogen und seine nackten Zehen spielten mit dem dicken Flor des Teppichs, der unter seinen Füßen lag. Er winkte Sophie ungeduldig, zu ihm zu kommen. Aber sie ließ sich Zeit, setzte sorgfältig einen Fuß vor den anderen, den Rücken durchgestreckt, sich ihrer körperlichen Vollkommenheit durchaus bewusst. Ein wenig enttäuscht stellte sie fest, dass Leo darauf nicht reagierte.

»Ich werde jetzt meinen Besitz einer genauen Inspektion unterziehen.«

»Ganz wie Sie wünschen, Herr«, erwiderte Sophie steif und emotionslos.

Leo sagte darauf nichts, deutete sein Missfallen jedoch durch das kurze Hochziehen einer Augenbraue an. Er machte eine Geste, dass Sophie sich vor ihm drehen sollte und betrachtete sie dabei von oben bis unten, dann von unten nach oben, wieder und wieder, ohne die Miene zu verziehen. Seine Hand knetete ihre Waden, ihre Oberarme, ihren Po. Mit jeder Drehung gab Sophie sich weniger Mühe. Es langweilte sie. Er hatte doch bestimmt schon Hunderte Frauen gesehen und an ihrem Körper gab es nichts auszusetzen. Sie war wohlproportioniert und durchtrainiert. Außerdem hatte er bestimmt vorher Erkundigungen eingeholt, wie seine künftige Sklavin aussehen würde.

»Bist du sicher, dass du dich korrekt verhältst?«

Seine Stimme war schneidend und Sophies Körper versteifte sich. Es war nicht gut, wütend auf ihn zu sein und ihm dies durch ein mürrisches Gesicht zu zeigen.

»Ich erwarte von meiner Sklavin respektvolles Verhalten und Bewegungen, die anmutig und sinnlich sind. Schließlich habe ich ein Spielzeug zu meinem persönlichen Vergnügen erworben. Und wenn auch du etwas von diesem Spiel haben möchtest, solltest du dich ein wenig mehr anstrengen.«

Auch wenn sie frustriert war, er hatte leider recht. Sophie richtete sich wieder auf und bemühte sich um mehr Eleganz beim Drehen. Sie war zum Vergnügen ihres Herrn angetreten, und nur wenn er Vergnügen empfand, durfte sie auf ihr eigenes hoffen. So waren die Regeln.

»Halt, bleib stehen!«

Sophie erfasste Unbehagen, als Leo aufstand und sich vor sie stellte. »Du bist aufmüpfig, weil du sauer auf mich bist, nicht wahr?«

»Nein, Herr«, gab Sophie zurück, konnte jedoch nicht verhindern, dass ihre Lippen bebten. Seine Nähe verunsicherte sie, als strömte aus jeder seiner Poren die Dominanz.

»Ich mag keine Lügen«, donnerte Leos Stimme. »Wenn du mich hintergehst oder anlügst oder versuchst zu fliehen, werde ich dich bestrafen. Niemals aber für die Wahrheit, selbst wenn sie sich gegen mich richtet. Du bist sauer wegen des Zimmers. Das verstehe ich. Aber wie ich dir schon sagte, Sklavin, mein Bett musst du dir erst noch verdienen.«

Sophie senkte ergeben ihren Kopf und atmete tief durch. Er hatte ja so recht. Was war nur in sie gefahren? »Bitte verzeihen Sie mir.« Ihr Körper versteifte sich und sie fröstelte. Er konnte mit ihr machen, was er wollte. Sie hatte ihm mit ihrer Unterschrift alle Rechte erteilt. Und sie wollte es nicht anders, sonst hätte sie nicht solange nach ihm gesucht. Folglich sollte sie es wenigstens versuchen, sich einmal in ihrem Leben aufrichtig zu unterwerfen.

»Hast du Angst vor mir?«

Sophie nickte. »Ein wenig. Ich kenne Sie ja noch nicht.« Sie zitterte und traute sich nicht, ihren Kopf zu heben und ihn anzuschauen. Ihre Wut und ihre Selbstsicherheit waren innerhalb weniger Minuten dahin geschmolzen und einer tiefen Hilflosigkeit gewichen. Sie erinnerte sich vage, was man sich über ihn erzählte, dass er streng sei, unnachgiebig, sich durch nichts erweichen ließe. Die Nummer mit dem Spiegel und seine Forderungen passten dazu. Sie sollte sich besser nichts vormachen. Ihn zu manipulieren würde schwierig werden.

Zu ihrer Verblüffung legte Leo seine Arme um sie und zog sie an seine Brust, drückte mit einer Hand sanft ihren Kopf an sich und streichelte mit der anderen beruhigend ihren Rücken.

»Du solltest aufhören, über das nachzudenken, was sein wird und sich deiner Kontrolle entzieht«, sagte er leise.

Seine Nähe war auf einmal alles andere als bedrohlich. Wenn er sie so an sich drückte und mit der Hand über ihren Rücken streichelte, hatte dies etwas sehr sinnliches. Manche Tops waren sehr zärtlich gewesen und Sophie hatte dies nie zu schätzen gewusst. Ihr ging es nur um den Rausch des Spanking, den Kick eines SM-Spiels. Sie hatte immer geglaubt, sie bräuchte nichts anderes. Nun regte sich in ihr eine tiefe Sehnsucht nach Körperkontakt, Kuscheln, Schmusen. Das war in höchstem Maße verwirrend. Was machte er mit ihr?

»Was sollte in Zukunft im Mittelpunkt deines Denkens und Handelns stehen?« Leos Stimme holte sie in die Wirklichkeit zurück. Er schob sie ein wenig von sich, hielt sie an den Oberarmen fest.

Sophie sah ihm direkt in die Augen. Seine Dominanz war geistig und körperlich beeindruckend, sprach mit jedem Wort, mit jeder Tonlage aus seinem Mund, hypnotisierte ihr Denken und lähmte ihre Bewegungen, und nebenbei fühlte sie, wie ihr wieder heiß wurde.

»Im Mittelpunkt meines Denkens und Handelns sollte Ihr Wohlergehen stehen, Herr«, hauchte sie kleinlaut. Allmählich wusste
sie selbst nicht mehr, ob es ihr wichtiger war, sich um sie selbst zu
kümmern, oder um ihn, wie es ihre Aufgabe wäre.

Leo nickte zustimmend. »Hast du Angst davor, mir zu Willen
zu sein?«

Sophie wich seinem Blick aus und spürte das Unbehagen wieder hochsteigen, die sie befiel, wenn sie nüchtern über ihre Lage
nachdachte. Sie war ihm ausgeliefert, zumindest für die nächsten
zwei Wochen, in denen sie niemand vermissen würde. »Ich bin
mir nicht sicher.«

»Aber Sophie, du bist eine erwachsene Frau, du musst doch
wissen, ob es dir etwas ausmacht, dass ich dich nach Belieben
vögeln werde.«

»Ich weiß nicht, wer Sie sind und wie Sie sind, wie viel an den
Gerüchten wahr ist. Ich weiß nur, dass ich mich Ihnen ausgeliefert
habe und dass ich nun mit allem zurechtkommen muss, was Sie
von mir verlangen, ob es mir gefällt oder nicht«, gab sie wahrheitsgemäß zu, über sich selbst erstaunt, wie leicht ihr dies von
den Lippen gekommen war.

Leo zog Sophie wieder in seine Arme und drückte sie behutsam
an sich. »Du sollst Respekt vor mir haben, Sophie. Das schützt dich
vor Dummheiten und Aufsässigkeit. Aber Angst musst du nicht
vor mir haben. Ich werde dir niemals etwas Schlimmes antun,
selbst wenn ich dich bestrafe und züchtige, und genau das willst
du ja. Beruhigt?«

Sophie nickte und wünschte sich sofort, sie hätte es nicht getan,
denn Leo ließ sie los und gab ihr einen zärtlichen Klaps auf den Po.
Schon jetzt sehnte sie sich nach dieser wunderbaren Umarmung
zurück, die ihrer Seele so gut getan hatte. Dabei war dies gar nicht
das, wonach sie gesucht hatte. Konnte es sein, dass sie sich selbst
nicht so gut kannte, wie sie meinte? Blödsinn.

Leo setzte sich wieder auf das Sofa, legte sich ein Kissen auf die
Beine und klopfte darauf. »Über meinen Schoß«, befahl er.

Sophie zögerte. Es war schon eine Weile her, dass sie mit körperlichem Kontakt gezüchtigt worden und dabei in Erregung gefallen war. Eine harte Züchtigung mit Rohrstock oder Paddel wäre ihr für den Einstieg lieber gewesen, um sie von dem Stolz und Trotz abzubringen, die sich immer noch in ihr regten, wenn auch nicht mehr mit derselben Intensität.

»Gehorche«, mahnte Leo mit dunkler Stimmlage.

Sophie zog den Kopf ein, beugte sich neben ihrem Herrn hinab und legte sich über seine Schenkel. Leo packte ihre Hüften und rückte sie auf seinen Beinen und dem Kissen zurecht. Dann streichelte er mit seiner Hand zärtlich über ihre Pobacken.

Sophie verkrampfte sich in Erwartung einer Züchtigung unter Leos Berührungen, denn es erschien ihr heimtückisch, dass er zärtlich begann. Noch kannte sie ihn nicht und musste sich daran halten, dass er ihr zur Unterwerfung und Erziehung disziplinarische Maßnahmen angekündigt hatte.

Aber es folgten keine Schläge. Stattdessen streichelte er sie weiter, nicht nur ihren Hintern, sondern auch Rücken und Schenkel. Es war nicht unangenehm.

»Ich werde dir nun zur Begrüßung und Einführung deinen hübschen Hintern versohlen«, erklärte Leo. Seine Stimme klang dabei so erotisch, dass Sophie ein Seufzen entfuhr. Leo ignorierte es. »Du wirst es ertragen und vielleicht auch mögen.«

Sie wollte ihm lieber nicht widersprechen, aber es war lange her, dass sie es genossen hatte, von Hand versohlt zu werden. Natürlich brannte es auf ihrer Haut wie Feuer, wenn es einer gut beherrschte. Es genügt jedoch weder um sie kleinzukriegen noch um sie zu erregen. Falls ihr neuer Herr sich über sie erkundigt hatte, musste er eigentlich wissen, dass sie es härter brauchte, viel härter.

»Entspann dich«, befahl er leise und fuhr fort, ihren Po zu streicheln, dann gab er ihr einen ersten leichten Klaps auf ihren Po, ein weiterer folgte. Die Schläge wurden ganz langsam schneller, fester, ließen kein Stückchen Haut ihrer Pohälften und ihrer Schenkel aus. Sophie fühlte, wie alles immer heißer wurde, dabei mehr und mehr schmerzte. Es war überraschend und fühlte sich gut an. Ein intensiver, brennender Schmerz, der kaum nachließ und mit einem Male fiel es ihr schwer stillzuhalten, sich nicht zu bewegen – und dann zuckte sie erstmals aufstöhnend zusammen und versuchte instinktiv seinem nächsten Schlag auszuweichen.

»Halt still! Das Rot ist noch nicht intensiv genug«, bemerkte er, fuhr fort und Sophie wimmerte trotz zusammengebissener Zähne bald bei jedem Schlag.

Es war überraschend, aber seine Hiebe machten sie tatsächlich an. Je mehr sie zuckte, desto fester wurde sie von seiner Hand niedergezwungen, zuerst am Rücken, mittlerweile am Genick, als wäre sie ein ungezogener Welpe. Sie spürte jeden einzelnen Finger, wie er sie mühelos kontrollierte, ohne dass sich seine Fingernägel in ihre Haut bohrten.

Wie war es möglich, dass diese schlichte Züchtigung sie erregte, ihre Haut wie Feuer brennend, in ihrem Kopf den Widerstand aushebelte und sie nichts mehr wollte, als vor ihm auf die Knie fallen und ihm von ganzem Herzen huldigen. Diese Art von Züchtigung war doch eigentlich gar nicht ihr Ding – hatte sie geglaubt. Was machte er anders?

»Bitte, Herr, nimm mich«, bettelte Sophie und keuchte. Ihre Vagina verlangte danach, ausgefüllt zu werden, in einem lustvollen Akt zum Höhepunkt getrieben. Hoffentlich war er gut ausgestattet und nahm sie schnell und hart. Genau das brauchte sie jetzt.

Leo antwortete nicht mit Worten. Seine Hiebe wurden noch fester und schneller, und der Flächenbrand auf Sophies Haut war so schlimm, dass sie jegliche Selbstbeherrschung und Kontrolle verlor. Sie krallte sich mit den Fingern in das Polster des Sofas, wand sich unter seiner Hand, kreischte, als er mehrmals auf dieselbe Stelle schlug.

»Auaaa, bitte Herr, bitte hören Sie auf, aua!«

»Still!«

»Gnade Herr, bitte!«

Sophie schrie umsonst. Leo war erbarmungslos. Er klatschte ihre

Pohälften und ihre Schenkel rauf und runter. Als Sophie versuchte aufzuspringen, hielt er sie fest. Es gab kein Safeword, es gab keine Flucht. Eigentlich wollte sie ja auch gar nicht flüchten, sie wollte es fühlen, dass er nicht nachgab und die Lage beherrschte.

Leo schimpfte nicht, er ermahnte sie nicht, sich zu mäßigen. Sein Vorgehen war so ruhig und beherrscht, dass Sophie es kaum begriff. Er packte einfach ihre Hände und zog sie ihr langsam gegen ihren latenten Widerstand auf den Rücken, wo er sie fesselte. Sophie stöhnte laut auf. Gerade diese wie selbstverständlich ausgeführte Handlung brachte sie fast um den Verstand. Es war nichts Neues gefesselt zu werden, aber andere Doms ermahnten, schimpften, drohten – dieser handelte einfach und sie traute sich nicht, dagegen nochmals aufzubegehren. Zudem handelte es sich nicht um eine übliche Fessel, sondern einen Kabelbinder. Einen weiteren schlang er um ihre Fesseln, dann fuhr er fort sie zu züchtigen. Der Schmerz war jetzt allerdings viel intensiver, verdammt spitz und fühlte sich an wie ein Nagelkissen. Was benutzte er? Eine Bürste aus Nägeln?

Verdammt, warum wollte er sie denn nicht nehmen? Das Kissen verbarg, ob er erregt war. Bestimmt war er das.

Immer häufiger schrie sie aus vollem Hals auf, strampelte mit den Beinen, warf ihren Kopf hin und her. Der Schmerz erschien Sophie inzwischen absolut unerträglich.

»Gnade, Herr!«

Keine Reaktion. Sie war seinen Wünschen und seiner Willkür ausgeliefert und es blieb ihr nichts anderes übrig, als darauf zu vertrauen, dass er sich seiner Verantwortung bewusst war. Betteln lag ihr nicht, trotzdem flehte sie ihn an, damit aufzuhören. Aber Leo züchtigte sie solange, Hieb um Hieb, bis Sophies letzter Widerstand erschlaffte und sie nur noch heiser schluchzte, in Tränen aufgelöst, matt über seinen Schenkeln liegend. Da hörte er endlich auf, ließ sie langsam von seinen Beinen sinken, bis sie vor ihm kniete, am ganzen Körper zitternd, vollkommen aufgelöst.

»Du hast dich noch nie jemandem wirklich unterworfen, nicht

wahr?« Leo streichelte Sophie über den Kopf und sie nickte. Dicke Tränen liefen über ihre Wangen und tropften vom Kinn auf den Boden. Wann hatte sie zuletzt geweint? Sie erinnerte sich nicht. Der Schmerz allein konnte es nicht sein, sie war hart im Nehmen. War es das Wissen über die Aussichtslosigkeit ihrer Lage, die sie empfindlicher gemacht hatte? Ihre Haut brannte so sehr, als wolle sie sich ablösen.

»Es wird wohl Zeit, dass dir jemand klar macht, wie schön und wie hart BDSM wirklich sein kann. Man sagte mir, du hältst einiges aus und suchst genau diese Herausforderung. Es überrascht mich daher ein wenig, dass du dich so aufführst und die Züchtigung nicht demütiger annimmst. Schließlich warst du es, die mich gesucht und um diese Erziehung gebeten hat, nicht umgekehrt. Also akzeptiere.«

Mich überrascht das alles auch, dachte Sophie. *Ich verstehe gar nicht, was mit mir los ist. Vielleicht liegt es daran, dass ich die ganze Woche darüber gegrübelt habe, ob ich es tun oder lassen soll? Die Endorphine tanzen durch meinen Körper und wollen nur noch eins, dass er mich nimmt und mir einen Orgasmus gönnt.*

Ihr Schoß war warm und nass, das konnte Leo nicht verborgen bleiben. Er löste ihre Handfesseln und reichte ihr ein Taschentuch. Sophie wischte sich ihr Gesicht ab und schnäuzte sich die Nase.

Leo schnupperte und grinste. »Was den Sex betrifft, Sophie, so entscheide ich ganz alleine, wann, wo und wie ich dich nehme. Das kann sinnlich und ausgiebig sein, aber auch kurz und hart, und das wird es zumindest am Anfang sein. Du wirst vermutlich vor mir zuhause sein, so dass dir Zeit bleibt, dich frisch zu machen und dich mir nackt zu präsentieren, sobald ich hereinkomme. Du wirst dich tief bücken, vor der Garderobe in dieser Position warten, und ich werde dich nehmen, wenn mir danach ist, einfach weil du mein Eigentum bist. Kapiert?«

»Ja, Herr«, erwiderte Sophie leise. Und was war, wenn er keine Erektion hatte? Oder gab es das nicht?

»Ich kann sehr zärtlich und leidenschaftlich sein, doch es liegt bei dir, wann es soweit ist. Vorerst musst du dafür Sorge tragen, mir jederzeit zur Verfügung zu stehen. Deshalb möchte ich, dass du dich mehrmals täglich mit Gleitgel darauf vorbereitest. Ich habe keine Lust dich trocken zu vögeln. Das ist weder für dich angenehm, noch für mich. Ich bin kein Vergewaltiger, verstanden?«

Sophie nickte. Zu hohe Erwartungen sollte sie also vorerst nicht stellen. Leo würde auf seinen Rechten als ihr Herr bestehen. So konnten die Spielregeln des BDSM sein und so waren vor allem die von ihm festgelegten Regeln, die sie akzeptiert hatte – und nur so würde es hoffentlich zu dem von ihr ersehnten extremeren Höhepunkt kommen. Es war nur recht, wenn er sie an der kurzen Leine hielt. Es würde ihr nicht gefallen, es würde sie reizbar machen, aber zugleich würde sie ihn anbeten wie eine läufige Hündin.

»Und noch mal, damit das glasklar ist, Sophie – es ist dir nicht erlaubt, dich zu deinem Vergnügen zu berühren! Wenn ich dich beim Masturbieren erwische, werde ich dich so hart bestrafen, dass du dir wünschen wirst, du hättest es gelassen.«

Na wenn schon, dachte Sophie mit gesenktem Kopf. Mehr als mir den Hintern versohlen oder mich mit dem Rohrstock striemen, wird es wohl kaum sein. Wogegen ich absolut nichts einzuwenden hätte, überlegte sie mit leichtem Grinsen. Es liegt ganz bei ihm, ob ich mich beherrschen kann oder nicht. Wenn er mich lüstern und unbefriedigt, wie ich jetzt gerade bin, in mein Bett schickt, werde ich ohne Orgasmus sowieso nicht schlafen können. *No risk, no fun.* Sophie musste sich zusammenreißen, damit ihr Gesicht nicht ihre erotischen Gelüste widerspiegelte.

»So, lass uns etwas essen. Komm mit.«

Leo stand auf und ging hinüber zur Kochecke. Wie konnte er in diesem Augenblick an Essen denken?

»Herr, die Fessel …«

»Habe ich nicht vergessen«, knurrte er. »Kriech oder spring.«

Sophie erhob sich zögernd. Sie hatte absolut keine Lust am Boden herum zukriechen, dann schon lieber hüpfen. Widerwillig gehorchte sie.

»Kannst du kochen?«

Sophie räusperte sich, um den Frosch in ihrem Hals loszuwerden. »Ja, schon. Nicht so gut wie ich lecken und saugen kann …«

Leo lachte und gab ihr einen Klaps auf ihren Hintern, der sich fast wieder beruhigt hatte. »Ein netter Versuch. Vielleicht komme ich später darauf zurück. Schau in den Kühlschrank und versuch aus dem Inhalt etwas zu zaubern, während ich meine Zeitung lese.«

Er setzte sich auf einen Barhocker am Küchenthresen und schlug die Tageszeitung auf, die darauf lag.

Der Kühlschrank war für mehrere Tage gefüllt. Sophie begutachtete Waren und Verfallsdatum und entschied sich dann für die Hähnchenschenkel und diverse Gemüse. Früher hatten sie und Nadine öfter zusammen gekocht. Das schien ihr eine halbe Ewigkeit her zu sein. Es gab eine handvoll Gerichte, die sie einigermaßen beherrschte, aber für sie alleine hatte sich das Kochen nicht gelohnt. Unter der Woche ging sie Mittags mit den Kollegen in eine nahe gelegene Firmenkantine essen und am Wochenende gab es etwas aus der Dose oder Tiefkühltruhe.

»Mach nicht so ein missmutiges Gesicht«, kritisierte Leo mit Blick über den Rand seiner Zeitung. »Ich lasse mich gerne verwöhnen. Streng dich ein bisschen an.«

Seufzend machte Sophie sich an die Arbeit, die Hähnchenteile anzubraten, Reis aufzusetzen und eine Currysauce zu zaubern. Sie hatte noch nie nackt am Herd gestanden und hatte Angst, einen heißen Spritzer abzubekommen. Aber es ging alles gut und Leo schnupperte von Zeit zu Zeit zufrieden.

Kapitel 9

Der Rest des Tages wirkte auf Sophie wie das geruhsame Plätschern eines sommertrockenen Bächleins. Nichts geschah, absolut nichts.

Leo informierte sie häppchenweise über ihre weiteren Pflichten, während er das Essen offensichtlich genoss. Sie selbst aß nur wenig. Ihr Magen war wie zugeschnürt. Sie war gerne nackt und sich der Schönheit ihres Körpers bewusst. Ihm am Esstisch als Evas Tochter gegenüber zu sitzen und mit ihm zu speisen, fühlte sich jedoch merkwürdig an.

Morgens wünschte Leo mit Kaffee im Bett und einem Blowjob geweckt zu werden. Danach würde er entscheiden, ob er eine Züchtigung zur Bestätigung ihres Sklavenstatus für notwendig halte. Sodann würden sie, sobald ihre zwei Kennenlernwochen vorüber wären, beide Arbeiten gehen und abends erwartete er, von Sophie bekocht und rundum verwöhnt zu werden. Mittwochs hätte er häufig Sitzungen und käme später nach Hause, für Sophie genügend Zeit, um die Wohnung in Schuss zu halten und alle weiteren Aufgaben zu erledigen.

Als Leo seine Sklavin gegen zweiundzwanzig Uhr in ihr einsames Bett schickte, war diese äußerst unzufrieden. Vierzehn Tage lang hatten sie Zeit sich aneinander zu gewöhnen, ehe der Alltag eintrat, aber Sophie hegte nicht die Absicht, diese Zeit nur mit Putzen und Kochen, mit Waschen und Bügeln, mit dem Erlernen der von ihm erdachten Regeln zu verbringen. Von Sex keine Spur. Weitere Züchtigungen oder Berührungen hatten nicht stattgefunden.

Außerdem vermisste sie ein Spielzimmer, wie sie es in der Wohnung eines Doms mit diesem Ruf erwartet hätte. Mussten sie erst irgendwohin fahren, mietete Leo sich stundenweise in einem BDSM-Studio ein? Das mochte sie nicht glauben. Dafür erschien er ihr viel zu anspruchsvoll – und betucht.

Noch während Sophie frustriert über die Gegebenheiten nachdachte, begann sie ihre Brüste zu streicheln. Sie benötigte dringend Ablenkung. Dieses Zimmer war eine Frechheit, eine Zumutung. Mit Wehmut liefen vor ihrem geistigen Auge Bilder ihrer Wohnung ab. Sie hatte nicht viel besessen, aber dieses wenige war exklusiv und fehlte ihr, vor allem ihr gemütliches warmes Bett.

Sophie knurrte verärgert vor sich hin. Warum zum Teufel hatte sie sich auf diese Sache eingelassen? Nur ihr verfluchter Stolz war daran schuld, weil sie glaubte, etwas durchziehen zu müssen, was sie angefangen hatte. Es wäre weniger unangenehm gewesen, sich bei allen, die sich für sie eingesetzt hatten, zu entschuldigen und das Ganze abzublasen. Und nun? Dieser sogenannte Super-Dom war ein Langweiler! Selbst wenn die Züchtigung ihres Hintern sehr aufregend gewesen war. Der Ausblick auf die nächsten zehn Tage versprach wenig Spannung.

Wie dem auch sei, Leo würde sie nicht davon abhalten können, in der Stille ihres armseligen Refugiums zu machen, wonach ihr gelüstete. Sie beabsichtigte keinesfalls, auf ihr eigenes Vergnügen zu verzichten. Beim Umsehen hatte sie weder ein Mikrofon noch eine Kamera entdeckt. Ach was, es gab keinen Grund in Paranoia zu verfallen, dass er irgendwo Wanzen versteckt haben könnte. Das Interessanteste, was ihr in den nächsten Tagen bevorstand, war herauszufinden, wie er zu diesem beeindruckenden Ruf gekommen war.

Unter ihren kundigen Fingern hatten sich ihre Nippel lustvoll verhärtet und sie stöhnte leise, während sie mit einer Hand mal links, mal rechts weiter streichelte, mit der anderen über ihren

Bauch hinab fuhr und sanft ihre Perle stimulierte. Wie schön wäre es, Leos warmen Atem darauf zu spüren, das sinnliche Lecken seiner Zunge, die Hände auf der Innenseite ihrer Schenkel, nachdem er sie ausgiebig gezüchtigt hatte.

Sophie wälzte sich voller Sehnsucht auf ihrer Matratze hin und her. So ging das nicht. Sie musste ihren Vibrator benutzen, um zu einem Höhepunkt zu kommen, der sie zufrieden stellte. Leise stand sie auf, öffnete die Schranktür und griff hinter ihre Pullover, wo sie ein Täschchen versteckt hatte. Reißverschluss auf und – ah, wie gut es tat, den Vibrator mit dieser samtig weichen Oberfläche in der Hand zu halten. Schnell gab sie aus der Tube mit dem Gleitgel einen Klecks darauf, schaltete das Toy ein und schob es sich noch im Stehen mit gespreizten Beinen tief in ihre Vagina. Ein lustvolles Zucken durchlief ihren Unterleib.

Oh, wie gut sich das anfühlte! Sophie presste die Lippen zusammen, um nicht laut aufzustöhnen. Sie brauchte unbedingt ein wenig Zuckerbrot. Tief nach vorne gebeugt kniete sie sich auf die Matratze. Langsam, voller Genuss, zog sie den Vibrator heraus, nur um ihn sich sofort wieder ganz tief hineinzustoßen. Sie stellte sich vor, dass sie sich vor Leo beugen musste, vielleicht über einer Lehne oder einem Strafbock, und er stand hinter ihr, nahm sie mit seinem stolz erigierten Penis hart und schnell von hinten. Es war fantastisch.

Ihr Orgasmus war ganz nah. Sophie verlangsamte das Tempo. *Genieße,* ermahnte sie sich. Ihre Vagina zog sich fast schmerzhaft zusammen, als wollte sie kommandieren, nun mach schon. *Geduld!*

Im selben Moment flog die Tür auf, knallte hart gegen den Schrank und das grelle Licht der Deckenbeleuchtung sprang an.

Sophie keuchte vor Entsetzen. Bevor sie die Lage erkannte und ihre Hände abwehrend anheben konnte, hatte Leo sie mit einer Hand in den Haaren gepackt und zog sie auf die Füße.

»Aua, nein, nicht, aaaah ….«

Seine andere Hand entriss ihr den Dildo und pfefferte ihn in die Zimmerecke. Verdammt, das Teil hatte eine Menge Geld gekostet.

»Du wagst es …?«, stieß Leo schnaubend hervor und zerrte sie an den Haaren hinter sich her, den Flur hinunter ins Wohnzimmer. Es schmerzte sofort unerträglich.

Sophie umklammerte seine Hand, um den Druck an ihrer Kopfhaut zu mildern. »Lassen Sie mich los! Aua! Aufhören!« Sie krallte ihre langen Fingernägel in Leos Haut, doch ohne Erfolg, es schien ihn nicht zu beeindrucken. Tränen schossen ihr in die Augen. Nur unter Mühe gelang es ihr, mit ihm in dieser gebeugten Position Schritt zu halten ohne zu straucheln. »Verdammt, lassen Sie mich los!«

Erst als sie mitten im Raum angekommen waren, ließ Leo ihre Haare los und Sophie stürzte unter dem Schwung, den er ihr mitgab, hart zu Boden.

»Auf die Knie«, befahl er wütend. »Sofort, und bleib ja unten!«

Zitternd vor Angst gehorchte sie. Adrenalin jagte durch ihre Adern. Wieso war er gerade zum unpassendsten Augenblick in ihr Zimmer geplatzt?

»Du schaffst es also nicht einmal, einige Stunden durchzuhalten?«, donnerte seine Stimme über ihr.

Der klopfende Schmerz in ihrer Kopfhaut ließ nach und sie schluckte, versuchte sich zu sammeln, die Hände auf den Oberschenkeln, leicht nach vorne geneigt. Ihre Brust hob und senkte sich hektisch unter ihrem jagenden Atem.

Er stand dicht vor ihr, nah genug, um jederzeit zugreifen zu können. »Was hast du dir dabei gedacht, meinen Befehl zu missachten?« Er schlug ihr auf die Wange, die sofort wie Feuer brannte, und setzte von der anderen Seite nach.

Oh Gott, er wird mich ernsthaft verprügeln, durchfuhr es Sophie voller Angst.

»Entschuldigung, Herr. Ich – ich war so schrecklich lüstern, dass …« Schluchzend verstummte sie.

»Hör auf zu heulen! Damit kannst du mich nicht beeindrucken! Sofort!«

Schniefend bemühte Sophie sich darum, ihre Beherrschung wiederzugewinnen. Sie war eigentlich keine Heulsuse, es überkam sie einfach. Andererseits waren ein paar Tränen vielleicht nicht verkehrt, um das bevorstehende Strafmaß zu mildern. Vielleicht erweichten sie ihn ja doch.

»Dir ist doch wohl klar, dass du eine elementare Grundregel verletzt hast und ich dich dafür hart bestrafen werde?«

Noch nie hatte jemand so ernsthaft und zugleich mit einer derart sexy vibrierenden Stimme eine Bestrafung angekündigt. Ungeachtet des Schreckens, der ihr noch in den Knochen steckte, wurde ihr sexuelles Verlangen davon sofort wieder geweckt. Auf einmal wünschte sie sich, er würde es tun, sie unerbittlich züchtigen, bis sie sich um Vergebung heiser schrie. Es hatte ihr noch nie gelegen, sich aus tiefem Herzen zu entschuldigen. Sie war eine Meisterin bloßer Lippenbekenntnisse. Wenn es jemand schaffen konnte, sie zu unterwerfen, ihre Lust zu zähmen, ihr Gehorsam beizubringen, dann war dieser Jemand Leo. Sie hatte ihn wohl unterschätzt.

»Sophie?« Seine Stimme klang ungehalten.

»Ja, Herr. Ich bitte Sie mich zu bestrafen. Ich habe gesündigt.«

Leo knurrte und Sophie war sich nicht sicher, ob er über ihre Wortwahl amüsiert war. Dann räusperte er sich. »Nun, ich denke, Sklavin, du hast mich unterschätzt. Ich hatte gehofft, du würdest dich schnell in deine neue Lage fügen und es bliebe uns beiden erspart, dass ich hart durchgreife.«

Er seufzte, als wäre es ihm unangenehm oder lästig, sie dem Anlass gemäß zu strafen. Obwohl er ihr B und D angekündigt hatte, klang es jetzt, als hätte er es nie vorgehabt.

Leo ging in den hinteren Teil des Wohnzimmers und Sophie wagte es nicht, ihren Kopf zu heben, um zu schauen, was er vorhatte. Verdammt, hatte sie sich nicht gewünscht, eine gute Sub zu sein? Ja. Sie war ja auch eine gute Sub, nur aber eben keine gute Sklavin, und es ging längst nicht mehr darum, ob sie das wollte.

Sie musste! *Doch, ich will,* dachte Sophie trotzig und gleichzeitig fingen ihre Lippen an zu zittern.

Leo kehrte zurück.

»Steh auf. Arme hinter den Kopf, Beine breit, Augen geschlossen.«

Sophie gehorchte. Vor lauter Angst vergaß sie fast zu atmen. Was würde er mit ihr machen? Es gab so viele Möglichkeiten und ihre Erwartungen waren seinem Ruf gemäß hoch. Sein warmer Atem streifte ihr Ohr und sie hielt die Luft an.

»Du wirst meinen Befehl zu hundert Prozent ausführen, dich nicht von der Stelle rühren, dich nicht wehren«, knurrte er wie eine gefährliche Bestie und ein Schauer lief ihren Rücken herunter. »Falls doch, falls ich die geringste Gegenwehr verspüre oder du auch nur ein bisschen blinzelst, sperre ich dich die nächsten vierundzwanzig Stunden bei Wasser und Fressnapf wie einen räudigen Hund in den Käfig.«

Sophie brauchte einige Sekunden, um den Inhalt seiner Worte in ganzer Tragweite zu erfassen, denn Leo hatte leise und sanft gesprochen, als wolle er sie beruhigen und sie nicht einschüchtern. Das war es. Genau diesen Druck brauchte sie. Ein verheißungsvolles Kribbeln erfasste sie von oben bis unten. Sie zweifelte keinen Augenblick daran, dass er seine Drohung ernst meinte.

In Erwartung einer harten Züchtigung verkrallte sie ihre Hände ineinander und kniff die Lider fest zusammen, um seinem Befehl zu gehorchen. Vierundzwanzig Stunden … Käfig … hallte es in ihrem Kopf wider. Wo zum Teufel hatte Leo in dieser Wohnung einen Käfig versteckt? Vielleicht gab es irgendwo einen Raum, den er ihr noch nicht gezeigt hatte – oder eine zweite Wohnung in diesem Haus? Sie hatte vieles ausprobiert, aber in einem Käfig war sie noch nie gesessen und sie legte auf diese Erfahrung auch nicht unbedingt Wert. Einerseits wäre dieses Erlebnis vielleicht sehr aufregend, andererseits erschien ihr eingesperrt zu sein das Schlimmste, was sie sich vorstellen konnte. Und sie wollte es zumindest nicht riskieren, bis sie Leo ein wenig näher kannte und wusste, wie weit sie sich bei ihm auflehnen durfte und wie weit seine Strafen gingen. Wobei sie die Grenze seiner Geduld zumindest für den Moment überschritten hatte und es gerecht war, wenn er sie sich dementsprechend vornahm.

Leos Hände strichen sanft über Sophies Rücken hinab und sie kniff unbewusst in Erwartung eines harten Schlages die Pobacken zusammen.

»Locker lassen«, forderte er mit einem Klaps auf ihren Hintern.

Geräusche, die sie nicht einordnen konnte, forderten Sophies Fantasie. Ein Lederriemen, um sie zu züchtigen? Eine Peitsche?

»Beine weiter auseinander. Gut so. Denk daran, was ich gesagt habe.«

Sophie hielt den Atem an und erstarrte mit jeder Phase ihres Körpers zur Statue. Sie hatte soviel erlebt und doch versprach schon alleine diese Situation, sein Tonfall, – nein, seine gesamte Aura! – dass etwas Besonderes auf sie zukam.

Sie fühlte, wie Leo ihr etwas um die Taille legte, vielleicht einen Gürtel, und mit einer Schnalle verschloss. Aha, er würde sie also fesseln, vielleicht mit einer aufwändigen Leder-Ketten-Konstruktion? Ein überaus erregender Gedanke. Sie liebte es, gefesselt zu sein, ihrer Erregung hilflos ausgeliefert und auf den Höhepunkt zu warten.

Nun zog er etwas Schmales zwischen ihren gespreizten Beinen hindurch, schob es in ihre Poritze, prüfte den Sitz, presste, zerrte. Sie fühlte seine Fingerspitzen, wie sie zurechtrückten. Vielleicht ein Riemen?

Dann war ein leises Klicken zu hören und Sophie wurde von Eiseskälte überflutet. *Oh nein,* dachte sie erschrocken. Ihr Kopf weigerte sich, den Begriff zu formulieren für das, was es zu sein schien. Sie fühlte genau, dass sich das Leder anders, als sie es bisher bei Fesseln kennengelernt hatte, gegen ihre Schamlippen schmiegte. Da passte kein Millimeter dazwischen, geschweige denn ihre Finger. Aber wie konnte das sein? Wieso passte dieses

Ding so hautnah? Leo strafte sie nicht mit einer Züchtigung, es war viel schlimmer und traf sie bis ins Mark, als kenne er bereits ihre Grenzen. Nein, lass es nicht das sein, wovon ich glaube, dass es das ist, dachte sie beklommen.

Es dauerte eine Ewigkeit, bis er sie aufforderte, die Augen zu öffnen. Entsetzt sah sie an sich herunter. Ihre Befürchtung stimmte. Leo hatte ihr einen Keuschheitsgürtel angelegt und mit einem kleinen Schloss gesichert.

»Herr, bitte, ich weiß, ich war sehr ungehorsam«, würgte sie hervor, »aber, aber muss das wirklich sein?« Sie hasste sich für die Schwäche, die ihr unter seinem fixierenden Blick die Tränen in die Augen trieb. Ihre Knie gaben nach und sie sank vor ihm auf den Boden. »Bitte Herr, bitte alles, nur das nicht, ich …«, Sophie schluckte. Stolz war in diesem Augenblick etwas, was sie sich nicht leisten konnte. Aufbegehren ebenso wenig.

Eine Träne löste sich aus ihrem Auge. Eine weitere, und lief ihre Wange hinab, bis zu ihrem Mund. Es schmeckte salzig, als sie sich über die Lippen leckte. »Bitte Herr, ich flehe Sie an.«

Leo sagte nichts und das sagte wiederum alles. Seine Dominanz nahm Sophie die Kraft zu atmen. Er stand einfach da und schaute mit einer so regungslosen Miene auf sie herab, dass sie es nicht schaffte, seinem Blick standzuhalten und schluchzend ihren Kopf senkte.

Bitte nicht, wollte sie noch mal widersprechen. Doch die Worte formten sich nur in ihren Gedanken, wollten nicht mehr über ihre Lippen kommen. Ein ganzer See voller Tränen füllte ihre Augen, aus Frust über seine Maßnahme, aber auch aus Scham über sich selbst, über ihre eigene Schwäche.

Sie war eine solche Närrin. Wie hatte sie nur glauben können, er würde nichts davon merken, was sie in ihrem Zimmer trieb. Als dominanter Herr musste er überall seine Augen und Ohren zu haben. Wenn sie dieses Ding wieder los werden wollte, würde sie ihm mit aller Kraft beweisen müssen, dass sie seine ergebene Sklavin sein wollte. Falls er überhaupt bereit war, es ihr jemals wieder abzunehmen. Sie wimmerte verzweifelt. So hatte sie sich ihre Unterwerfung nicht vorgestellt.

»Möchtest du lieber zwei Tage im Käfig verbringen?«

Zwei Tage? Das war keine reizvolle Alternative. Wieso zum Teufel ahnte er ihre größten Ängste? »Nein Herr«, wimmerte Sophie leise. »Bitte tun Sie mir das nicht an. Bitte.«

Er schlenderte zur Sitzgruppe und setzte sich in einen der Sessel. »Komm her«, forderte er leise.

Sophie stand auf und ging ein wenig ungelenk zu ihm hinüber. Es war ungewohnt, so verschnürt zu sein, den leichten, wenngleich nicht zwickenden oder schmerzenden Druck der Gurte zu spüren und – verdammt! Sophie schluckte. War das denn möglich? Es erregte sie, ihm nun vollkommen ausgeliefert zu sein. Es war unmöglich, das vor ihm zu verbergen. Ihre aufgerichteten festen Nippel sprachen für sie.

Auf seine Geste hin kniete sie sich vorsichtig zwischen seine Beine.

»Schau mich an.«

Zaghaft, noch von ihrer neuen Lage erschüttert, gehorchte sie.

»Empfindest du meine Maßnahme als ungerecht?«

Sophie schüttelte den Kopf. »Nein Herr.« Sie wischte sich mit der Hand die letzten Tränen unter den Augen weg und schniefte.

»Gut. Dann gibst du also zu, dass du ganz allein dir diese Strafe eingebrockt hast?«

Sie nickte mühsam. Wenn er sie noch länger so ansah und so ruhig, fast liebevoll und ein wenig bedauernd mit ihr sprach, würde sie noch einmal in Tränen ausbrechen, aber diesmal würde sie sich nicht so schnell beruhigen. Die Erkenntnis, warum das so war, traf sie fast genauso hart, wie seine Strafe: sie schämte sich für ihre Unvollkommenheit. Sie war klug, sie war schön, sie war erlebnisbereit. Aber sie war nicht devot. Nicht wirklich.

»Ich bin bereit, dir den Gürtel morgens und abends für eine Stunde abzunehmen, damit du in Ruhe auf Toilette gehen und duschen kannst. Falls du dieses Entgegenkommen missbrauchst, um dich zu befriedigen, behältst du ihn an. Untertags wirst du damit klarkommen müssen. Man kann durchaus damit aufs Klo oder duschen.«

Sophies Lippen zitterten. Hygiene war ihr wichtig und der Keuschheitsgürtel machte dies nicht unmöglich, aber erschwerte alles. Sie mochte sich nicht vorstellen, was das bedeutete. »Es tut mir leid Herr. Ich – ich werde gehorsam sein. Ich verspreche es.«

Leo lächelte verzeihend. »Nicht versprechen, Sklavin. Beweise es, es wird dir schwer genug fallen.«

Sophie schniefte. »Ja, Herr.«

Ihr lag die Frage auf der Zunge, warum er dieses seelische Folterinstrument in so vollendeter Passform vorrätig hatte, als ihr auf einmal eine Idee durch den Kopf schoss. Sie schnappte nach Luft. Als sie bei dem von ihm reservierten Gynäkologentermin erschienen war, hatte man nicht nur den HIV-Test gemacht, sondern unter dem Vorwand einer statistischen Erhebung bla bla auch ihre Maße genommen. Sie kam nicht dazu, weiter darüber nachzudenken.

Leo hatte sie die ganze Zeit über schweigend gemustert. Jetzt seufzte er laut, beugte sich vor, streichelte ihr sanft übers Haar, hob ihr Kinn höher und hauchte ihr einen Kuss auf den Mund.

Sophies Lippen brannten wie Feuer. Mehr, flüsterte ihr Kopf. Sein nächster Kuss entsprach ihren Vorstellungen. Wild und ungestüm nahm seine Zunge ihren Mund in Besitz, während sich eine Hand in ihren Haaren vergrub, die andere an ihrem linken Nippel spielte. Sie stöhnte unter seinem Kuss auf und ihr ganzer Körper verlangte danach, von ihm erobert zu werden, doch da war es schon wieder vorbei.

»Komm, ich zeig dir etwas, das dich motivieren dürfte, dich mehr anzustrengen. Du hast dich bestimmt schon gefragt, wo ich mein Spielarsenal aufbewahre.« Leo kicherte leise.

Kapitel 10

Ein neuer Versuch, aber auch diesmal nahm Sophie nicht ab.
Verdammt, das war völlig untypisch für sie, dass sie nicht ans
Telefon ging.

»Was ist los?«, fragte Laurin und sah Nadine über den Rand der
Tageszeitung hinweg an.

»Ach nichts.«

»Du hast doch was.«

Nadine seufzte. »Sophie nimmt nicht ab.«

Laurin schmunzelte. »Du bist schrecklich neugierig.«

Sie zuckte mit den Schultern, als könne sie dieser Vorwurf nicht
treffen. »Und wenn schon, ich will ja nur wissen, dass es ihr gut
geht! Ist das zuviel verlangt?«

Es war eigenartig, wie alles begonnen hatte und ausgerechnet
jetzt musste sie daran zurückdenken. Als neugierige Teenager
waren Nadine und Sophie als dicke Freundinnen mit dem Er-
wachen ihrer Sexualität ganz versessen darauf gewesen, alles
anders zu machen als die anderen Mädchen ihres Alters. Es war
beinahe wie eine Art Wettbewerb gewesen. Sie wollten reifer sein,
erfahrener, mutiger als ihre Altersgenossinnen und sie wollten
vor allem das Besondere, den ultimativen Kick. Auf was für ein
Abenteuer sie sich dabei einlassen und wie es ihre sexuellen
Bedürfnisse schon früh verändern würde, davon hatten sie natürlich keine Ahnung gehabt. Und wenn, dann würden sie im

Nachhinein betrachtet, vermutlich alles wieder ganz genauso machen. Zumindest Sophie.

Statt sich um ihre Hausaufgaben zu kümmern, stöberten sie stundenlang im Internet und nahmen gierig alles auf, was man dort über Sex erfahren konnte. Nicht alles war erfreulich. Ehe sie sich versahen, gerieten sie auf Seiten, die sie lieber nicht geöffnet hätten und die ihnen verdeutlichten, wie gefährlich die Welt sein konnte. Abhalten weiter zu machen konnte sie dies dennoch nicht. Ihre Neugierde und ihre Abenteuerlust waren so groß, zumal sie sich gegenseitig anstachelten, dass sie alles erforschten und ansahen, was es an sexuellen Praktiken dort zu finden gab. Mit klopfendem Herzen, manchmal peinlich berührt, oftmals mit hochroten Köpfen vor Aufregung, stieg ihre Erlebnis- und Risikobereitschaft von Mal zu Mal. Überhaupt, sie waren nicht nur schön, sondern auch klüger als andere Mädchen. Demzufolge geschahen die schlimmen Dinge sowieso immer nur den anderen.

Die Folge ihrer Überheblichkeit war, dass die ersten zarten Erfahrungen mit Jungen ihres Alters längst nicht ihre Erwartungen erfüllten. Die Freundinnen redeten freizügig über alles und ihr Verlangen wurde immer größer, anderes auszuprobieren, was weit über Blümchensex hinausging, erwachsen und zugleich aufregend wie ein Abenteuer war.

Es war schließlich Sophie gewesen, die den Anstoß gab, sich aufreizend anzuziehen, als verführerische Lolitas ihr Glück in einem SM-Club zu versuchen, den sie beim Surfen auf Seiten ihrer Stadt entdeckt hatte. Nadine war einverstanden, aber der Realität nahe, schreckte sie plötzlich zurück. Träumen, Hoffen, Wünschen – das war etwas anderes, das war so fern. Aber sich der Situation wirklich stellen, mit einem Unbekannten, der erfahrener war als sie selbst, sexuelle Praktiken ausüben, die sie nur vom Lesen, von Fotos und Videos kannten, das war nicht nur erregend, sondern auch beängstigend. Es dauerte ein paar Tage, ehe ihre Freundin sie an der Ehre gepackt und zu wenigstens einem Versuch überredet hatte.

Rückblickend konnte Nadine nur den Kopf darüber schütteln, wie naiv und auch leichtsinnig sie die Sache angegangen waren. Wie aufgeputzte Püppchen, auf den höchsten Absätzen, die ihre Schuhe hergaben, mit den engsten und freizügigsten Klamotten, die jede von ihnen im Kleiderschrank fand, hatten sie sich an einem Samstagabend von einem Taxifahrer zu dem SM-Club fahren lassen. Der Mann hatte sie durchdringend gemustert und kurz nachgefragt, ob die Adresse tatsächlich richtig wäre, sie dann jedoch ohne weiteren Kommentar chauffiert.

Der Türsteher, ein großer muskulöser Mann in schwarzer Lederkleidung, musterte die drei von oben bis unten und verzog den Mund zu einem hämischen Grinsen. »Was wollt ihr denn hier Kinder? Fasching ist längst vorbei.«

»Fasching?«, spie Sophie verächtlich hervor. Ich kann nichts dafür, wenn Sie nicht up-to-date sind. Können wir jetzt gefälligst da rein?« Nadine sah ihre Freundin für ihr unerschütterliches Selbstbewusstsein bewundernd von der Seite an.

Der Mann lachte, erst leise, dann schwoll sein Lachen zu einem bebenden Orkan an, der seinen ganzen Oberkörper schüttelte. Er strich sich seinen dichten Schnauzbart nach links und rechts zur Seite, schaute von einer zu anderen, lachte noch einmal dröhnend und schließlich drehte er sich zu Nadines Verblüffung um und hielt ihnen die Tür auf.

»Wenn ihr unbedingt wollt – aber beklagt euch nicht, wenn man euch mehr, als euch lieb ist, an die Wäsche geht.«

Mit hocherhobenem Kopf, den Rücken aufrecht durchgestreckt, stolzierte Sophie an ihm vorbei, ohne ihn eines weiteren Blickes zu würdigen. Nadine hatte Mühe, ihr auf ihren hohen Stiftabsätzen zu folgen. Die Tür fiel hinter ihnen schwer ins Schloss und sie hatte plötzlich das Gefühl, dass sie einen großen Fehler machten und sich direkt in die Höhle der Löwen begaben.

Die Eindrücke, die in der nächsten Sekunde auf sie einstürmten, waren überwältigend. Ein paar Stufen führten hinunter in einen Raum, der nur partiell gut genug beleuchtet war, um Genaueres zu sehen. Wie weit die Räumlichkeiten sich ausdehnten, war auf den ersten Blick nicht zu erkennen.

Vorwiegend schwarz gekleidete Frauen und Männer, alle um einige Jahre älter als Sophie und ihre Freundin, manche sogar so alt wie ihre eigenen Eltern, standen paarweise oder in Gruppen herum. Mehrere fast nackte junge Männer knieten mit demütig gesenktem Kopf dazwischen, einer mit einer schwarzen Maske, die sein ganzes Gesicht bedeckte. Nadine war so erschrocken, trotz der Fotos, die sie im Internet gesehen hatte, dass sie diesen Anblick nie mehr vergaß.

Ein paar Frauen, mit eng geschnürten Korsagen und teils nackten Brüsten, eine mit verbundenen Augen, eine andere mit einem roten Knebel im Mund. Nadine wusste nicht, wohin sie zuerst schauen sollte. Ein Mann hatte seine Hand auf den Kopf der Frau gelegt, die neben ihm am Boden kniete, und kraulte sie fast liebevoll in den Haaren und bei Nadine keimte zu ihrer eigenen Überraschung der Wunsch auf, diese Frau zu sein.

Die Tops präsentierten sich stolz, aufrecht, einer hielt eine zusammengerollte Peitsche in der Hand, ein weiterer eine Leine, an deren anderem Ende ein junger Mann demütig kniete, bekleidet nur mit einem Hauch von Lendenschurz, der nicht mehr war, als ein lederner, nach unten gerichteter Käfig für seinen Penis … am liebsten hätte Nadine auf der Stelle kehrt gemacht und wäre wieder hinaus gerannt. Zu viele Eindrücke, schöne und erschreckende. Das hier war nicht die Anonymität des Internet. Das hier war live. Wenige Sekunden genügten, um ihr Angst zu machen, um ihr das Gefühl zu geben, hier vollkommen deplatziert zu sein. Aber diese Blöße durfte sie sich nicht geben, während Sophie ihr stolz wie eine Königin voranging, als verkehre sie täglich in diesem Etablissement, und Nadine ihr mit glühenden Wangen folgte.

Das alles lag nun schon solange zurück, dass es aus einem anderen Leben zu sein schien. Vergessen waren Ängste oder Bedenken, die unbeholfenen Versuche, es bei den ersten Erlebnissen dem Top recht zu machen. Vergessen das erste Erleben der Praktiken, von denen sie bis dahin nur eine ungenaue Vorstellung gehabt hatten. Heute war sie diejenige von ihnen beiden, die mutiger war und die Herausforderung suchte, wohingegen Nadine ihre romantische Ader entdeckt hatte.

Wie ihr bisheriges Leben und die Entwicklung ihrer Sexualität wohl verlaufen wäre, wenn sie damals nicht diesen Schritt in eine Welt der Unterwerfung und Dominanz gewagt hätten? Nadine wusste es nicht. Alle beide waren sie naiv, leichtsinnig und übermütig gewesen, und hatten erst im Laufe der Zeit begriffen, in welche Gefahr sie sich begeben hatten und wie gut es das Schicksal mit ihnen meinte, das ihnen nie etwas Schlimmes widerfahren war. Wie leicht hätten sie in die Fänge von Mädchenhändlern geraten und in einem Bordell landen können.

Sie hoffte von ganzem Herzen, dass Sophie jetzt den Herrn gefunden hatte, der sie zu nehmen verstand.

Kapitel 11

Mit vor Aufregung klopfendem Herzen folgte Sophie ihrem Herrn zu einem der Bücherregale. Mit ihrem Keuschheitsgürtel fühlte sie sich nackter als zuvor. Eine seltsame Empfindung. Am liebsten hätte sie sich ein Tuch um die Hüften geschlungen, um die Schande ihres Ungehorsams vor seinen Blicken zu verbergen.

Leo schob ein paar Bücher zur Seite, die von einer schweren Buchstütze gehalten wurde, da das Fach nicht vollständig gefüllt war. Zum Vorschein kam ein kleines Kästchen mit Tasten an der Wand. Leo gab eine Zahlenkombination ein, die Sophie nicht sehen konnte, weil seine Hand die Tasten verdeckte. Wie durch Zauberei schwebte das Regal ein Stück auf die Seite und gab einen Eingang frei, der gerade mal so breit war, dass man hindurchgehen konnte. Zeitgleich war dahinter die Beleuchtung angesprungen.

Leo hieß Sophie mit einer Handbewegung an ihm vorbeigehen, doch schon der erste Eindruck ließ sie stocken. Der Anblick war atemberaubend. Ein komplett eingerichtetes Spielzimmer, wie man es sich schöner und aufregender nicht vorstellen konnte. Sie fühlte die Wärme von Leos Körper, der hinter ihr stand und sie mit der Hand in ihrem Rücken sanft vorwärts schob. Ein sinnliches Kribbeln erfasste sie unter dieser leichten Berührung.

»Willkommen in meinem Spielparadies, Sklavin.«

Sophie blickte sich in fassungslosem Schweigen um. Ein plüschiger roter Teppich bedeckte die eine Hälfte des Bodens – die andere Hälfte bestand aus praktischerem rot und schwarz gesprenkeltem Linoleum. Doch Sophie erfasste das alles nur vage, denn der gesamte Raum offenbarte sich als der wahr gewordene Traum eines Fetischisten.

Es gab einen Strafbock, über den sich zur Züchtigung würde beugen müssen, eine Position, die sie als sehr aufregend empfand. Rollen und Seile, Haken und Ketten, die von der Decke herabhingen oder an den Wänden darauf warteten, den Sklaven zu halten, einen Thron für ihren Herrn und natürlich ein Andreaskreuz.

Eine Wand jedoch bestand ausschließlich aus schwarz eloxierten Metallschränken.

Sophie platzte vor Neugierde. »Darf ich den Inhalt sehen, Herr?«, fragte sie vorsichtig und legte eine Hand auf eine der Schranktüren.

»Du darfst«, erwiderte Leo und ermutigte sie darüber hinaus mit einem sinnlichen Lächeln.

Sie öffnete die Tür und ihr blieb fast das Herz stehen. Noch nie hatte sie eine so große Auswahl an Züchtigungsinstrumenten und Bondageseilen gesehen, sorgfältig sortiert und aufgeräumt. Es gab Lederpeitschen in verschiedensten Ausführungen, zur Erzeugung höchster erotischer Freuden bis hin zu solchem, die den Gezüchtigten vor Schmerzen schreien ließen und dunkle Striemen hinterließen.

Sophie konnte sich nicht satt sehen, um alles in sich aufzunehmen. Ihr Puls jagte vor Entzücken. Es gab geschälte und ungeschälte Rohrstöcke, verschiedene Gerten und Paddel, einen Teppichklopfer, Plastiklineale, und überhaupt jede Art von Züchtigungswerkzeug, das sie sich nur vorstellen konnte. Wow! Dieser Raum war das reinste Spankingparadies. Mehr, viel mehr, als sie erwartet hatte. Sie verkniff sich mit Mühe ein zufriedenes Grinsen. Nadine würde neidisch sein, sehr neidisch, wenn sie ihr davon erzählte.

Sophie sah sich weiter um. Es gab auch mehrere Schubladen. Sie schaute Leo wieder fragend an und er nickte. Das Öffnen der Schubladen war wie das Öffnen einer Überraschungskiste. Nippelklemmen ohne und mit Zähnen, mit Gewichten oder Glöckchen, diverse Handschellen und Lederfesseln, Bürsten, Metallrädchen, Knebel, Kerzen, Vibratoren und – Sophie verzog das Gesicht – Analplugs jeglicher Variante. Dies war bisher das einzige, auf das sie nicht scharf war, wobei sie es nie wirklich ausprobiert hatte. Zwar war sie Tops begegnet, die gerne Analsex mit ihr gehabt hätten und davon abließen, weil sie zu eng und verspannt war, aber mit keinem war sie oft genug zusammengewesen, dass er ernstlich von ihr das Tragen eines Plugs erwartet hätte.

Leo wird es herausfinden, dass ich diese Dinger nicht mag. Vielleicht weiß er es sogar schon? Oh Gott, er wird es irgendwann von mir verlangen. Ich sollte mich schon mal mit dem Gedanken anfreunden, dass …

»Du wirst dieses Zimmer niemals alleine betreten, Sklavin. Verstanden?«, unterbrach seine Stimme ihre Überlegungen.

»Ja, Herr«, flüsterte Sophie tief beeindruckt.

»Dir gefällt die Aussicht, hier von mir gezüchtigt zu werden, nicht wahr?«, fragte er mit kurzem Blick auf ihre verräterischen Nippel.

»Ja«, erwiderte sie wahrheitsgemäß und ließ sich zu einem frechen Grinsen hinreißen. »Wie unartig muss ich denn sein, um in diesen Genuss zu kommen?«

»Artig, nicht unartig, Sophie«, erwiderte Leo schmunzelnd.

Sophie zog eine Schnute. Das hörte sich schwierig und anstrengend und irgendwie verdreht an.

Leo schloss die Schublade und gab den offenen Schranktüren einen Schubs. Geräuschlos fielen sie ins Schloss.

»Genug fürs Erste«, stellte er fest.

Schade, es gab hier noch mehr Türen und Sophie frage sich, was er hinter diesen wohl noch gebunkert hatte. Andererseits lag in dem Geheimnisvollen der Ansporn, sich mehr Mühe zu geben, um diese unbekannten Dinge erkunden zu dürfen.

Sophie gab ein Seufzen tiefen Bedauerns von sich und Leos Augen blinzelten amüsiert.

»Es liegt an dir, wann du in den Genuss meines Spielzimmers

kommst. Wobei ich es nicht nur für erotische Spiele benutze, sondern durchaus auch, um dich hart zu strafen, wie du dir inzwischen wohl denken kannst. Wenn du so weitermachst, wird es auch nicht mehr lange dauern, bis das der Fall ist.« Er lachte.

Sophie zog irritiert die Stirn hoch. Hatte er nicht eben genau das Gegenteil gesagt?

»Aber ich warne dich – du glaubst, du würdest schon alles kennen, hättest bei deinen bisherigen Tops schon alles erlebt?«

Sophie schüttelte zaghaft den Kopf. Das glaubte sie ganz und gar nicht, sonst hätte sie schließlich nicht so hartnäckig nach ihm gesucht.

»Du wirst dir wünschen, meinen Zorn nicht herausgefordert zu haben.«

Konnte irgendetwas noch schlimmer sein, als dieser dämliche Keuschheitsgürtel? Sophie hatte mittlerweile das Gefühl, von ihm erdrückt zu werden. Er lag enger als jedes Kleidungsstück auf ihrer Haut. Trotzdem, sie musste sich zusammenreißen und bei Leo den Eindruck erwecken, sie würde sich fügen.

»Nur damit wir uns richtig verstehen: du bist meine Sklavin, mit allen Konsequenzen«, stellte Leo mit strengem Ton fest. »Du allein bist ganz und gar für mein Vergnügen und meine Grundbedürfnisse zuständig. Je eher es dir gelingt, deine Rolle zu akzeptieren, desto früher kommst auch du zu deinem Vergnügen im Spielzimmer.«

Ach so. Das Spielzimmer stand auf jeden Fall zur Disposition. Es kam nur darauf an, wie sie es nutzten und es ging um mehr, als einen glaubwürdigen Eindruck zu machen. Sie musste ihre Rolle leben und eigentlich wollte sie das doch auch, wenn nicht immer wieder ihr Stolz aufbegehren und alles zunichte machen würde. Es würde eine harte Zeit werden …

»Ich weiß, es ist nicht einfach. Aber du wirst es lernen, Tag für Tag ein wenig mehr«, versicherte er ihr.

Sophies Vagina zuckte lüstern. Seine Dominanz war vollkommen. Sein Blick, seine Stimme, die Wahl seiner Worte, seine körperliche Nähe – alles gab ihr auf eine nicht unangenehme Weise mehr und mehr das Gefühl, ihm unterlegen zu sein. Die Erregung brannte in ihren Adern, verzehrte ihren Unterleib und machte sie schwach. Die Sehnsucht nach einem Orgasmus war fast unerträglich, aber die Aussichten darauf waren noch schlechter als vor ein paar Stunden.

Leo kam näher, seine Hand presste sich auf Sophies Schritt. Trotz des dicken Leders spürte sie den Druck und wünschte sich, seine Hand läge direkt auf ihrer Klitoris und ihren Schamlippen, die auch ohne Aussicht auf Erfüllung die Innenseite des Keuschheitsgürtels benetzten.

Leo beugte sich zu ihr herab. Seine Lippen waren so dicht an Sophies Gesicht, dass die Sehnsucht nach einem Kuss übermächtig wurde. Sophie drehte ihm ihr Gesicht entgegen, versuchte Leos Mund mit ihrem zu berühren, aber er hielt sie an den Armen fest und drückte sie mit ihrem Rücken gegen die Wand.

»Was ist los mit dir? Du willst noch einen Kuss?«, knurrte er.

Sophie nickte mit weit aufgerissenen Augen. Wenigstens das, wenigstens irgendeine Gunstbezeugung von ihrem Herrn. Sein Mund hatte angenehm nach Pfefferminz geschmeckt und sein Kuss war eine Wiederholung wert.

Leo schüttelte den Kopf. »Auch den musst du dir erst noch verdienen.« Er gab sie frei. »Geh jetzt schlafen und denk dran, dein Körper gehört mir. Wenn ich dich dabei erwische, dass du deine Nippel streichelst, so weiß ich schon jetzt, wie ich das künftig verhindern werde!«

»Ja Herr«, erwiderte Sophie tief beeindruckt. Es gab keinen Grund an seinen Worten zu zweifeln und sie würde alles tun, damit er zufrieden war. Denn sie war sich auf einmal sicher, dass er sie zu neuen Höhepunkten führen würde, wenn die Zeit gekommen war.

Kapitel 12

Obwohl Sophie von all den Erlebnissen der letzten Stunden überreizt und immer noch ohne Orgasmus war, schlief sie, von einer
plötzlichen Erschöpfung überwältigt, schnell ein und erwachte erst
mit dem lauten Klingeln ihres Weckers. Verdammt, sie erinnerte
sich nicht daran, einen Morgentöter programmiert zu haben!
Leos Werk, ganz klar.

Beim Anblick ihres unattraktiven Zimmers schloss sie sofort
wieder die Augen und tauchte unter ihr Kissen ab. Eindrücke des
vergangenen Tages stürmten bruchstückhaft durch ihren Kopf.
Sie alleine hatte diese Lage herbei gesehnt und sie alleine hatte
ihren Einstand komplett vermasselt. Es half nichts, sie musste
sich überwinden und aufstehen, bevor ihr Herr schon am Morgen
einen Anlass für schlechte Laune hatte. Sie gab sich einen Ruck,
stand auf, ging auf die Toilette und wusch sich am Waschbecken,
so gut es ging. Der Versuch, ihre Finger unter das Leder zu schie-
ben, blieb erfolglos.

Sophie öffnete die Wohnungstür. Leos abonnierte Tageszeitung
lag bereits davor. Sie nahm das Blatt in die Hand und ging in den
Wohnraum.

Aus Leos Schlafecke ertönte leises Schnarchen. Sie grinste vor sich
hin, während sie hinüber zum Küchenblock ging, Wasser in den
Teekessel einließ und diesen auf die Herdplatte stellte. Eine Kanne
und Leos Lieblingstee standen bereit. Kaum zu glauben, dass ihr
Herr schnarchte. Mister Perfekt hatte also doch kleine Mängel.

Eigentlich wäre das eine ziemlich sichere Gelegenheit, in ihr Zimmer zurückzueilen und – Sophie legte die Hand auf ihren Keuschheitsgürtel. Nein, sie musste sich zusammenreißen. Vielleicht schlief Leo gar nicht mehr fest, sondern täuschte dies nur mit einem bewussten Schnarchen vor. Die Luft musste rein sein, absolut rein, ehe sie es wagte, einem anderen, nicht weniger wichtigen Bedürfnis nachzugeben.

Das Wasser brodelte im Kessel und Sophie nahm ihn von der Herdplatte, bevor er zu pfeifen begann. Sie übergoss den Tee mit Wasser und schaute auf die Uhr, während sie die Zeitung durchblätterte und die Überschriften überflog. Wieder ein Land in der Bankenkrise, dass auf die Rettung durch die EU-Kassen hofft. Ein Minister, der vergangene Nacht in Gesellschaft von drei Huren im Bordell fotografiert wurde. Kundendaten von Provider verkauft … Das alles war von Bedeutung und doch soweit weg von ihrer Realität, die aus einer schönen Wohnung, einem strengen Dom und einem lästigen Keuschheitsgürtel bestand. Die Welt, um die sich zur Zeit alles drehte, war klein und überschaubar.

Schließlich trug Sophie Teekanne, Tasse und Zeitung auf einem Tablett hinauf zu Leos Bett. Er schlief noch immer, auf dem Rücken ausgestreckt, die Decke bis zum Hals hinaufgezogen. Sophie stellte das Tablett auf dem Nachttisch ab und betrachtete ihren Herrn. Selbst schlafend übte er eine gewisse Dominanz auf sie aus, was bestimmt daran lag, dass die Erinnerungen an den vergangenen Tag frisch und unübersehbar waren.

Sophie hob vorsichtig ein Ende der Bettdecke an und schlüpfte darunter. Vom langen Herumstehen in der Küche war ihr kalt und unter der Decke war es wunderbar warm. Die Luft wirkte verbraucht, ohne ausreichenden Sauerstoff, roch aber auch angenehm nach ihrem Herrn und ihre Vagina reagierte sofort auf seine körperliche Nähe und Wärme.

Sophie machte es sich neben Leo bequem, um ihrer morgendlichen Weckaufgabe nachzukommen. Noch war Leos Penis schlaff und nichts deutete darauf hin, dass er davon erwacht wäre, weil sich die Bettdecke bewegt hatte. Wie schade, da hatte sie zum ersten Mal Kontakt mit dem besten Stück ihres Herrn und sah dieses nur diffus vor Augen.

Sophie nahm ihn in die Hand, schob die Vorhaut zurück und leckte sanft mit ihrer Zunge über seine Eichel, darauf gefasst, dass ihr Herr erschrecken und um sich schlagen würde. Doch stattdessen fühlte sie, wie seine Hand nach ihr tastete, sanft über ihren Kopf strich und er verschlafen »Das ist gut, mach weiter« murmelte.

Davon ermutigt kroch Sophie zwischen seine Beine und Leo machte ihr mehr Platz. Sie schob ihr linkes Bein unter das seine, ihr rechtes darüber und kuschelte sich eng an ihn, streckte ihre Hände aus und begann seine Brustwarzen zu streicheln. Seinen Schwanz saugte sie zunächst ganz sanft, nahm ihn tief in ihren warmen Mund, presste ihn mit ihren Lippen. Als er sich kurz darauf in praller Pracht versteift hatte, zog sie sich zurück und leckte nur noch sanft mit der Zungenspitze über seine Eichel, ohne ihn in den Mund zu nehmen.

Leo stöhnte laut auf. Sie fühlte, wie sich seine Beinmuskeln anspannten, wie er es nur mit Mühe schaffte, stillzuhalten, so sehr erregte ihn ihr Tun. Ermutigt durch diese Reaktion baute Sophie ihr Repertoire aus. Mal leckte sie nur zart und sinnlich über Leos Eichel, mal nahm sie seinen Schwanz ganz in ihren Mund, bis tief in ihren Rachen, saugte und schmatzte dabei. Leos fast ekstatisches Stöhnen kündete davon, wie sehr ihm das gefiel.

Er schob die Bettdecke bis zu ihren Schultern herunter und Sophie atmete tief durch. Was sie sah, gefiel ihr. Seine Hände vergruben sich in ihren Haaren, ohne daran zu ziehen, und kraulten sie zart. Vorsichtig presste sie sich mehr an sein Bein. Wie schön es wäre, wenn sie nackt wäre und ihre Klit an seiner Haut reiben könnte. Ein Aufbäumen bahnte sich an und Leo stöhnte lauter. Ihre Zunge glitt intensiver über seine Eichel hin und her, und schon war es soweit und er kam zuckend und unter lautem Stöhnen tief in ihrem Mund.

Sophie schluckte, saugte weiter, bis nichts mehr kam und leckte seinen Penis sauber. Zu schade, dass der Keuschheitsgürtel ihrem eigenen Vergnügen im Wege gestanden hatte. Sie zitterte vor Erregung, wartete einen Moment, bis sie sich ein wenig beruhigt hatte, dann kroch sie nach oben kroch und sah direkt in Leos Augen. Ein Glanz lag in ihnen, der für sich sprach. Sie hatte ihn glücklich gemacht.

»Guten Morgen, Herr«, säuselte Sophie und leckte sich mit einem Schmatzen über die Lippen.

Leo lachte leise und streichelte ihr über die Wange. »Guten Morgen, Sklavin.«

»Geht es Ihnen gut, Herr?«, fragte Sophie nach einem Lob heischend.

»Sehr gut, weil du deine Aufgabe perfekt gemacht hast«, erwiderte er lächelnd. »Das wolltest du doch hören, nicht wahr?«

Sophies Wangen begannen zu glühen. »Ich, ich wollte nicht …«

Leo lachte lauter. »Schon gut. Ja, du hast es wirklich gut gemacht. Und nun raus aus meinem Bett.«

Mit einem tiefen Seufzer glitt Sophie seitlich aus dem Bett, kniete sich daneben und goss ihm Tee in die Tasse. Leo setzte sich auf, trank einen Schluck, nahm die Zeitung entgegen und legte sie sich auf die Beine.

»Trotzdem eine kleine Kritik: Zieh dir morgens etwas an, während du Tee kochst, damit du nicht auskühlst. Du fühlst dich an wie ein Eisblock. Wenn ich nicht darauf gefasst gewesen wäre, dass du in mein Bett schlüpfst, hätte ich vor Schreck vermutlich ausgeschlagen.«

»Ja, Herr.«

Er nahm noch einen Schluck und verzog das Gesicht. »Du hast den Zucker vergessen.«

»Oh«, Sophie riss erschrocken die Augen auf. Sie hatte sich so fest vorgenommen, alles richtig zu machen, aber sie war wohl einfach ein Schussel. Sie selbst trank Tee nur wenn sie krank war und Kaffee ohne alles. Es war wichtig, sich Leos Vorlieben einzuprägen.

»Schon gut, du lernst das.« Leo streichelte ihr liebevoll über den Kopf und sie stemmte sich wie eine schnurrende Katze seiner Hand entgegen. »Aber ich erwarte, dass du deine Aufgaben ernst nimmt, egal ob es sich um etwas Einfaches handelt wie meinen Morgentee zu kochen oder mir in jeder Situation aufs Wort zu gehorchen. Je schneller du das begreifst, umso leichter wird es für dich und umso eher bin ich bereit, dich von dem Keuschheitsgürtel zu befreien.«

»Ja, Herr.« Sophie verzog das Gesicht zu einer Grimasse. »Ich habe nie einen Unterschied zwischen Sub und Sklavin gesehen, das ist für die meisten Leute einfach nur ein Wortspiel«, murmelte sie niedergeschlagen. »Eine Sklavin zu sein ist schwerer als ich dachte.«

»Ich weiß«, antwortete Leo mit einem Seufzer.

»Sie wissen das?« Sophie blickte überrascht auf. Machte er sich über sie lustig?

»Wirklich.«

Sophie schluckte. »Und wie kommt das?«

»Ganz einfach, jeder gute Dom sollte einmal selbst ausprobiert haben, wie es sich anfühlt, ein Sklave zu sein«, erklärte Leo. »Und selbst wenn es nur für einen Tag ist.«

Sophie war sprachlos. Natürlich hatte sie diesen Spruch schon mehr als einmal gehört, aber Leo strahlte soviel Dominanz aus, dass sie gar nicht auf die Idee gekommen wäre, er könnte es ausprobiert haben. Wer sollte es schaffen, ihn im Zaum zu halten und zu dominieren? Konnte er sich jemand anderem unterwerfen? Das war unvorstellbar.

»Mach dir keine Sorgen, wir haben zwar nur zehn Tage Zeit, dich halbwegs zu erziehen, ehe wir zu unserer Arbeit zurückkehren. Aber wir werden es schon schaffen. Genug davon, geh und lass mir ein Bad ein.«

Er schlug die Zeitung auf und begann zu lesen. Sophie wertete dies als Signal, dass er nichts weiter sagen würde. Sie sprang auf und rannte die Stufen hinunter, um seinem Befehl Folge zu leisten.

Sie prüfte mehrmals die Temperatur, während das Wasser einlief, breitete ein großes Badetuch über der Heizung aus. Dann gab sie Leo Bescheid, dass das Badewasser auf ihn wartete.

Er war nackt, als er aus dem Bett schlüpfte und zur Badewanne hinunter stieg. Er steckte prüfend einen Finger in das Wasser, schnupperte, welche Essenz Sophie ins Wasser gegeben hatte und nickte zufrieden. Langsam glitt er ins Wasser und lehnte sich zurück.

»Darf ich?«, fragte Sophie und nahm einen Waschlappen in die Hand.

»Gerne.«

Die folgenden Minuten sah er zu, wie Sophie sich ihm widmete. Sie schäumte den Waschlappen dick mit einer Duschlotion ein, seifte ihm sorgfältig und mit Bedacht zuerst seine Arme ein, danach Brust und Schultern, als er sich nach vorne lehnte, den Rücken. Nachdem er sich wieder zurückgelehnt hatte, hob sie erst das eine, dann das andere Bein an der Ferse haltend aus dem Wasser empor und verwendete viel Zeit darauf, ihn auch dort sorgfältig abzuseifen, sogar die Zwischenräume der Zehen.

Sophie lächelte vor sich hin. Irgendwie war diese Arbeit Balsam für ihre Seele. Sie fühlte eine große Zufriedenheit dabei zu sehen, wie wohl sich Leo unter der Pflege ihrer Hände fühlte. Er schien an den Füßen ein wenig kitzlig zu sein, zuckte kurz, als sie anfing, seine Fußsohlen zu massieren, brummte schließlich zufrieden wie ein Kater, der sich zum Streicheln auf dem Schoß seines Menschen zusammengerollt hat.

Als er aus dem Wasser gestiegen war, hüllte sie ihn in das große Badetuch ein und rubbelte ihn ab. Leo deutete wortlos auf eine der exquisiten Lotionspender und Sophie gab etwas auf ihre Handflächen, um ihn von oben beginnend einzucremen. Arme, Schultern und Brustkorb fühlten sich gut an. Festes, muskulöses Fleisch. Was für ein Glück sie hatte, das sollte sie sich öfter vor

Augen halten. Sie war ein hohes Risiko eingegangen und hatte einen Traummann bekommen, zumindest optisch. Was den Rest betraf – es würde sich noch zeigen.

Um seinen Unterleib und seine Beine zu pflegen, kniete sie sich vor ihn hin. Ob er wohl noch mal die Künste ihrer Zunge kosten wollte? Es wäre interessant herauszufinden, wie potent er war und ob er schon wieder konnte. Sie legte ihre Hände um seine Hoden und massierte sanft die Lotion ein. Ein kurzer Blick nach oben – Leo hatte die Augen geschlossen und stand ganz ruhig da. Als wäre es selbstverständlich, alle Tage gewaschen und bedient zu werden, wie zu früheren Zeiten die Könige. Nur rochen die vermutlich nicht so gut. Leo bewies auch hierbei seinen guten Geschmack.

Sophie presste ihre Nase vorwitzig gegen seinen Bauch, schnupperte und setzte kleine Küsse auf Leos Haut. Da er nicht reagierte, wurde sie mutiger und nahm seinen Schwanz zwischen ihre Handflächen, als würde sie beten. Nur seine Eichel schaute zwischen ihren Fingerspitzen hervor und sie hauchte Küsse auf sie, spitzte dabei ihre Lippen, nahm ihre Zunge hinzu und leckte sanft darüber.

Leo seufzte wohlig. »Mach weiter, Sophie«, flüsterte er so leise, dass sie es kaum hörte.

Ihr Mund schob sich ein wenig über seine Eichel hinweg, ihre Zunge liebkoste das Bändchen herab, glitt vor und zurück über die sensible Spitze. Leo Stöhnen war Bestätigung genug, auf diese Weise weiterzumachen. Sie fühlte, wie er sie drängen wollte, sein Geschlecht völlig in ihren Mund zu nehmen. Es war die Art, wie seine Hand auf ihrem Kopf lag und sanft in ihren Haaren kraulte. Dennoch hielt er sich zurück, als wolle er abwarten, was sie drauf hatte.

Sophie ließ sich Zeit. Dies waren ihre Minuten, ihr kleines Stückchen Macht über ihn. Seine Lust lag ganz in ihren Händen – und in ihrem Mund. Es machte Spaß, sein Prachtstück war zu stattlicher Größe und Steife angeschwollen und ihre Vagina verlangte sehnsüchtig danach, davon penetriert zu werden. Stattdessen versperrte der Keuschheitsgürtel den Zugang.

Leo stöhnte immer lauter. Seine Hand presste ihren Kopf ein wenig nach unten und Sophie gab der Aufforderung nach. Ihre Lippen stimulierten schmatzend seinen Schaft, während ihre Zunge seine Eichel mal umrundete, mal über ihre Spitze hin- und hersauste.

Der Brunstschrei eines Hirsches war nichts gegen das, was Leo von sich gab, als sein Samen in einer heftigen Eruption in ihren Rachen schoss. Sophie schluckte und dachte im selben Moment über sich selbst amüsiert daran zurück, wie es gewesen war, als das erste Mal in ihrem Leben ein Mann sie um einen Blowjob gebeten hatte. Wie ängstlich sie gewesen war. Die ganze Zeit über hatte sie Angst gehabt, es würde eklig schmecken und sie müsste sich anschließend übergeben, und wie angenehm überrascht war sie gewesen, als es soweit war und weit weniger schlimm. Inzwischen gab sie dieses Geschenk gerne an einen Mann, der es in vollen Zügen genoss und sich ihrer Kontrolle überließ.

Leo kam langsam wieder zu sich. Er reichte ihr seine Hand und hieß sie aufstehen. Sein Zeigefinger fuhr die Konturen ihrer Lippen nach und Sophie hoffte auf einen Kuss. Viel zu wenig, den Aufruhr in ihrem Unterleib zu befriedigen, aber genug, um ihr Herz in einen Glückstaumel zu versetzen. Ihr Herz? Am liebsten hätte sie über sich selbst den Kopf geschüttelt. So ein Blödsinn. Es ging ihr nicht um Herz und sentimentale Gefühlsduselei.

»Showtime. Drei Runden durchs Zimmer auf einem Bein«, verkündete Leo. Seine Augen zeigten noch den Glanz tiefer Befriedigung und Entspannung, sein Kopf jedoch schien schon wieder auf Hochtouren zu laufen.

Sophie zog eine Schnute. War das nun der Dank für ihre Dienste? Diese Aufgabe war so ziemlich das Dämlichste, was jemals jemand von ihr gefordert hatte. Die schlimmste Steigerung war bisher ein Petplay gewesen. Nicht dass sie prinzipiell etwas dagegen hatte, ein Pony oder Hündchen zu spielen. Aber zwei Stunden lang nur an der Leine zu gehen, dem Top durch einen nächtlichen Park zu folgen, um ihm dann auf einer modrigen Bank zu Diensten zu sein – das waren Erlebnisse gewesen, die sie nicht antörnten und sie in ihrem Entschluss bestärkt hatten, nur noch wirklich fähigen Tops zu dienen. Na ja, wirklich gedient hatte sie keinem. Es war eben immer nur ein Spiel auf Zeit gewesen. Aber jetzt – seufzend gehorchte sie und begann auf dem rechten Fuß herumzuhüpfen.

Kapitel 13

Es war am nächsten Tag gegen Mittag. Sophie hatte ihren Herrn ordnungsgemäß geweckt, diesmal ohne sich die Rüge einzufangen, ihre Haut sei kalt wie eine Eisscholle. Nachthemd und Socken hatte sie erst kurz bevor sie unter seine Decke schlüpfte ausgezogen.

Nach der üblichen Morgenzeremonie begann der Tag so, wie der andere geendet hat. Leo führte einige Erziehungsmaßnahmen durch, die Sophies ganze Aufmerksamkeit erforderten.

Auf Kurzworte oder Handzeichen sollte sie mit bestimmten Handlungen reagieren, wie Niederknien, Haltung annehmen, neben oder hinter ihm hergehen oder sich vor ihm bücken und darbieten. Ohne dass letzteres in die ersehnte Vereinigung geführt hatte. Dies alles war der Inhalt des gestrigen Tages gewesen, nachdem Sophie die geforderten drei Hüpfrunden beendet hatte.

Leo hatte seine Sklavin im Handumdrehen der Illusion beraubt, dass sie durch ihre zahlreichen Spielgefährten schon recht gut trainiert worden wäre. Er war viel strenger als alle vor ihm. Bei ihrem neuen Herrn musste alles prompt und exakt ausgeführt werden. Er gab ihr genau eine halbe Stunde Zeit, alle Befehle, die er säuberlich und tabellarisch auf einem Blatt dokumentiert hatte, auswendig zu lernen. Es waren nicht wenige. Jede Kopfhaltung, die genaue Position von Armen und Beinen, jedes kleinste Detail war von Leo durchdacht.

Anschließend wurde Sophie eine Stunde lang von Leo mit diesen Befehlen konfrontiert. Am schwierigsten fiel es ihr, rechtzeitig und treffend auf seine dezenten Handbewegungen zu reagieren. Er korrigierte ihre Haltung, ihren Gesichtsausdruck, ihr Tempo.

Sophie kam ins Schwitzen. Sie wollte es ihm recht machen, aber es war schier unmöglich. Welcher Unterschied bestand zwischen dem Erlernen und Widergeben chinesischer Schriftzeichen und Leos Geheimcode? Keiner.

Dann war die Lernphase vorbei und Leo wiederholte seinen Test nach einer viel zu kurzen Pause. Es wurde Ernst. Für jeden zu langsam oder falsch ausgeführten Befehl setzte von da an ein Paddel Sophies Po in Flammen und ihren Körper überzog bald ein feiner Schweißfilm. Je mehr sie seine Züchtigungen erregten, umso unkonzentrierter wurde sie. Neue Fehler traten auf, auch bei Befehlen, die sie vorher schon mal korrekt befolgt hatte. Dabei wollte sie alles richtig machen, ihm beweisen, wie willig sie ihm gehorchte.

Sophie japste erleichtert, als ihr Herr verkündete, er würde ihr eine Erholung gönnen. Er nahm ihr den Keuschheitsgürtel ab und schickte sie unter die Dusche.

»Du darfst dir auch die Haare waschen. Danach kommst du raus auf die Dachterrasse. Es ist warm genug und deine Haare können in der Sonne trocknen.«

Sophie beeilte sich, seinen Worten Folge zu leisten und nicht mehr als nötig zu trödeln. Früher hatte sie es genossen, ausgiebig zu duschen oder lange in der Badewanne zu liegen. Aber das gehörte nun in die Rubrik Rechte, die erst verdient werden mussten. Ihre Hände huschten über alle sensiblen Körperpartien schnell hinweg, um nicht in Versuchung zu kommen.

Als sie auf die Terrasse kam, hatte Leo ein großes Polster und darauf ein kuschliges Handtuch ausgebreitet. Er bedeutete ihr, sich darauf zu legen, und zwar so, dass ihr Gesicht zur Sonne ausgerichtet war und sie blinzeln musste.

»Streck deine Arme und Beine gespreizt von dir, und stell dir vor, ich hätte dich in dieser Stellung streng festgebunden.« Er sah ihr zu, wie sie gehorchte und ihre Position einnahm. »Gut, aber spreize deine Schenkel noch mehr.«

Die Sonne prickelte wie tausende kleine Nädelchen auf Sophies Haut. Sie wusste, was passieren würde und es dauerte nicht lange, da überkam sie ein wohliges, erregendes Gefühl, wurde ihr Verlangen von Sekunde zu Sekunde mehr geschürt, weil die Hitze ihre Perle streichelte und ihren Schamlippen Saft entlockte. Zudem fühlte sie Leos Nähe körperlich. Er verfügte über eine so intensive Aura, dass eine direkte Berührung dafür nicht nötig war.

Er kniete hinter ihr und seine Hände kamen näher, nun breitete er mit den Händen ihre Haare wie Strahlen um ihren Kopf aus und entwirrte sie vorsichtig mit einer Bürste. Seine behutsamen, ruhigen Berührungen wirkten erotisierend und Sophie wusste ohne hinzusehen, wie ihre Nippel sich verräterisch verhärteten.

»Du bist lüstern, Sklavin«, flüsterte Leo ihr ins Ohr und umrundete mit seinem Finger ihre Brustwarze.

Sophie knabberte verlegen auf ihrer Unterlippe.

»Habe ich dir das erlaubt?«

»Nein, Herr«, erwiderte sie bebend. »Aber ich bin nicht frigide. Wie soll ich denn cool bleiben, wenn Sie so aufregend sind?«

Leo lachte laut auf. »Du kleine Schmeichlerin. Aber ich glaube, es ist eher die Sonne, die dich geil macht, nicht ich.«

Sophie zog es vor, nichts zu erwidern, um nichts Falsches zu sagen.

Leo streichelte mit der Haarbürste auf ihrem rechten Arm entlang, über ihre Achselhöhle, die Rundung ihres Busens entlang, hinunter zu ihrer Hüfte, dann über die Leiste zur Innenseite ihres rechten Beins. Es kitzelte entsetzlich und sie wand sich kichernd.

»Denk daran, du bist an den Boden gefesselt und kannst dich keinen Millimeter bewegen«, mahnte Leo. »Ich bin sicher, du hast ein üppiges Repertoire, dein Kopfkino betreffend.«

Wie recht du hast, dachte Sophie und presste die Lippen zusammen, versuchte ihr Kichern zurückzuhalten, und stemmte sich mit Handgelenken und Fersen in die Unterlage, um seinem Befehl Folge zu leisten. Es war schwer und sie wagte es erst, die

Spannung zu lockern, als Leo aufhörte, sie mit der Bürste zu streicheln.

Eine ganze Weile geschah gar nichts. Sophie blinzelte und versuchte zwischen ihren Lidern zu erkennen, was er machte. Leo hatte es sich zwischen ihren gespreizten Beinen bequem gemacht, die Augen geschlossen, als würde er dösen. Beunruhigend fand Sophie jedoch die Bürste in seiner Hand. Zwar bestand sie aus weichen Borsten, trotzdem wollte sie es nicht auf den Versuch ankommen lassen, was er damit anzurichten verstand. Wieso eigentlich nicht? Ich bin doch keine Zimperliese! Aber eine Sklavin, die sich in Gehorsam übt! In ihrem Kopf summte und brummte es von ambivalenten Argumenten und Wünschen.

Bestimmt wollte ihr Herr sie mit seiner scheinbaren Unaufmerksamkeit nur in Versuchung führen. Jedenfalls reagierte ihr Schoß auf seine Nähe mit lüsternem Ziehen. Das Verlangen, von ihm genommen zu werden, wurde fast unerträglich. Diese Stille, nur ein Vogelzwitschern aus der Ferne, die Wärme, Leos Nähe, dieses Ausgeliefertsein, nur seinem fesselnden Willen unterworfen – es war so erregend, dass Sophie ihre Finger bebend in das Handtuch krallte und leise wimmerte.

Sie schloss die Augen. Sie musste ignorieren, dass er ihr so nah war. Gehorsam, Unterwerfung – sie durfte ihr neues Ziel nicht aus den Augen verlieren. Ja, sie war sich mittlerweile ganz sicher. Es war das Beste für sie, alles andere über Bord zu werfen, nicht mehr zu glauben, sie könne Leo manipulieren. Wenn sie seine Wünsche erfüllte – und das würde ihr nur gelingen, wenn sie mit all ihrer Kraft daran arbeitete und selbst ihren Stolz bekämpfte – dann stand der Erfüllung ihrer eigentlichen Träume nichts mehr im Wege. Den ultimativen Kick in dem erotischen Spiel mit ihrem Herrn zu erleben.

Als sie ihre Augen wieder öffnete, hatte er seinen Oberkörper entblößt. Er kniete sich über Sophie, fast berührte er sie dabei. In dem Schatten, den sein Körper auf warf, konnte sie sein Gesicht erkunden. Seine Lippen zeigten ein amüsiertes Lächeln, obwohl sich seine Augen, seine Miene, um Strenge bemühten.

»Was blüht meiner Sklavin, wenn sie nicht gehorcht?«

»Eine harte Züchtigung«, erwiderte Sophie bebend und voller Sehnsucht. Für den Fall, dass er nicht die Absicht hegte, die duftende Einladung ihres Schoßes anzunehmen, bestand zumindest im Verlauf einer Züchtigung die Chance, einen Orgasmus zu erleben. Noch war das Ausmaß seines Spankings zu schwach gewesen, nur etwas mehr als das Kratzen an der Oberfläche dessen, was sie auszuhalten fähig war.

»Dreh dich um. Auf alle Viere«, befahl er streng.

Er machte ihr Platz und Sophie kniete sich hin, die Beine leicht gespreizt. Leo stellte sich über sie, klemmte sie zwischen seinen Beinen ein und begann langsam, dann schneller und fester, ihr Hinterteil mit der Haarbürste zu bearbeiten.

Zuerst piekte es nur, dann fing es an zu stechen und zuletzt brannte und schmerzte ihre Haut überall. Sophie stöhnte. Sie versuchte still zu knien, aber es war fast unmöglich. Als sie meinte, es nicht länger zu ertragen, ohne zu schreien, hielt er inne, bückte sich tief hinunter und zupfte ihre harten Nippel. Diese waren so empfindlich vor Lust, dass Sophie auch dabei laut aufstöhnte.

»Mir scheint, dein Gehorsam wird nicht besser«, stellte Leo fast schadenfroh fest. »Du bestehst nur aus Geilheit, hm?«

War das ein Wunder? »Machen Sie mit mir, was Sie wollen, Herr. Bestrafen Sie mich. Ich will Ihnen gehorchen, aber ich kann nichts dafür, dass mich alles erregt, was Sie tun«, stöhnte Sophie.

Leo lachte. »Ach, dann bin ich also schuld daran, dass du so geil und ungehorsam bist?«

Sophie zitterte vor Erregung und zog es vor, ihm die Antwort schuldig zu bleiben. Jede erdenkliche Antwort wäre an dieser Stelle falsch und interpretierbar. Er dachte sowieso, was er wollte. Und gleichgültig ob er sich über sie lustig machte oder empört war, egal, wie er sie bestrafte, sie fand es einfach wunderbar. Noch nie hatte sich jemand so ausgiebig mit ihr beschäftigt und obgleich ihr nicht alles gefiel, war es ein einzigartiges Erlebnis. Gedanken und Gefühle schlugen über ihr zusammen. Sie wollte mehr und mehr, alles machte sie an und schraubte ihren Adrenalinspiegel höher. Zudem mahnte sie im Augenblick kein Keuschheitsgürtel zur Mäßigung.

Leo erhob sich, zog sie unter dem Bauch hoch und hielt sie fest, so dass sie mit ihrem Körper ein steiles Dreieck formte, ihren Po hoch erhoben. Dann drang er ohne Vorwarnung mit zwei Fingern tief in ihre Vagina ein.

Sophie stieß einen Schrei aus. Ihre Lust war fast unerträglich, verlangte nach mehr. Hätte sie sich nicht mit den Händen auf der Decke abstützten müssen, hätte sie wild um sich geschlagen. Seine zustoßenden Finger schürten ihr Verlangen, ihre Vaginalmuskeln zogen sich zusammen, brachten sie an den Rand eines Orgasmus, aber nicht mehr. Sie lechzte nach Erlösung, aber diese Penetration reichte dafür nicht aus. Praller müsste sie ausgefüllt sein, stärker penetriert werden, das Zustoßen seines Körpers spüren, wie er mit seinem Unterleib an ihr Hinterteil klatschte.

»Bitte, Herr, bitte nehmen Sie mich«, bettelte sie unter der brennenden Lust ihres Körpers, ohne wirkliche Hoffnung, dass er dies auch tun würde. Schließlich hatte er ihr ja deutlich genug zu verstehen gegeben, dass sie sich ihren Orgasmus erst noch verdienen musste. Aber einen Versuch war es trotzdem wert.

»Genügt dir das nicht?«, knurrte Leo. »Du unersättliches kleines Luder?«

Es war riskant, mehr zu wollen, er war ihr Herr und er alleine bestimmte, aber sie befürchtete auf einmal, es nicht zu ertragen.

»Bitte, Herr, bitte«, keuchte Sophie. »Nur einmal, bitte nehmen Sie mich in Besitz.« Ihr fiel nichts Weiteres ein, wie sie ihn mit Argumenten überzeugen könnte. Ihr war schwindlig vor Lust und vor Angst.

Für einen Moment befürchtete sie, er würde wieder von ihr ablassen, weil er seine Hand zurückzog und sie losließ, da riss er sich die Hose herunter, packte sie fest an den Hüften, drang schnell und tief in sie sein. Sophie schrie laut auf. Da hatte sie sehnsüchtig auf diesen Moment gewartet und nun kam sie sich überrumpelt vor. Ihre Vagina zog sich ruckartig eng um seinen Penis zusammen, war feucht genug und kostete den festen und prallen Eindringling, wollte ihn tief und erobernd spüren. Oh verflucht noch mal war das gut!

Leo hielt genau in der Sekunde inne, als ihr Höhepunkt ganz nah war.

»Nun sag es noch mal«, verlangte er mit vibrierender sexy Stimme. »Bettle, dass ich dich nehmen soll!«

Er knetete ihre Pobacken und Sophie keuchte vor Erregung. Sie hatte völligen Kontrollverlust über ihren Körper. Sie war nur der Geist, der in dieser Hülle wohnte und alles als lustvoll empfand, was mit diesem gemacht wurde. Etwas mitzureden hatte sie nicht. Alles geschah und es war gut so.

»Bitte«, flehte sie kläglich. »Bitte Herr, nehmen Sie mich in Besitz.«

Obwohl sie es nicht anders wollte, war sein Zustoßen auch jetzt wieder ein wenig überraschend. Sie hatte erwartet, dass er sie länger betteln lassen würde, oder sie zuerst noch seine Hand zu spüren bekäme. Doch stattdessen stieß er zu, schnell, tief und hart, genauso wie sie es sich seit vielen Stunden erhofft hatte.

Ein heftiger Orgasmus überrollte Sophie. Das »wo und wie« war nun ohne Belang. Alles um sie herum war vergessen, wer sie war und wer er war. Sie war so lustgeladen, dass dieser eine Stoß genügte, sie in den Himmel der Lust zu tragen. Er nahm sie fast stehend und sie hatte dabei auch das körperliche Gefühl, fast in der Luft zu hängen, ohne wirklichen Kontakt zum Boden. Nur noch dieses Rauschen in ihren Ohren, das lustvolle Zucken in ihrer Vagina, die brennende Hitze in ihren Adern waren von Bedeutung. Noch mal und noch mal bebte sie, verlor den Bezug zur Realität, vergaß alles um sich herum, gab sich nur noch dieser köstlichen Erregung hin. Bis auch Leo kam, wahrgenommen nur durch den Nebel des Entzückens, der sie nun vollkommen eingehüllt hatte. Kurz darauf fühlte sie wieder die Matte unter ihren Knien, kehrte in den Bereich der Wahrnehmung zurück, fand sich in der Vereinigung ihres Geistes und ihrer Gefühle mit ihrem Körper wieder, flach ausgestreckt liegend und vom Gewicht seines Körpers niedergedrückt.

Sein Atem streifte heiß und stoßweise ihren Nacken. Keuchend rang Sophie nach Luft, am Rande des Erstickens, aber es bereitete ihr keine Angst. Es war fast ebenso berauschend wie das, was sie eben erlebt hatte und außerdem – sie hatte keine Ahnung, warum sie dies mit so unverrückbarer Sicherheit wusste – er würde ihr nichts tun, sondern immer dafür Sorge tragen, dass es ihr gut ging.

»Wie geht's dir?«, fragte er prompt.

»Gut, Herr«, ächzte sie atemlos, nicht bereit, ihm das Zugeständnis zu gönnen, dass er sie gerade platt wie eine Flunder drückte. »Ganz wunderbar.«

»Du gibst wohl nie auf, hm?«, lachte er dröhnend und küsste sie seitlich über sie gebeugt auf die Wange.

Kapitel 14

Ganz so anstrengend und auf vollkommen unerotische Tätigkeiten beschränkt hatte Sophie sich diese Erziehungswochen nicht vorgestellt. Ihr Herr hatte seine ganz eigenen Vorstellungen, sie zu erniedrigen und in ihre Schranken zu verweisen. Nachdem sie seine Hemden und Shirts gebügelt hatte, unterzog er das Ergebnis einer Kontrolle und befand, sie solle alles feucht bedampfen und von vorne anfangen.

Sophie wäre ihm am liebsten ins Gesicht gesprungen. Drei Stunden hatte sie sich mit der Wäsche abgemüht, länger als sie jemals für sich selbst ununterbrochen gebügelt hatte. Es schien ihr, als hätte er extra die gesamte Bügelwäsche eines Monats für sie aufgespart und in seinem Schrank könne gar nichts mehr zum Anziehen sein, soviel war es. Und vor allem so aufwändig. Während ihre eigenen Blusen aus pflegeleichter Mikrofaser oder Viscose bestanden und einfach nur feucht aufgehängt werden mussten, um schön glatt zu werden, brauchte sie für jedes von Leos Hemden eine halbe Ewigkeit. Es waren schöne Hemden von guter Qualität, kein einziges mit angenähten Knöpfen am Ärmel, alle für Manschettenknöpfe ausgelegt. Der Mann war rundum ein Ästhet.

»Wütend?«, stellte ihr Herr angesichts ihres mürrischen Gesichts kurz angebunden fest. »Dem kann ich abhelfen. Fang von vorne an.«

Sophie gehorchte mit zusammengebissenen Zähnen. Sein penibles Prüfen jedes einzelnen Hemdes hatte sie nervös gemacht. Seine Miene war undurchschaubar und sie hatte die ganze Zeit über gehofft, sie würde sich aufhellen und Zufriedenheit zeigen. Doch das Gegenteil war der Fall. Ihrer Meinung nach war die Wäsche absolut faltenfrei, es handelte sich also um reine Schikane.

Gelangweilt sprühte sie einige Shirts und Hemden mit einer Sprühflasche ein und begann sie von neuem, zusätzlich mit viel Dampf, zu bügeln. Leo stand wie eine drohende Wand hinter ihr, hatte seinen Gürtel herausgezogen und klatschte ihn mehrfach auf ihren Po. Er verstand es zu züchtigen, von Null auf Hundert, ohne Vorwärmen, ohne Gnade.

Verdammt, wie sollte sie sich denn dabei konzentrieren? Je mürrischer ihr Gesicht war, desto härter ging er vor und ihr Körper reagierte darauf nicht mehr so, wie sie es gewohnt war. Keine Erregung, kein Verlangen. Sie begann allmählich diese Art der Züchtigung zu fürchten. Es kam aber auch vor, dass er sie einfach nur im Genick packte und mit der Nase bis zum Bügelbrett hinunter drückte, und sie verbal auf ihre Aufgaben hinwies. Seine Finger bohrten sich schmerzhaft fast bis in ihre Wirbelsäule und sie erschauerte in dem Bewusstsein, sich selbst in diese Abhängigkeit gebracht zu haben. Warum nur hatte sie beharrlich nach ihm gesucht?

Seufzend widmete Sophie sich wieder ihrer langweiligen Arbeit. Sie war für ihn nicht mehr oder weniger als eine Dienstmagd. Wenn sie damit fertig war, sollte sie kochen, saugen, das Bad schrubben. Was wohl Nadine gerade machte?

Sophie sah auf die Wanduhr, die im Bahnhofsuhrdesign an der Wand über dem Trockner hing. Elf Uhr vormittags. Wie viel lieber wäre sie jetzt in der Arbeit und würde sich über das Ergebnis der Wirtschaftsprüfung irgendeines Betriebes den Kopf zerbrechen, zwischendurch eine SMS an ihre Freundin schicken – was Nadine wohl glaubte, warum sie sich gar nicht meldete? Bestimmt war der Anrufbeantworter schon mit tausenden Fragen und wütenden Beschimpfungen vollgequasselt. Die nächste sich bietende

Gelegenheit musste sie wahrnehmen, alles abhören und sich vor allem bei Nadine und melden. Es gab soviel zu erzählen und Leo konnte doch unmöglich vierundzwanzig Stunden lang hellwach sein und überwachen, was sie machte.

Verflixt und zugenäht! Ihre Schuld. Warum zum Teufel hatte sie sich nicht mit einem Stück Normalität begnügt? Dann säße sie jetzt nicht in der Tinte. Andere begnügten sich mit normalen Süchten wie Zigaretten, Kaffee, Süßigkeiten – aber bei ihr hatte es ja die Jagd nach sexueller Besonderheit sein müssen. Und nun? Keine Ahnung wie lange sie darauf warten musste, bis Leo ihr einmal erotische Aufmerksamkeit zuteil werden ließ.

Diese öde Tätigkeit raubte ihr jegliche Energie. Sophie gab sich einen Ruck. Es war wohl besser, sich aufs Bügeln zu konzentrieren, bevor Leo wieder etwas auszusetzen fand, auch wenn sie es nicht nach vollziehbar war.

Diesmal war Leo zu ihrer Erleichterung zufrieden, als er nach eineinhalb Stunden nachschaute, wie weit Sophie mit der Bügelwäsche war. Was hatte sie anders gemacht? Sophie sah keinen Unterschied. Also reine Schikane. Oder wie Leo sagen würde: erzieherische Maßnahme. Dafür schmerzten jetzt ihre Hand, ihr Rücken, und Plattfüße hatte sie vom langen Stehen bestimmt auch. Ein schmerzender Po wäre ihr tausendmal lieber gewesen. Sie drehte sich nach links und nach rechts, vor und zurück, um ihr Kreuz wieder in Form zu bringen.

Leo gönnte seiner Sklavin keine Pause. »Ab in die Küche. Ich habe Hunger.«

Er sah ihr beim Kochen zu, ging ab und zu hinter ihr vorbei, strich dabei sanft mit der Hand über den Rücken oder Po, was Sophie völlig nervös machte, und gab ihr kleine Anweisungen zum Würzen der Speisen.

»Nicht zuviel Salz, mehr Pfeffer, mehr Oregano …«

So genau hatte sie es damit nie genommen.

»Übrigens, nach dem Essen werde ich ein Verdauungsnickerchen machen. Du darfst dich in dieser Zeit weiter in Geduld und Ergebenheit üben.«

»Ja, Herr.«

Das klang nicht gerade viel versprechend. Sophie fragte sich, wie das gehen sollte. Sie übte sich doch schon den ganzen Tag darin zu warten, Geduld zu zeigen, Fleiß und Ergebenheit, indem sie alles erledigte, was er ihr auftrug. Ihre Fantasien bestanden allerdings darin, vollkommen dominiert zu werden. Aber im erotischen Sinne, nicht mit Hausarbeit. Was Leo wohl für die nächsten Tage geplant hat? Würde sie ihn jemals wirklich aus tiefstem Herzen und absolut devot akzeptieren? Es würde entweder sehr schmerzhaft werden, dies herauszufinden, oder sehr langweilig, so wie an diesem Tag. Sophie gähnte herzhaft. Auf jeden Fall fiel es ihr von Stunde zu Stunde schwerer, seine Aufträge artig auszuführen. Es machte sie unzufrieden und zornig.

»So, das kann jetzt ein wenig vor sich hinköcheln«, stellte Leo nach einem kontrollierenden Blick in den Topf fest. »Deck den Esszimmertisch für sechs Personen.«

Sophie zog die Augenbrauen hoch. »Bekommen wir Besuch? Das Essen reicht aber nicht für ...«

Sie verstummte unter Leos finsterem Blick. »Das weiß ich. Hinterfrag nicht alles, Sklavin! Dies ist ein Probelauf, denn wir werden häufiger Gäste haben, wenn auch nicht in deiner Lernphase.«

Ein bisschen Abwechslung und andere Personen um sie herum, wären auf jeden Fall spannend. Wie sein Bekannten- und Freundeskreis wohl aussah? Andererseits bestand die Frage, ob sie sich dazu etwas anziehen durfte. Und was, wenn es gar nicht seine Bekannten waren, die er einlud, sondern eine reine Männerrunde, die ... Sophie schnappte nach Luft. Nein, er hatte unterschrieben, für ihr Wohl zu sorgen. Dazu gehörte nicht, sie mit anderen zu teilen. Besser, sie zähmte ihre Neugierde und wartete einfach ab, was er vorhatte. Zuviel Kopfkino würde sie nur verrückt machen. Und es war ja noch Zeit bis zur ersten Einladung, hatte er gesagt.

Leo zeigte ihr, wo alles zu finden war, dann begann sie zu decken.

Sechs silberne Dekorteller, darauf jeweils einen flachen Teller, darauf einen kleineren Suppenteller, diverse Gläser für Wein und Wasser, sowie Silberbesteck für ein mehrgängiges Menü. Silberbesteck – Sophie hatte so etwas schon lange nicht mehr in der Hand gehalten. Ihre Oma hatte so etwas noch besessen. Aber irgendwie, fand sie, hatten die Speisen damit anders geschmeckt. Vielleicht war das aber auch nur Einbildung.

»Wie du siehst, ist das Tafelsilber ein wenig angelaufen. Denk dran, sobald du Zeit hast, es gründlich zu polieren«, wies Leo auf die dunklen Stellen hin. »Damit es blitz blank glänzt, wenn unsere Gäste zum Essen kommen.«

»Ja Herr«, seufzte Sophie. »Und wann wird das sein?«

Leo lächelte nachsichtig und gab ihr einen Klaps. »Du wirst es früh genug erfahren.«

»Das muss noch besser werden, die Gläser genau ausrichten, siehst du – so. Ebenso das Besteck.«

Nachdem er dies und das kritisiert und hin und her gerückt hatte, zeigte er Sophie, wie man die Serviette zu einem schönen Anblick formte.

Mittlerweile war das Essen fertig gegart. Leo setzte sich ans Kopfende und ließ sich von Sophie auftischen. Der Rest des Porzellans blieb ungenutzt, denn während er in Ruhe speiste, musste sie zu seiner linken Seite knien und wurde von ihm gefüttert.

»Kopf höher, Mund auf, achte auf deine Haltung, Schultern zurück ...«

Obwohl ihr das Essen mit seiner Hilfe gut gelungen war, wollte es ihr nicht so recht schmecken. Ständig hatte er etwas zu bemängeln. Konnte sie ihm überhaupt etwas recht machen? Und fand er den Ausblick auf ihre Brüste überhaupt nicht aufregend?

Sophies Mut sank. Vom Dessert bekam sie nichts ab.

Endlich erteilte er ihr auch ein kleines Lob. »Hm, köstlich. Das hast du gut gemacht. Du gestattest, dass ich das selbst aufesse?«

Aber gewiss doch!, hätte Sophie am liebsten mit einer gehörigen Portion Sarkasmus erwidert, aber sie beschränkte sich darauf, das zu denken. Für ihre Linie war es jedenfalls besser, nicht dieser kalorienreichen Köstlichkeit zu verfallen.

Offensichtlich war Leo ein Freund der Mousse au Chocolat. Er leerte das Dessertschälchen unter vielen genießerischen Hmm's alleine und würde vermutlich auch die anderen, die im Kühlschrank standen, selbst verputzen.

Bevor Leo sich zu einem Verdauungsschläfchen hinlegte, öffnete er die Tür zum Spielzimmer und Sophies Herz hüpfte in freudiger Erwartung, dass er sich dort drinnen zuerst noch mit ihr beschäftigen würde. Endlich eine Belohnung für all die Schufterei. Es war ihr mittlerweile vollkommen gleichgültig wie die aussah. Das Spielzimmer bot so viele Möglichkeiten. Ihr Vergnügen war auf jeden Fall gesichert.

Mit einer Geste forderte Leo sie auf, sich an das Andreaskreuz stellen und Sophie nahm freudig ihre Position ein. Endlich, sie hätte nichts dagegen, ordentlich ausgepeitscht zu werden. Hauptsache, Leo widmete sich ihrem Körper, irgendwie würde sie zu ihrer Befriedigung kommen.

Leo fesselte seine Sklavin sorgfältig mit Händen und Füßen an das Andreaskreuz. Er ließ sich Zeit und Sophies Nervosität nahm von Sekunde zu Sekunde auf unerträgliche Weise zu. Seine flüchtigen Berührungen fühlten sich wie Stromschläge auf ihrer Haut an, die in ein sinnliches Kribbeln übergingen und ihre Schamlippen benetzten. Als er ihr sogar den Keuschheitsgürtel auszog, entwich ihrem Mund ein sehnsüchtiges Keuchen. Sofort biss sie sich schuldbewusst auf die Lippen. Noch hatte Leo ihr nicht die Erlaubnis erteilt, geil zu sein.

Er tat so, als hätte er nichts gehört, schenkte ihr sogar ein Lächeln und fuhr mit einer überaus sinnlichen, zarten Bewegung ihre Lippen nach, beugte sich über ihr Gesicht und gab ihr einen langen, intensiven Kuss. Wie sollte sie aus diesem Mann schlau werden und sich korrekt verhalten, wenn er selbst ambivalent in seinem Verhalten war?

Er streichelte ihr zärtlich über die Brüste, fuhr ihre Rundungen nach, zupfte sanft an ihren Nippeln. Sophie schmolz unter seiner Nähe und erotischen Ausstrahlung dahin. Dies war die schönste Sache, dem Partner ausgeliefert zu sein. Sie seufzte leise und wäre bereit, all die Schikanen zu verzeihen, wenn …

Unvermittelt hörte er auf und ging aus dem Spielzimmer, ohne es zu schließen. Er kam nicht wieder zurück. Von ihrer Position aus konnte Sophie das Bett sehen und kochte vor Wut, als sie beobachtete, wie er es sich darin gemütlich machte. Wie gerne würde sie sich an ihn kuscheln, ihn riechen, seine Wärme auf ihrer Haut fühlen, ihm einfach nur ganz nah sein.

In der Hölle sollte er schmoren! Das konnte doch nicht wahr sein, dass er sie hier, in dieser Stellung zurückließ, ohne mit ihr zu spielen.

Sophie biss sich auf die Lippen, um nicht zu schreien und ihn mit sämtlichen Schimpfworten einzudecken, die ihr einfielen. Doch das war noch nicht alles. Je länger sie warten musste, bis er aufwachte und sie losband, desto heißer wurde sie. Als hätten seine Finger die sinnliche Berührung zurückgelassen, sehnte sich ihre Haut danach, mehr davon zu spüren. Im übrigen war so angenehm, wie ihre Scham von der Luft des Raumes umspielt wurde, ohne den Druck des Gürtels, ihre Lust geschürt von der gespreizt gehaltenen Position ihrer Schenkel.

Leo, dieser Schuft! Er wusste bestimmt, wie sehr sie sich nach ihm verzehrte. Er hatte Macht über sie, oh ja, und wenn sie es genau bedachte, war dies nicht genau das, was sie gewollt hatte? *Sein Wille geschehe.* Vielleicht bedurfte es ja dieser Vorbereitung mit der langweiligen Haushaltsarbeit, für die sie ihn verflucht hatte, damit sie jetzt, in dieser Situation, eine bisschen Dankbarkeit für jede liebevolle Geste, für jedes kleine Zugeständnis verspürte. Dankbar? Sie musste vollkommen von Sinnen sein! Oder doch? Ja, irgendwie, auch wenn das absurd war, war sie ihm dankbar, dass er sie schmachten ließ und unnachgiebig war. Es zeigte ja auch nur wieder in aller Deutlichkeit, wer hier der Herr im Hause war.

Sophies Augen fielen zu, ihr Kopf driftete in Träumereien ab und sank nach vorne. Mit geschlossenen Augen gab sie sich ganz der Vorstellung hin, Leo käme zurück, berühre sie überall. Alleine die Vorstellung machte sie heiß und sie stöhnte wohlig unter der sinnlichen Lust, als Finger zart über ihre Klitoris fuhren, darauf verweilten und …

Ein zorniges Knurren und riss sie aus ihren Gedanken.

»Habe ich dich erwischt?«

Sie benötigte einige Sekunden um zu realisieren, was passiert war. Sie hatte geträumt. Schön und lustvoll geträumt. Hatte sie dabei etwa laut gestöhnt?

Tatsache war, Leo hatte sein Bett verlassen, stand nun dicht vor ihr, hellwach und aufmerksam, die Dominanz in Person, und Sophie überlegte, es wäre klüger, vorerst nichts zu erwidern. Sie konnte ihm ohnehin nichts vormachen. Sein Blick auf ihren Schoß genügte, um ihr Begehren zu erkennen und dabei noch zu steigern. Sie wollte ihn. Nein, es musste nicht Er sein, irgendein Mann wäre ihr auch recht gewesen. Hauptsache er vögelte sie und stillte ihre Lust.

»Nun, ich werte dein Schweigen als Schuldbekenntnis. Lustvolle Träume sind verboten, das weißt du. Das Recht auf Lust musst du dir erst noch verdienen. Dann werde ich mal überlegen, womit ich dich am besten bestrafe.«

Seine Worte verkündeten Unheil, seine Miene war streng. Seine Stimme passte jedoch überhaupt nicht dazu. Sie war sanft, schmeichelnd, voller Gefühl. Sophie hätte schreien mögen. Seine Art ging ihr durch und durch, verwirrte sie auf eine Weise, die sie so noch nicht kannte und mit der sie nicht umzugehen verstand.

Herrgott noch mal, zehn Tage würden nicht genügen, sich ganz und gar auf diesen Mann einzulassen, so wie er es von ihr erwartete. Und was erwartete sie von sich?

Als sie hinter sich ein sirrendes Geräusch in der Luft vernahm, spannte sie unbewusst ihre Muskeln an. Mit wie viel Gleichgültigkeit hatte sie in der Vergangenheit die Entscheidungen ihrer Tops hingenommen, welches Spielzeug sie auswählten. Doch nun – Leo verstand es, ihre Nerven zu strapazieren. Bestimmt würde es sehr schmerzhaft werden und genau das brauchte sie jetzt. Eine intensive Ablenkung, etwas, was ihre Sinne bündelte. Trotzdem hätte sie gerne gewusst, mit was er sie züchtigen würde, bevor er loslegte. Würde es stechen oder brennen, würde der Rohrstock Striemen auf ihre Haut zeichnen oder bevorzugte er etwas großflächiges in der Art eines Teppichklopfers?

Der erste Streich auf ihrem Rücken war so zart, dass Sophie ihn fast nicht fühlte. War das überhaupt etwas gewesen, oder hatte sie nur der Luftzug einer Bewegung gestreift? Dann folgte ein weiterer Hieb, und noch einer, doch anstelle des erwarteten Schmerzes war es ein faszinierendes Kitzeln, das sich tiefer und tiefer fortsetzte, mal ihren Po traf, dann ihre Schenkel, mal innen, mal außen, wieder hinaufwanderte über ihre Arme, ihre Lenden penetrierte, dann wieder ihre Beine. Je länger es dauerte, desto kitzliger wurde sie dabei.

Sophie presste die Lippen zusammen. Sie wand sich in den Fesseln, versuchte das Lachen zu unterdrücken, das nach oben stieg, immer drängender wurde, bis sie es schließlich nicht mehr aushielt. Prustend öffnete sich ihr Mund, sie wimmerte, kicherte. Aber es wurde schlimmer. Leo verstand es wahrhaft, sie zu foltern. Schreiend vor Lachen riss sie an den Fesseln, versuchte hilflos auszuweichen, obwohl das sinnlos war.

Leo umrundete sie und sie bemerkte das Zucken seiner Mundwinkel, als könne er es sich kaum verkneifen, gemeinsam mit ihr zu lachen, von ihrer Hemmungslosigkeit angesteckt. Nun sah sie auch, was er für diese süße Folter verwendete. In einer Hand hielt er eine lange Pfauenfeder, in der anderen eine Peitsche aus langen weichen Lederbändern. Beides war überhaupt nicht geeignet, Sophie zu züchtigen, sondern kitzelte auf unterschiedliche, auf jeden Fall aber höllische Weise.

Ihre Brüste wurden das neue Ziel seiner Aufmerksamkeit. Die Pfauenfeder umrundete ihre Formen, neckte ihre Brustwarzen, streichelte von Sophies Kehle herab, zwischen ihren Brüsten bis zum Bauchnabel herunter und an den Seiten hinauf, nur um sich mit der Peitsche abzuwechseln und längere Zeit ihre Achselhöhlen zu ärgern.

»Ahh, haha, Aufhören«, keuchte Sophie atemlos. »Bitte, hören Sie auf, hihi, ich kann nicht mehr. Haha.«

»Besser so?«, fragte er.

Auf einmal tanzte eine richtige Peitsche über Sophies Rücken. Das Leder klatschte laut, aber nicht besonders fest.

»Ja, nein, iiiihh«, quietschte sie.

Es prickelte, zwickte und piekste in kleinen Nadelstichen auf ihrer sensibilisierten Haut. Wobei dies kaum besser war als das Kitzeln. Zwar musste sie nun nicht mehr lachen, aber auch nicht stöhnen – es war weder angenehm noch unangenehm, weder streichelnd noch schmerzhaft, sondern eher wie ein Jucken und Sophie hätte sich zu gerne überall gekratzt.

»Nicht gut?«, fragte Leo mit scheinheiligem breitem Grinsen.

»Doch, Herr, einwandfrei«, keuchte Sophie und verdrehte vor Qual die Augen.

Leo lachte. Er machte noch eine Weile weiter, widmete sich nun aber intensiver ihrem Schoß. Mit einer kleinen Peitsche klatschte er ihre Schamlippen, die davon noch mehr anschwollen. Würde er sie letztendlich nehmen?

Sophie wimmerte vor Enttäuschung auf, als Leo den Keuschheitsgürtel holte und ihn ihr kommentarlos anlegte.

»Oh Gott, bitte Herr, tun Sie mir das nicht an.«

Leo löste die Fesseln und nahm sie in seine Arme, drückte sie an sich. Sophie genoss zumindest diesen Augenblick, auch wenn sie sich nach mehr sehnte. Sein Herz klopfte kräftig und gleichmäßig in seiner Brust, sein Atem streifte ihre Schläfe und seine Umarmung hielt sie sicher. So hätte sie es noch länger ausgehalten. Auch das war neu für sie, diese stille, ruhige Nähe tat ihrem Inneren so gut.

Zum Abschluss gab er ihr einen Klaps auf den Po. »Genug, mach mir einen Kaffee.«

Sophie schaute bedauernd zu ihm auf. War das wirklich alles?
»Mehr musst du dir erst noch verdienen.«

Schon klar. Mit einem tiefen Seufzer gehorchte sie und ging hinüber zur Kaffeemaschine. Sie fühlte sich feucht und der Keuschheitsgürtel nervte. Zwar drückte er nicht, aber er presste sich gegen ihre Scham und sie hätte dort viel lieber Leos Hand gespürt. Hm, konnte es sein, dass sich ihre Bedürfnisse auf kleinere Wünsche reduzierten?

Dieser Mann spielte sie wie ein Musikinstrument, ihr das Vergnügen verwehrend, sie immer am Rande der Klippe haltend. Ein gewisses Maß an Erregung: ja. Ein intensives Spiel oder gar ein Orgasmus: nein. Nichts konnte Sophie zu diesem Zeitpunkt mehr anmachen, als die Verweigerung ihres Vergnügens. Sie kam weder mit ihrem Verstand, noch mit ihren Gefühlen dagegen an. Während sie wartete, bis der Kaffee durchgelaufen war, sah sie hinüber zur Empore, auf der das Bett stand. Eine Wohlfühloase mit vielen Kissen. Wie raffiniert er war. Ihr Herr ließ sie nicht zu sich in sein Bett und schon wollte sie nichts sehnlicher, als dicht an ihn gekuschelt darin zu schlafen.

Irgendwie verging der Rest des Tages. Leo testete seine Sklavin, ob sie noch die Befehle beherrschte, die er ihr beigebracht hatte, hieß sie niederknien und sich in gelangweilter Geduld üben, während er die Zeitung las, und schickte sie bald nach dem spät eingenommenen Abendessen zu Bett.

Sophie schwankte zwischen Frust und Wut. Hätte sie sich gleich zu Anfang devoter gegeben und nicht versucht, ihn zu hintergehen, würden die Tage vielleicht anders verlaufen. Ihr Körper befand sich in einem ständigen Auf und Ab, zwischen Endorphinen, Adrenalin und … Wut. Wut auf ihn, auf sich selbst, überhaupt auf alles. Ganz zur Ruhe kam er jedenfalls nie. Da war ihr vorheriger Zustand, bevor sie Leo kennengelernt hatte, direkt angenehm gewesen.

Wie konnte sie Leo möglichst schnell davon überzeugen, dass sie alles tun würde, wirklich alles, damit er ihr endlich seine erotische Seite zeigte und ausgiebig mit ihr spielte? Nein, nicht nur spielen. Sie wollte von ihm genommen werden, am liebsten in einer demütigenden Stellung, wieder und wieder, bis ihr die Luft ausging, bis ihr Schoß wund war von seinem Schaft, bis … bis ihre Lust ausgebrannt und das Feuer ihres Verlangens gelöscht war. Wenigstens eine Zeit lang.

Sophies Finger knüllten einen Bettzipfel zusammen, zerrten ihn unter ihr Kinn und sie schloss die Augen. Sie war müde, aber auch unglücklich und überreizt. Natürlich hatte sie sich das selbst zuzuschreiben. Ihre Freundin hatten sie gewarnt und versucht, sie von diesem Schritt abzuhalten. Nun war sie eine Gefangene und hatte überhaupt nichts mehr selbst zu entscheiden. Mist! So konnte sie auf gar keinen Fall schlafen.

Mit einem Ruck setzte Sophie sich wieder auf und knipste die Nachttischlampe an. Wie lange hatten sie nicht miteinander gesprochen? Sie musste jetzt unbedingt mit Nadine reden, sonst drehte sie durch.

Sophie schlug hastig die Bettdecke zurück und stand auf. Wie gut, dass ihr Herr keine Ahnung davon hatte, dass es außer einem privaten Handy auch noch ein Geschäftstelefon gegeben hatte. Zum Glück hatte er nicht ihre Jacke durchsucht oder verlangt, dass sie die Taschen von innen nach außen kehrte. Auch ihren Koffer hatte er nicht kontrolliert, aber was nicht war, konnte ja noch jederzeit geschehen. Deshalb hatte sie das Telefon woanders versteckt. Die Sache mit dem Keuschheitsgürtel hatte sie so sehr verschreckt, dass sie sich bislang nicht getraut hatte, ein weiteres Risiko einzugehen und es wieder hervor zu holen. Aber es bestand gar kein Risiko mehr. Leo schlief bestimmt schon tief und fest, in der Sicherheit, dass Sophies Möglichkeiten unartig zu sein, von ihm gen Null gesenkt worden waren.

Sie kniete sich neben dem Schrank auf den Boden und fingerte hinter der Rückwand nach dem Handy. Wer würde schon auf die Idee kommen, hinter den Schrank zu schauen. Er stand dicht an der Wand, nur von der Teppichleiste auf minimalen Abstand gehalten und diese schmale Lücke hatte genügt, um das schlanke Telefon dort zu verstecken.

Ihre Finger zitterten, als sie es einschaltete. Puh, noch genügend Saft auf dem Akku, welch ein Glück. Das war das nächste zu lösende Problem. Wie und wo konnte sie es unauffällig zum Aufladen an eine Steckdose hängen?

Ein blinkendes Symbol informierte Sophie darüber, dass inzwischen eine ganze Reihe Anrufe und SMS eingegangen und aufgezeichnet worden waren. Es juckte sie regelrecht in den Fingern, diese zu prüfen, aber zuerst musste sie mit Nadine reden, das war noch viel wichtiger.

Ein schnelles Scrollen durchs Telefonbuch, dann wartete sie gespannt auf die unverwechselbare Stimme ihrer Freundin. *Verdammt!* Nichts, Nadines Anrufbeantworter verkündete ihre Abwesenheit und forderte dazu auf, eine Nachricht zu hinterlassen. Sophie legte auf. Es hatte keinen Sinn, etwas auf Band zu sprechen, wenn sie nicht wusste, wann sie wieder Gelegenheit erhielt, einen Anruf entgegen zu nehmen. Sie musste ersatzweise jemand anderen anrufen, nur wen?

Sophie lief nervös im Zimmer auf und ab, schnippte mit den Fingern der anderen Hand in der Luft, horchte an der Tür. Ihr Herz klopfte vor Nervosität bis zum Hals hinauf. Leo durfte sie auf keinen Fall erwischen.

Alles war ruhig. Keine Schritte auf dem Flur.

Plötzlich klingelte ihr Handy und Sophie zuckte erschrocken zusammen. Es war ihr noch nie aufgefallen, dass der Klingelton so laut und penetrant war.

»Hallo?«

»Na endlich! Wo steckst du denn, wie geht's dir? Hört man auch mal was von dir. Ich hab dich schon ein paar Mal angesimst.« Es tat so gut, Nadines Stimme zu hören.

»Es geht mir gut, aber ich kann nicht lange sprechen«, flüsterte Sophie, den Mund dicht an die Sprechmuschel gepresst. »Mein Herr hat mir das Telefonieren verboten.«

»Was? Ich kann dich kaum verstehen, du sprichst so leise.«

Sophie zögerte. Sollte sie ihrer Freundin wirklich alles erzählen? Dass Leo vielleicht gar nicht der Super-Dom war, für den ihn alle hielten. Nein, das würde vorerst ihr Geheimnis bleiben. Neidisch sollten alle auf sie sein und glauben, sie hätte das große Los gezogen. Noch wusste sie zu wenig, um das zu beurteilen.

»Oh Nadine, er ist sehr streng mit mir. Ein wirklicher Herr. Und soooo aufregend«, flunkerte sie.

»Wow, dann hast du ja endlich gefunden, was du gesucht hast.«

»Ja, zum Glück. Er ist die lebende Dominanz.«

»Du, das freut mich für dich. Erzähl, wie sieht er aus?«

»Gut, sehr gut. Groß, durchtrainiert …« War da ein Geräusch auf dem Flur? Sophies Nackenhaare stellten sich auf. »Ich – ich muss wieder Schluss machen.«

»Schon?«, Nadine klang enttäuscht. »Warte, du hast mir doch noch gar nichts erzählt!«

»Ein andermal«, keuchte Sophie nervös. »Ich wollte mich nur mal melden. Sag Laurin einen schönen Gruß und dass es mir gut geht, okay?« Sie legte schnell auf, bevor Nadine etwas antworten konnte.

Dann lehnte sie sich mit dem Rücken an die Innenseite der Zimmertür, horchte, aber da war nichts. Ihr Herz schlug bis zum Hals hinauf und sie bemühte sich, langsamer zu atmen, um sich zu beruhigen, denn vor lauter Nervosität schnaufte sie wie ein Walross. Schnell weg mit dem Telefon, bevor Leo plötzlich auf der Matte stand.

Dieses Verbot war wirklich gemein. Fast bereute sie es, so schnell aufgelegt zu haben. Bestimmt litt sie an Paranoia wegen Leo.

Andererseits, was hätte sie noch erzählen können. Dass Leo sie zu einem Keuschheitsgürtel verdammt hatte? Du lieber Himmel, niemals. Dass sie putzen, kochen, bügeln musste? Nadine würde ihr im besten Fall raten, sofort ihre Sachen zu packen, im schlimmsten Fall hämisch lachen, dass es Sophie recht geschah, einen solchen Reinfall zu erleben.

Sophie legte sich hin, kuschelte sich wieder unter ihre Bettdecke und löschte das Licht. Es musste etwas Wahres an den Gerüchten um Leo sein. Es musste einfach. Sie brauchte so dringend ein erotisches aufregendes Abenteuer. Sonst wäre alles umsonst. Ihre Finger tasteten nach dem goldenen Halsband. Jeden Morgen erinnerte sie es mit einem Blick in den Spiegel daran, wem sie gehörte. Nach wie vor fand sie es wunderschön. Es war etwas Besonderes. Normalerweise bekam man solche kostbaren Geschenke, wenn man sich schon länger kannte. Sophie seufzte.

Sie wollte nicht weinen, aber ihre Enttäuschung über den bisherigen Verlauf ihres Abenteuers war zu groß, um die Tränen aufzuhalten. Sie drehte sich auf den Bauch und schluchzte hemmungslos in ihr Kissen, das dabei nasser und nasser wurde. Was sollte sie nur tun? Sie hielt das nicht aus, sie konnte so nicht leben. Im Augenblick war es unmöglich, die Wohnung zu verlassen. Aber wenn ihr erster Arbeitstag kam, würde sie nicht mehr zurückkehren. Es würde schwer werden, Leo die Vollmachten zu entziehen. Bestimmt könnte sie ein paar Tage bei Nadine wohnen, bis sie eine neue Wohnung gefunden hatte. Ihre Tränen flossen immer heftiger.

Ach Scheiße, ich will, dass er mich lieb hat …

Als auf einmal ihre Decke zurückgezogen wurde und sie eine Hand auf ihrem Rücken spürte, schrie sie erschrocken auf. Vor lauter Schluchzen hatte sie nicht gehört, wie Leo hereingekommen war.

»Hey, schhhh, beruhige dich. Dreh dich um, komm her.«

Er setzte sich zur ihr auf die Matratze und als sie sich umgedreht hatte, nahm er sie in seine Arme. Sophie klammerte sich an ihn. Statt sich zu beruhigen, weinte sie nun noch hemmungsloser, als müsse sie mehr loswerden, als nur den momentanen Frust.

»Schhhhh, ist ja gut«, murmelte Leo und streichelte ihr mit einer Hand sanft über Kopf und Rücken.

»Ihr – ihr Hemd wird ganz nass«, brachte Sophie mühsam hervor und schluchzte Sophie. Ihr Zittern war unkontrollierbar. Ihr ganzer Körper schien sich zu verselbständigen und zu beben.

»Das macht nichts. Aber du musst dich beruhigen, nicht in dein was-auch-immer-Problem hinein steigern.«

Er wiegte sie sanft wie ein Kind und summte leise, und tatsächlich beruhigte sich Sophie allmählich. Ihre Nase war zugeschwollen und sie schniefte.

»Komm, wir gehen ins Wohnzimmer und reden mal miteinander.«

Leo öffnete seine Umarmung, stand auf, streckte ihr die Hand entgegen und Sophie ergriff sie, ließ sich von ihm hochziehen. Er legte einen Arm um ihre Schulter und schob sie vorwärts, den Flur hinunter in den Wohnraum, bis zu einem der Sessel. Er reichte ihr eine Decke, und Sophie kuschelte sich fröstelnd hinein.

Reden? Worüber denn? Angestellt hatte sie nichts, was es zu bereden gäbe und es war fern ihrer Vorstellung, mit ihm über den Grund ihrer Traurigkeit zu reden. Er würde es ihr ja doch nur wieder als einen Teil ihrer egoistischen Wünsche auslegen.

»Hier, putz dir erstmal die Nase.«

Leos Stimme klang fürsorglich und besorgt. War ihm ihr Kummer vielleicht wirklich nicht gleichgültig? Er reichte Sophie Taschentücher, ging zum Kühlschrank und kehrte mit einem Glas Orangensaft für sie zurück.

»Hier trink und beruhige dich.«

»Danke«, murmelte sie, und wagte nicht, ihm in die Augen zu schauen. Ihr Frösteln hatte nachgelassen. Dennoch behielt sie die Decke dicht um sich geschlagen. Es fühlte sich einfach angenehm an und sie wollte sich ihm nicht nackt präsentieren.

Ihr Herr zog sich den anderen Sessel näher, setzte sich ihr gegenüber, schlug die Beine übereinander.

»Wenn du ein Problem mit der aktuellen Situation hast, mit mir, mit dir selbst, oder was auch immer dich bedrückt, so möchte ich, dass du mir das sagst. Du kannst mit mir über alles reden und ich werde dich niemals dafür strafen. Was ich aber auf gar keinen

Fall will, ist eine Sklavin, die sich heimlich die Augen ausheult. Okay?«

Sophie nickte. Sie zerknüllte das feuchte Taschentuch zwischen ihren Fingern.

»Leg bitte das Taschentuch weg und nimm dir ein neues«, bat Leo freundlich. »Wir müssen nicht sparen.«

Sie gehorchte und putzte sich umständlich die Nase.

»Also? Ich höre.«

Es gab ein halbes Dutzend Gründe, die sie ihm aber eigentlich nicht auf die Nase binden wollte. Bisher hatte sie sich selbst stets als stark und unzerbrechlich eingestuft, egal ob es geschäftliche Probleme gab oder private. Sie brauchte keinen seelischen Mülleimer um klar zu kommen. Außer jetzt. Jetzt war alles anders und sie hatte noch nicht ihr mentales Gleichgewicht für diese neue Lebenslage gefunden. Es gab nur einen Grund, den sie ihm getrost nennen konnte. Den augenscheinlichsten.

»Es ist nur wegen des blöden Keuschheitsgürtels «, schniefte Sophie. »Ich – es, ähm, es ist so demütigend. Ich weiß, meine Schuld und ich muss es hinnehmen, aber wenn ich so alleine im Bett liege … Na ja, es fällt mir nicht leicht, das zu akzeptieren.«

Jetzt hatte sie ihm doch fast mehr verraten, als sie wollte.

Leo nickte fast unmerklich. Seine Miene war neutral und verriet nicht, welche Meinung er dazu hatte. »Weiter.«

Sophie schwieg und starrte auf Leos übereinander geschlagene Beine. Seine Haltung drückte eine gewisse Eleganz aus, sogar in der schlichten Freizeithose aus schwarzem glänzendem Stoff. Genügte denn ihre Antwort nicht? Wenn sie noch mehr erzählte, würde es darin ausufern, ihm ihr Herz auszuschütten. Es war schwer, sich seinem geradezu mystischen Druck zu entziehen. Aber dies ging ihn nichts an. Was sie tief in ihrem Inneren bewegte, würde sie allenfalls Nadine erzählen. Wenn überhaupt.

Eine Zeitlang hatte Sophie Bücher zum Thema »Wie werde ich erfolgreich?« oder »Wie manipuliere ich richtig?« gelesen. Zwar war ihr Job nur bedingt geeignet, auf der Karriereleiter nach oben zu steigen, aber wenn – dann brauchte es dazu die richtige Strategie. Sie war überrascht gewesen, mit welchen einfachen Mechanismen sich das Blatt in der einen oder anderen Situation wenden ließ. Nur an Leo würde sie sich die Zähne ausbeißen, das fühlte sie instinktiv, ohne es bisher aktiv ausprobiert zu haben. Sie brauchte ihm nur in die Augen zu sehen und bekam schon weiche Knie. Wie sollte sie ihn dann ihrerseits um den Finger wickeln? Sie wusste ja nicht einmal, ob ihn ihre Tränen berührt hatten oder ob er schlicht nur wissen wollte, was mit ihr los war.

Leo gab ein tiefes Seufzen von sich, das so gar nicht nach dominantem Herrn klang, und Sophie sah verblüfft auf.

»Wieso vertraust du mir nicht, Sophie?«

Sie schluckte. »Aber, aber – ich vertraue Ihnen d-d-doch, Herr«, stotterte sie. Sein Blick wirkte dermaßen gekränkt, als hätte sie ein Kapitalverbrechen begangen. Sofort regten sich Schuldgefühle, weil sie telefoniert hatte. Aber das wusste er doch gar nicht. War er in der Lage solches Fehlverhalten aus ihr herauszukitzeln, weil er eine Ahnung hatte? Oder lenkte ihr Unterbewusstsein ihre Gesten, ihre Haltung auf eine Weise, die Schuldbewusstsein signalisiert, ohne dass ihr dies klar war?

Sophies Lippen bebten. »Was ist Herr?«

»Wenn du mir vertraust, warum erzählst du mir dann nicht offen heraus, was dich bedrückt? Es geht nicht um den Keuschheitsgürtel. Nicht nur.«

Am liebsten hätte Sophie sich vor ihm niedergekniet und gewimmert. Ja, Herr. Ja, Sie haben recht. Ich bin eine notorische Lügnerin, immer zu meinen Gunsten, bitte verzeihen Sie mir. Aber sie war starr vor Anspannung.

»Du bist nicht der Typ Frau, der wegen Nichtigkeiten in Tränen ausbricht.«

Als Nichtigkeit würde sie den Keuschheitsgürtel nicht gerade bezeichnen. Das war gemein von ihm, so darüber zu denken. Die Wut über seine Meinung trieb ihr erneut Tränen in die Augen. Aber sie würde nicht wieder weinen. Es war demütigender als alles andere, sich so weich und verletzlich zu zeigen. Sophie schluckte.

»Lass mich raten, Sklavin. Deine Verzweiflung hat etwas damit zu tun, dass du heute sehr erregt warst, ich dir aber wieder keinen Orgasmus gegönnt habe?«

Sophie schaffte es nicht, dem inneren Druck standzuhalten und brach erneut in Tränen aus.

Leo änderte seine Sitzposition, grätschte ein wenig seine Beine und deutete auf den Boden dazwischen. »Komm zu mir, Sophie.«

Seine Stimme klang sanft und Vertrauen erweckend. Sophie gehorchte. Sie schälte sich aus der Decke und kniete sich mit gesenktem Kopf vor ihn.

»Ich bin zufrieden mit dir, Sklavin. Du warst heute sehr artig und du lernst schnell. Ich weiß, es ist alles noch neu für dich und vermutlich nicht ganz so, wie du dir das vorgestellt hast. Aber du wirst dich schnell daran gewöhnen, und wenn du weiter brav bist, gibt es auch Belohnungen. Wir werden oft und intensiv unseren Spaß im Spielzimmer haben«, versprach Leo. Er beugte sich vor und streichelte ihre Wange. Sophie drückte sich leicht dagegen. Es fühlte sich gut an. »Du musst dich fallen lassen, du musst mir vertrauen. Dann wirst du ruhiger und dich besser fühlen. Glaub mir, ich weiß, was gut für dich ist. Es liegt ganz bei dir, wie lange dieser Prozess andauert und wie unangenehm er ist«, mahnte er sie sanft.

»Hmmm«, wimmerte Sophie und kämpfte gegen ihre Tränen an.

Leo gab ein leises Knurren von sich.

»Warst du jemals wirklich verliebt? Mit Schmetterlingen im Bauch, schlaflosen Nächten, dem Gefühl, du hältst es keine Minute ohne den Mann deines Herzens aus?«

Was bezweckte er mit dieser poetischen Frage?

»Nun ja, ähm, weiß nicht, wahrscheinlich nicht wirklich«, wich sie ihm ratlos aus.

»Und warum warst du dann solange mit Alex zusammen?«

Sophie schnappte nach Luft. Leo hatte seine Nachforschungen offenbar gründlich betrieben. Er schien alles über sie zu wissen, während sie über ihn ganz wenig wusste. Er kannte sogar den Namen ihres Ex-Freundes.

»Na ja, am Anfang fand ich ihn ganz süß, er hat sich richtig Mühe gegeben, damit ich seine Freundin werde.«

»Aha. Süß.« Leo äffte sie mit verächtlichem Unterton nach.

Sophie zuckte mit den Schultern. »Ähm, ist vielleicht nicht die richtige Wortwahl. Ich fand ihn tatsächlich ganz nett, es hat mir gefallen, wie er mir hinterher gelaufen ist. Aber …«

»Aber?«

»Er war langweilig. Der Sex mit ihm war zum Einschlafen.«

Leo schaute sie an, dann lachte er lauthals. »Das kann ich mir gut vorstellen. Für dich ist doch alles langweilig, was nicht die Action eines Raketenabschusses hat.«

»So schlimm ist es nun auch wieder nicht«, murmelte sie verlegen. »Den heutigen Nachmittag fand ich schon recht spannend.«

»So so, spannend.« Sein Blick ruhte wohlwollend auf ihr. »Bevor ich dich wieder ins Bett schicke, darfst du dir etwas wünschen. Aber wäge ab, ob es realistisch ist, es zu bekommen.«

Sophie starrte ihn an. Seiner Meinung nach hatte sie sich also eine Belohnung verdient? Wenn er wüsste, wie unartig sie kurz zuvor gewesen war. Realistisch sollte ihre Wunsch sein. Den Keuschheitsgürtel würde er ihr nicht abnehmen, soviel stand fest, und eine erotische Züchtigung würde sie erregen, war ohne abschließenden Höhepunkt aber nur die Hälfte wert. Eine plötzliche Sehnsucht überfiel sie.

»Einen Kuss«, flüsterte sie. »Bitte küssen Sie mich, Herr.«

Leos erwartungsvolle Miene entspannte sich. Er lächelte zufrieden, beugte sich zu ihr herab und Sophie streckte sich ihm entgegen. Der Kuss auf ihre Lippen war nur gehaucht, ganz zart, ohne Druck, ohne Forderung, und sie befürchtete enttäuscht, dies wäre alles gewesen. Da nahm er auf einmal ihr Gesicht in seine Hände und ergriff Besitz von ihrem Mund, tanzte mit seiner Zungenspitze auf der ihren.

Sophie hing hilflos zwischen den Beinen ihres Herrn, klammerte sich an seinen Knien fest, als sich die Welt um sie zu drehen begann. Leos Kuss war eine wunderschöne Liebkosung, ein Beweis seiner tiefen Zuneigung und zugleich eine angenehme Form der Eroberung. In ihrem Kopf war ein Durcheinander, als wäre ein Wirbelsturm hindurchgefegt. Sie konnte keinen klaren Gedanken mehr fassen, doch das war keineswegs erschreckend.

Sophie war außer Atem, als Leo sie langsam losließ.

»Danke, Herr«, japste sie.

Sophie genoss für einen kurzen Augenblick die Wärme seines Lächelns. Auch der Blick in seine blauen Augen war so anders als sonst. Sie verlor sich darin wie in einem tiefen See. Ihr Herz fühlte sich dabei so schwer an und in ihrem Bauch grummelte es eigenartig. Mehr … Aber sie hatte es sich nicht verdient, das wusste sie besser als er und sie schämte sich ein wenig für ihre Unvollkommenheit.

»Gern geschehen.« Leo verwuschelte ihre Haare. »Meinst du, du kannst jetzt schlafen?«

Sophie nickte. »Ja, Herr, ich glaube schon.« Dabei wäre sie lieber noch länger hier bei ihm geblieben. Aber sie würde es nicht länger aushalten, ihn zu hintergehen. In den nächsten Tagen musste sie sich unbedingt mehr anstrengen. Sie würde ihm alles recht machen.

»Dann geh jetzt. Schlaf gut.«

Kapitel 15

Ermutigt durch ihren ersten Versuch, holte Sophie am nächsten Abend erneut ihr Handy hervor, um Anrufe und SMS abzufragen. Ihre guten Vorsätze waren schnell vergessen. Unter den Nachrichten war nichts Wichtiges, was nicht verwunderlich war. Immerhin hatte sie offiziell Urlaub genommen und es war kaum zu erwarten, dass jemand sie belästigen würde.

Nadine hatte ihr noch eine hinreißende SMS geschrieben, mit vielen, vielen guten Wünschen für ihren Einstand bei ihrem neuen Herrn. Und dem Bedauern, nur ganz kurz miteinander gesprochen zu haben.

Sophie schluckte, um die aufsteigenden sentimentalen Tränen wegzudrücken. Dass ausgerechnet sie mal so rührselig werden würde – sie war doch sonst so tough. Aber scheinbar veränderte die aktuelle Situation alles.

Den Tag hatte sie gut hinter sich gebracht, obwohl Leo keine Gelegenheit ausgelassen hatte, ihre Geduld und die Bereitschaft zum Gehorsam zu testen. Was davon sollte sie ihrer Freundin verraten? Sophie schwankte. Hatten sie sich nicht immer alles gebeichtet, gleichgültig wie peinlich es war?

Ihr Herr war an diesem Morgen ausnahmsweise vor ihr wach gewesen. Er hieß sie vor ihm zu frühstücken, erst dann seins vorzubereiten und auf einem Tablett zu dekorieren. Ein Glas, eine Saftpackung zum Nachschenken, eine Tasse Kaffee, ein Croissant, Butter, Marmelade, ein Messer. Dazu natürlich die Tageszeitung.

Er selbst schob in der Zwischenzeit den Glastisch bei den Sesseln zur Seite und forderte Sophie schließlich auf, an dessen Stelle niederzuknien und sich vollkommen ruhig zu halten. Sie hatte ihm einen zweifelnden Blick zugeworfen. Er hielt eine weiße Tischdecke in der Hand und sie ahnte, was er vorhatte.

»Was ist? Gehorche.«

Das war der Gipfel. Er wollte sie allen Ernstes zu einem Tisch degradieren?

»Das ist doch doof. Ich mach das nicht.« Trotzig verschränkte sie die Arme vor der Brust. Hatte es ihr bisher nichts ausgemacht, sich ihm nackt zu präsentieren, so war es ihr nun umso unangenehmer. Wo war die Lust, der Spaß? Er legte es also nur darauf an, sie zu demütigen. Aber selbst das konnte man aufregender gestalten.

»Widerworte? Deine Meinung ist nicht gefragt, Sklavin. Fall nicht wieder in deine alten Muster des Ungehorsams zurück!«, drohte er ihr.

Verflixt. Wo blieben ihre guten Vorsätze? Aber ein Tisch sein? Trotzig schob Sophie die Unterlippe vor.

Er seufzte. »Willst du mich wirklich zwingen, andere Methoden anzuwenden und deinen Willen zu brechen? Du vergisst, dass du dies selbst wolltest.«

Sophie starrte zu Boden. Ja und nein. Sie wollte unterworfen werden, aber sie hatte sich das anders vorgestellt.

»Eins, zwei …« Sein Tonfall war bedrohlich.

Seufzend ergab sie sich und kniete sich hin.

Leo warf eine Tischdecke über sie, die sie fast völlig bedeckte. Nur Hände und Füße schauten noch hervor. Dann stellte er das Tablett auf ihrem Rücken ab. Es schwankte bedenklich.

Sophie wagte nicht zu atmen. Das leise Knacksen des Sessels verriet ihr, dass ihr Herr sich gesetzt hatte. Na prima. Diese Frühstückssession konnte sich etwas hinziehen. In letzter Minute hatte er noch einen Teller mit Wurst, Schinken und aufgeschnittenem Käse verlangt. Dazu eine Scheibe Toast, weil Wurst und Croissant schlecht zusammen passen. Die Croissants waren zwar nicht vom Feinsten, nur aus einer Fertigpackung aufgebacken.

Sophie vermutete demnächst morgens früh zum nächsten Bäcker um die Ecke laufen zu müssen, sobald er ihr mehr vertraute.

Die beiden Gläser Marmelade und Honig trugen besonders zum Gesamtgewicht bei und alles türmte sich eng auf dem viel zu kleinen Tablett. Bei der geringsten Bewegung oder Gewichtsverlagerung, wenn Leo etwas anhob, schaukelte die ganze Sache verdächtig. Wenn das nur gut ging.

Wenigstens ist der Teppich unter meinen Knien flauschig, überlegte Sophie mit Blick nach unten.

»Hmm, es geht doch nichts über so ein gemütliches Frühstück«, stellte Leo gerade fest.

Sophie biss sich auf die Unterlippe. Gemütlich? Für ihn bestimmt. Sie stellte sich darunter etwas anderes vor und war hinreichend damit beschäftigt, sich nicht von der Stelle zu rühren. Ihre Knie und Handgelenke fingen an zu schmerzen und ihre Arme zitterten bald vor Anstrengung.

Eine Weile war nichts außer dem Rascheln der Zeitung zu hören, wenn ihr Herr die Seiten umblätterte. Die Tasse wurde angehoben, wieder abgesetzt, Kaffee nachgeschenkt. Das Gewicht auf Sophies Rücken verlagerte sich. Oh Himmel, das Tablett durfte auf keinen Fall abstürzen, auch wenn sie diese Idee komplett bescheuert und absolut unerotisch fand. Nun ja, genau genommen hatte Leo ihr zunächst nur erzieherische Maßnahmen in Aussicht gestellt. Ihre Handgelenke schmerzten unter der abgeknickten Haltung. *Frühstück' doch mal schneller!*

»Herr, ich kann nicht mehr. Wie lange muss ich das noch aushalten?«

»Still.« Die Zeitungsseiten raschelten. »Möbel reden nicht.«

Sophie schwankte zwischen Hass und Ergebenheit. *Scheiße, ich will kein Möbelstück sein!* Unruhig bewegte sie ihre Hände und Knie, die inzwischen schmerzten.

»Halt dich ruhig, Sklavin. Wehe dir, wenn etwas zu Bruch geht!«

Verdammt, wann hatte er endlich die Zeitung fertig gelesen? Sie wartete einige Zeit, versuchte sich zu zähmen, indem sie langsam bis Hundert zählte.

»Bitte Herr, ich kann nicht mehr.«

»Es mangelt dir an der nötigen Fitness«, stellte Leo fest und schlug die Zeitung zu. Er nahm ihr alles ab, erlaubte ihr sodann aufzustehen und hieß sie aufräumen.

Der nächste Schock folgte kurz darauf. Kniebeugen, Liege-stütze, Seilhüpfen … Sophies Trainingsprogramm dauerte über eine Stunde, ehe Leo ein Einsehen hatte und ihr erlaubte, ihren Schweiß unter der Dusche abzuwaschen.

Sophie überlegte, ob es klug war, ihrer Freundin davon zu schrei-ben. Nein, es genügte völlig, sich für die lieben Wünsche zu bedan-ken und zu versichern, dass es ihr gut ginge und ihre Erwartungen übertroffen würden.

Schnell das Handy wieder verstecken und ab ins Bett. An Schlaf war allerdings nicht zu denken. Alles in ihr drehte sich von den Ereignissen des Tages. Sie war müde und ausgelaugt und auf dem besten Weg, einen Muskelkater zu bekommen, und dennoch war sie ein bisschen glücklich. Wann hatte zuletzt jemand solange und ausgiebig Zeit für sie gehabt oder sie für etwas gelobt? Tatsächlich hatte Leo am Ende des Tages ein paar lobende Worte gefunden. Seine Befehle beherrschte sie inzwischen recht gut.

Wenn sie es genau bedachte, schadete es ihr nicht, ein wenig mehr körperliche Fitness zu erlangen. Für den Gang ins Sport-studio hatte sie sich bisher nicht erwärmen können. Gab es einen attraktiveren und unbestechlicheren Trainer als Leo?

Ich spiele sein Spiel und seine Regeln eine Zeitlang mit. Aber nur, weil ich herausfinden will, wie viel ich ertrage und ob es mich erregt. Na ja, das Bügeln und Putzen ist nicht der Hit, aber eine Zeitlang werde ich mich fügen, und dann, wenn ich genau weiß, woher der Wind weht, werde ich anfangen, ihn zu meinem Vorteil zu manipu-lieren. Mit diesen tröstlichen Vorsätzen schlief sie ein.

Kapitel 16

Der morgendliche Ablauf gelang Sophie diesmal ganz gut, fand sie, obwohl das Aufwachen vom schmerzhaften Ziehen eines Muskelkaters begleitet gewesen war, der sie in ihren Bewegungen einschränkte. Pünktlich wie ein Schweizer Uhrwerk schlüpfte sie unter die Bettdecke ihres Herrn.

Leo hatte ihr jeden Morgen bestätigt, dass ihr Blowjob Anerkennung verdiene, diesmal aber blieb sein Lob aus. Dabei hatte er unter ihrer Zunge mehr denn je gejauchzt und gebebt.

»War mein Weckruf nicht in Ordnung, Herr?«

»Doch, hast du gut gemacht.« Er strubbelte ihr über die Haare, aber sie hatte trotzdem das Gefühl, er wäre an diesem Morgen nicht so gut gelaunt wie sonst. An ihr konnte es nicht liegen.

»Haben Sie schlecht geträumt, Herr?«

»Nein«, erwiderte er kurz angebunden und scheuchte sie mit einer Geste aus dem Bett.

Sophie kniete sich davor, während er frühstückte und dachte nach. Leo würdigte sie keines Blickes, was vollkommen genügte, um sie zu verunsichern. Hatte sie etwas vergessen? Sophie ging das ganze Morgenritual durch. Nein, es fehlte nichts. Alles war perfekt. Auch die Zeitung, ohne Eselsohren, wie frisch gebügelt lag sie auf dem Bett.

»Räum auf und dann warte vor dem Sessel auf mich. Ich gehe duschen.«

»Ja, Herr.«

Sophie sortierte das schmutzige Geschirr in den Geschirrspüler ein und kniete sich dann devot vor den Sessel. Bestimmt war das eine Verunsicherungstaktik. Er wollte ihr ein schlechtes Gewissen machen, das war alles.

Endlich ebbte das Rauschen der Dusche ab. Leo kam zu ihr, nur mit einer schwarzen Hose bekleidet, ein Handtuch über den Schultern, die Haare noch nass.

»Du hast dich bestimmt gefragt, warum ich heute Morgen schlechte Laune habe.«

Allerdings.

»Ist dir die Lösung inzwischen eingefallen?«

»Nein Herr«, erwiderte sie verunsichert und wagte es nicht, ihn anzusehen. Er hatte so einen Unterton in der Stimme, der nichts Gutes versprach.

Er setzte sich und sie blickte auf seine nackten Füße. Gleichmäßig gewachsene Zehen, kurz geschnittene, gepflegte Fußnägel. Füße zum Küssen.

»Wir beide haben über ein erneutes Vergehen zu sprechen, Sophie. Schau mich an.«

Beklommen gehorchte sie. Wenn er sie auf diese Weise ansah, würde sie sogar ein schlechtes Gewissen bekommen, wenn es wirklich keinen Grund dafür gab.

»Du hast mich hintergangen«, stellte Leo nüchtern fest.

»Nein, Herr«, versicherte sie mit fester Stimme.

Er hob eine Augenbraue und musterte sie durchdringend. »Doch, Sklavin. Du hast heimlich telefoniert. Mehrmals.« Seine Hand verschwand zwischen Rücken und Lehne, dann hielt er Sophie ihr Handy vor die Nase.

Ihr wurde flau. Wann und wie verdammt noch mal, hatte er etwas mitbekommen? Wenn es gestern Abend gewesen war, dann hätte er sie doch sofort damit konfrontiert, oder?

»Interessant. Zwei Handys. Ich nehme mal an, das hier ist dein Geschäftstelefon, hm? Du bist raffiniert, meine Liebe. Aber nicht raffiniert genug, um mich hereinzulegen.«

»Ich wollte Sie nicht hereinlegen, Herr. Es tut mir leid, ich – ich habs vergessen.« *Du blöde Kuh! Was für eine dämliche Ausrede.* »Ich muss doch wenigstens mal …«, hob Sophie trotzig an, aber Leo fiel ihr ins Wort.

»Du musst hier überhaupt nichts!«, zischte er, »Außer meine Anweisungen zu befolgen. Lüg nicht. Du hast es erst vor wenigen Stunden benutzt.«

»Ich muss aber mit Nadine telefonieren. Sie macht sich Sorgen um mich. Und außerdem ist das total blöd, so von der Welt abgeschnitten zu sein.«

Sophies Stimme zitterte vor Wut. Es war ihr in diesem Moment vollkommen egal, was er mit ihr machen würde. Sobald sie wieder nach draußen käme, sobald sie arbeiten ginge, würde sie einfach nicht in diese Wohnung zurückkehren. Er konnte sie mal! Dann würde er schon sehen, was er von seinen dämlichen Maßnahmen hatte und durfte sich selbst Befehle erteilen.

Leo lehnte sich zurück und betrachtete sie eine Weile kopfschüttelnd. »Was willst du eigentlich, Sklavin? Warst nicht du diejenige, die soviel Wert darauf legte, mich kennenzulernen?«

Sophies senkte den Kopf. Sein vorwurfsvoller Blick regte ihr schlechtes Gewissen, und als würde das nicht genügen, setzte er noch eins drauf.

»Warum bist du hier?«

»Weil ich auf der Suche nach einem wahren Dom war«, erwiderte sie trotziger, als sie beabsichtigte.

»Aha, und weiter?«

Sophie schluckte. »Ich wollte mich unterwerfen und streng erzogen werden«, flüsterte sie und fühlte sich plötzlich den Tränen nahe. Es war sehr unüberlegt gewesen, von einer solchen Situation zu träumen.

»Okay. Ich habe nicht den Eindruck, dass du dir Mühe gibst, deine Ziele zu verwirklichen. Du verhältst dich ständig kontraproduktiv. Ich habe dir mehr als einmal erklärt, dass es erst erotische Vergünstigungen gibt, wenn du dich an meine

Regeln hältst, Sklavin. Scheinbar ist dir nicht viel daran gelegen.«

Sklavin. Es hallte in ihrem Kopf wieder. Was für eine blöde Kuh sie doch war. Statt über Fluchtversuche zu grübeln, sollte sie sich wirklich anstrengen. Er stellte ihr erotische Erlebnisse in Aussicht. Warum zweifelte sie immer wieder daran, dass der Tag kommen würde und sie ihn sich einfach verdienen musste? Das war fair, das war vollkommen vereinbar mit den Regeln des BDSM. Es gab keinen Grund sich zu beklagen. Nichts an Leos bisherigem Verhalten gab dazu Anlass. Nicht einmal seine sexuelle Aushungerungstaktik. Sie musste einfach nur akzeptieren. Wenn das nur nicht so schwer fallen würde.

»Nun?«

»Ja, Sie haben Recht, ich habe Sie gesucht, nicht Sie mich. Es tut mir leid. Ich – ich hatte wohl falsche Vorstellungen davon, wie das hier laufen würde. Bitte, verzeihen Sie mir.«

»Mmmmh, Entschuldigung akzeptiert. Aber ich warne dich. Strapazier meine Geduld nicht zu sehr. Heute werde ich dich nur züchtigen. Beim nächsten Verstoß gibt es Wasser und Brot im Käfig. Glaub mir, ich besitze einen, auch wenn du ihn noch nicht gesehen hast. Ich werde dich unterwerfen, mit allen Mitteln! Ich betone: mit allen! Mit Dunkelheit, mit Knebeln, im feuchten Keller mit allerlei Getier. Du allein hast es in der Hand, ob unsere Beziehung jemals erotisch wird oder dir Alpträume beschert.«

»Bitte nicht, Herr.« Sophie senkte ihren Kopf noch tiefer, hauchte einen demütigen Kuss auf jede einzelne von Leos Zehen, und er ließ sie gewähren. Es war besser, seine Drohungen nicht anzuzweifeln. Wobei es keineswegs so geklungen hatte, als ob es ihm Spaß machen würde, die angekündigten Maßnahmen umzusetzen. War am Ende sie diejenige, die ihn damit folterte? Quälte sie ihn durch ihren Ungehorsam? Das hieße ja – dass er hinter seiner harten Schale sensibler, feinfühliger wäre, als sie geglaubt hatte.

»Vielleicht hilft es dir, wenn ich dich als Sklavin kennzeichne.«

»Kennzeichnen, Herr?«, wiederholte Sophie mit zittriger Stimme und hob langsam den Blick. Der Zorn war aus seinem Gesicht verschwunden, er wirkte eher nachdenklich. Waren denn Halsband und Keuschheitsgürtel nicht Kennzeichen genug? Sie presste die Lippen zusammen, um diese Gedanken für sich zu behalten.

»Ich mag prinzipiell die Idee, dich als mein Eigentum zu kennzeichnen und denke, es wird helfen, dich runterzubringen.«

Sophie zitterte bei dem Gedanken, wie er es tun mochte. Sie hatte schon viele schmerzhafte Züchtigungen erlebt, immer waren sie sehr erotisch gewesen und nie über das hinaus, was sie zu ertragen vermochte. Aber davon sprach er ganz sicher nicht, sonst wäre er nicht der Dom, von dem alle ehrfurchtsvoll flüsterten.

»Wie, Herr?«

»Mit einer Gerte oder einer Bullenpeitsche«, erklärte Leo.

Sophie wurde schwindlig. Beides tat verteufelt weh. Vielleicht hätte sie sich doch für die Zeit am Andreaskreuz dankbarer zeigen sollen, um ihn zu ermutigen, solche Aktionen öfter als Strafe durchzuführen. Immerhin war sein Spiel im Nachhinein betrachtet, doch sehr sinnlich und angenehm gewesen. Obwohl es ihr Lüsternheit geweckt und diese keine Erfüllung gefunden hatte.

Früher hätte ich ganz anders empfunden. Was ist nur mit mir los? Er bringt mich ganz durcheinander. Ich hatte nie Angst vor harten Züchtigungen, im Gegenteil. Jetzt fürchte ich mich plötzlich davor und sehne mich danach, in seinem Bett zu liegen, seinen Körper zu spüren, mich an ihn zu kuscheln. Bin ich noch ich selbst?

Die Erkenntnis traf sie wie ein Blitzschlag. Ich habe mich verliebt. *Halt mich ganz fest, Leo …*

»Vielleicht helfen ja auch einfach ein paar Striemen, deinen Status zu verinnerlichen, meinst du nicht?«

Striemen? Sophies Aufregung sank. Wenn es weiter nichts war. Damit würde er sie niemals kleinkriegen.

»Ich weiß nicht«, antwortete sie ein wenig patziger, als sie wollte. Sie brauchte Zeit zum Nachdenken und zwar genau jetzt, um zu verstehen, was mit ihr passierte. Sie verlor vollkommen die Kontrolle über sich, mehr als sie hatte hergeben wollen. Es hatte nie zu ihrem Plan gehört, ihr Herz zu verlieren.

Leo lachte laut. »Aber ich weiß es«, gab er zurück. »Komm mit.«

Grundgütiger, sie befand sich mitten in einem Chaos ihrer Gefühle. *Leo rette mich.* Am liebsten hätte sie ihn angefleht, sie nicht zu züchtigen, sondern stattdessen fest an seine Brust zu drücken.

Das Regal schwang langsam zur Seite und öffnete den Zugang zum Spielzimmer.

»Warum wirst du bestraft?«

Sophie seufzte tief. »Ich habe die Regeln missachtet. Ich versuche mich selbst zu befriedigen. Ich habe heimlich telefoniert. Ich rebelliere gegen Ihre Erziehungsmaßnahmen. Ich denke immer nur an mich und mein Vergnügen«, sprudelte es aus ihr heraus.

Leo wirkte für Sekunden erstaunt. Offensichtlich hatte er nicht so viele Schuldeingeständnisse auf einmal erwartet.

Es ging ihr nicht anders. Soviel hatte sie gar nicht zugeben wollen. Als käme es tief aus ihrem Inneren, von ihrem Unterbewusstsein herausgetrieben, hatte sie die Worte herausgestoßen und auf einmal fühlte sie sich erleichtert, dass es heraus war. Es gab keine Geheimnisse mehr zwischen ihnen.

»Gut, sehr gut. Ein erster Schritt zur Besserung. Leg dich über den Strafbock. Ich will, dass du zählst. So kann ich jederzeit kontrollieren, wie viel du erträgst.«

Das klang gar nicht so sehr nach Strafe und selbst wenn … Sophie drehte sich zögernd zu ihm um. Auf ihrer Haut lag ein Vibrieren, das mehr schmerzte als alles, was sie sich vorstellen konnte.

»Herr, könnten wir nicht …« Wenn es ihr nur nicht so schwerfallen würde, ihn um Gnade zu bitten. »Bitte, ich bin doch schon mit dem Keuschheitsgürtel gestraft. Ich werde mir wirklich mehr Mühe geben. Bitte erlassen Sie mir die Strafe«, wimmerte sie.

»Ich dachte schon, du bist zu tough, mich zu bitten. Aber unter deiner zur Schau getragenen harten Schale scheint sich ja doch ein weicher fraulicher Kern zu verbergen«, erwiderte er so freundlich, dass Sophie ihn wie paralysiert anstarrte.

Was? Hatte er diesen Satz einstudiert? Sie schnappte nach Luft.

Seine Geste war eindeutig und sie gehorchte und positionierte sich auf dem Strafbock. Was war nur in sie gefahren?

»Ich werde das Strafmaß mildern. Sechs Striemen. Außer du springst auf, dann fangen wir von vorne an.«

Er ging hin und her. Sie hörte, wie er die Schranktüren öffnete und wieder schloss. Es dauerte eine Ewigkeit, bis er sie endlich mit einem Stock auf der rechten Pohälfte antippte. Der kurz darauf folgende Schmerz war diabolisch. Sophie war so überrascht von der schneidenden Intensität, dass sie fast vergaß zu zählen.

»Eins«, keuchte sie. Der Schweiß brach ihr aus den Poren. Entweder war sie empfindlicher geworden, oder Leo beherrschte eine besondere Schlagtechnik. Anders war es nicht zu erklären, dass ihr ein einziger Hieb derart zu schaffen machte.

Er wartete, bis sie sich gefangen hatte, dann tippte er die linke Pohälfte an. Sophie biss vorsorglich die Zähne zusammen. Der Schmerz brannte sich tief in ihre Haut und rote Punkte tanzten vor ihren Augen.

»Zwei«, presste sie zwischen den Zähnen heraus.

Hieb drei und vier trafen sie auf den Oberschenkeln, fünf und sechs wieder auf dem Po. Jeder einzelne brachte Sophie fast an die Grenze der Belastbarkeit, aber erst beim letzten schrie sie laut auf, aus voller Kehle. Verzweifelt versuchte sie mit den Händen Halt zu finden, sich am Strafbock zu klammern, um nicht aufzuspringen. Hatte jemals zuvor etwas so schrecklich weh getan?

Plötzlich fand sie sich in Leos Umarmung wieder. »Geschafft.« Er streichelte ihren Rücken, hauchte einen Kuss in ihre Haare, drückte sie liebevoll an sich.

»Danke, Herr«, stieß sie an seiner Brust hervor. Es fühlte sich fantastisch an, gehalten und getröstet zu werden. So nah wollte sie ihrem Herrn immer sein und dafür wollte sie künftig alles geben. Wie durch einen Nebel nahm sie sein kräftig schlagendes Herz wahr und seufzte zufrieden.

Kapitel 17

In der einen Minute fühlte sie sich in Leos Arm geborgen, in der nächsten stand sie vor ihm und wurde mit einer neuen Aufgabe beauftragt. Wenn das so weiter ging, war sie bald reif für die Männer in den weißen Kitteln. Sie brauchte ihn, seine Nähe, seine Zuwendung. Zugleich hatte sie ein wenig Angst vor seiner Dominanz.

Nach einem arbeitsintensiven Tag war Sophie sofort eingeschlafen. Eine Stunde vor dem Klingeln ihres Weckers wachte sie auf und war hellwach. Ihr Magen knurrte nervös.

Sophie schlich leise auf die Toilette, aber das Magengrummeln hatte weder etwas mit Darmproblemen noch mit Hunger zu tun. Es setzte sich nach oben fort, umklammerte ihr Herz und nahm ihr die Luft.

Vorsichtig strich sie mit den Händen über ihre Pobacken. Aua! In einer Schublade des Spiegelschranks befand sich ein kleiner Handspiegel. Sophie hielt ihn hinter ihren Po und betrachtete ihre Striemen. Dunkelrot bis blau. Wow! Nur selten hatten die Züchtigungen Striemen hinterlassen. Sophie hatte immer Wert auf eine vorausgehende Vereinbarung gelegt, dass sie keine Striemen wollte, weil sie gerne in die Sauna ging. Die brauchte ja nicht jeder zu sehen.

Leise schlich sie auf Zehenspitzen bis ins Wohnzimmer und die Stufen zur Empore hinauf.

Leo schlief fest. Im Zwielicht des nahenden Morgens erkannte Sophie, dass er auf dem Bauch lag, die Decke halb von sich geschoben. Er atmete langsam und tief, ohne zu schnarchen. Sein Oberkörper hob und senkte sich in gleichmäßigen, kraftvollen Bewegungen.

Sophie drückte eine Faust auf ihren Mund, um nicht laut aufzustöhnen. Seine Arme waren muskulös und alles an ihm verdammt sexy. Sie wollte neben ihm auf dem Bett knien, ihn massieren und streicheln, seine Haut mit Küssen bedecken und ihm zeigen, wie sehr sie ihn begehrte. Aber es war zu früh dafür, sie musste zurück in ihr einsames Bett.

Warum eigentlich? Es war warm genug in der Wohnung, um es sich auf seinem Bettvorleger so gut wie möglich gemütlich zu machen. Es blieb genügend Zeit, rechtzeitig in ihr Bett zurückzukehren und noch ein wenig zu schlafen, bis der Wecker klingelte. Er würde es gar nicht merken, dass sie da war. Nur seinem Atem wollte sie lauschen und ein bisschen davon träumen, dass er sich um sie kümmerte …

»Verdammt, Sophie, was machst du hier?«

Leos Stimme klang wenig begeistert.

Wo bin ich? Sophie benötigte Sekunden, um sich darüber klar zu werden, dass sie vor seinem Bett lag und dort eingeschlafen war. Sie fröstelte. Offensichtlich war es doch nicht warm genug, um nackt und ohne Zudecke zu schlafen.

Leo stand über ihr, sein Gesichtsausdruck eher verzweifelt als wütend. Es wirkte ein wenig komisch, weil er verstrubbelt und zerknautscht aussah, als hätte er sein Gesicht zu fest in die Kissen gedrückt. Zugleich machte es sie aber auch an, ihn von unten zu betrachten, mit seiner sexy Ausstrahlung. War er ihr böse, weil sie sich angemaßt hatte, in seiner Nähe zu schlafen?

Ängstlich musterte sie seinen Gesichtsausdruck, aber da war nichts, worüber sie sich Gedanken machen musste.

»Verdammt, ich muss erst pinkeln gehen, ehe wir reden. Ab mit dir in mein Bett.« Leo wischte sich mit der Hand übers Gesicht, stieg über sie hinweg und rannte die Stufen hinunter.

Ich soll mich in sein Bett legen? Aber ... Verwirrt kroch Sophie unter die Decke und kuschelte sich hinein. Es roch herrlich nach Leo und warm war es auch. Verflixt, alles an ihr war eiskalt. Er hatte also bestimmt nicht damit spekuliert, dass sie ihm als Betthäschen sein Bett warmhalten würde. Bis er zurückkäme, wäre all die Wärme in ihren Körper übergegangen und das Bett ausgekühlt.

Unendliche Minuten vergingen, in denen ihre Angst langsam wuchs. Wenn er erst richtig aufgewacht war, würde er die Sache vielleicht anders betrachten. Im Grunde genommen war sie schon wieder unartig gewesen, dabei hatte sie sich doch nur für einen Moment vor seinem Bett ausstrecken und wieder verschwinden wollen, bevor der Morgen graute.

Als sie bei seiner Rückkehr Anstalten machte, aus dem Bett zu schlüpfen, schüttelte er den Kopf und machte eine Geste, dass sie nur auf die Seite rücken und ihm Platz machen solle. Dann schlüpfte er drunter, zog sie in seine Arme und achtete darauf, dass Sophies Schultern zugedeckt waren.

»Morgen meine Kleine. Was machst du denn für Sachen?«, murmelte er.

»Sie sind nicht böse auf mich?«

»Nein«, murmelte er schläfrig. »Also, was? Spielst du schon lange Bettvorleger?«

»Ich hatte Sehnsucht nach Ihnen«, erklärte Sophie wahrheitsgemäß und kuschelte sich enger an ihn. Seit langem hatte sie es nicht mehr genossen, gemütlich in den Armen eines Mannes zu liegen. Sie hatte vergessen, dass es sich so verflucht gut anfühlen konnte.

»Das ist in Ordnung«, nuschelte Leo.

Sophie wartete darauf, dass er noch etwas sagen würde, aber sein verlangsamter, tiefer Atem kündete davon, dass er soeben eingeschlafen war.

Und nun? Die Fenster hatten keine Vorhänge. Bei Bedarf ließen sich Rollläden herunterlassen, aber Leo mochte den Ausblick auf die nächtliche Stadt, weshalb sie nur selten zum Einsatz kamen. Der Morgen blinzelte mit den ersten Sonnenstrahlen herein. Zeit für seinen erotischen Weckruf. Sophie überlegte. Nein, Leo war gerade erst eingeschlafen, es gab hoffentlich nichts Wichtiges, was er heute Morgen erledigen wollte. Sie lächelte. Genau genommen war er genauso ein Gefangener in dieser Wohnung. Ihrer Erziehung wegen verließ er sie nicht. Ach, was. Es schadete nicht, noch ein wenig zu genießen. Immerhin hatte er sie ja in sein Bett befohlen. Ein schlechtes Gewissen musste sie also nicht haben.

Sophie erwachte von Leos Bewegungen. Er streckte seine Beine, drückte sie fester an sich, schmatzte leise dabei, brummte.

Wie spät war es? Sie hatten absolut verschlafen! Draußen war es taghell und sie wunderte sich, von dem einfallenden Licht nicht schon eher wachgeworden zu sein. Wie sie zu der Löffelchenstellung gefunden hatten, war ihr ebenfalls ein Rätsel. Sie lag auf der linken Seite, Leo in ihrem Rücken, sein Arm entspannt und schwer auf ihrer Taille liegend. Es kitzelte ein wenig.

»Na du kleine Schlafmütze? Hast du endlich ausgeschlafen?«

Das klang allerdings viel wacher, als sie angenommen hatte. Sie drehte sich langsam um und blickte in seine blauen Augen, die sie freundlich anblinzelten. Seine Hand strich ihr ein paar Haarsträhnen aus dem Gesicht, streichelte dann über ihre Wange und sein Zeigefinger folgte in einer sinnlichen Berührung der Kontur ihrer Lippen.

Sophie schnappte vorsichtig nach seinem Finger, erwischte ihn und saugte die Fingerspitze ihren Mund.

Leo lachte leise. »Bekomme ich nun noch einen erotischen Weckruf, oder fällt der heute Morgen aus?«

Sophie grinste erleichtert über seine gute Laune und dass er ihr nicht böse war. Sie tauchte unter der Bettdecke ab. Im Gegensatz zu jedem anderen Morgen war sein Phallus schon erigiert und wartete nur darauf, von ihrem Mund verzaubert zu werden, als hätte er sich an der Nähe ihres Körpers aufgegeilt.

Schon bei der ersten zärtlichen Berührung durch ihre Zunge stöhnte Leo lüstern auf. »Ja, weiter so, du machst das gut.«

Sie nahm ihn tiefer in ihren Mund, presste ihre Lippen fest um ihn, kraulte sanft seine Hoden. Das alles gehörte genau genommen ihr. Das Glücksgefühl, Macht über Leos Endorphine zu haben, beflügelte Sophie zu Höchstleistungen. Sensibler denn je tanzte ihre Zungenspitze über seine Eichel.

Leo kam an diesem Morgen bereits nach wenigen Minuten. Er legte sein Bein über sie, hielt sie in dieser Umklammerung gefangen, bis er sich beruhigt hatte. Sophie leckte ihn sauber und träumte davon, wie es wäre, sich an seinem Bein zu reiben, bis sie selbst käme. Nur dieser bescheuerte Keuschheitsgürtel trennte ihren Schoß von seiner warmen weichen Haut … andererseits war genau dies erregend, stellte sie verblüfft fest. Leo besaß die uneingeschränkte Macht, sie in Besitz zu nehmen und glücklich zu machen.

»So, nun komm und erzähl mir, warum ich dich heute morgen vor meinem Bett gefunden habe.«

Sophie rutschte nach oben und sah in Leos helle Augen. »Ich musste aufs Klo und dann konnte ich nicht mehr schlafen. Ich – war so schrecklich allein.« Sie senkte kurz die Lider, dann schaute sie ihn wieder an. »Sind Sie böse auf mich?«

»Nein. Ich verstehe dich.« Er streichelte ihre Wange. »Mach Frühstück. Für uns beide. Deck am Thresen. Und mir ist heute Morgen nach Rührei mit Speck.«

Das war das erste Mal, dass sie zusammen frühstücken würden. Ein kleines unverdientes Zugeständnis. Sophie hätte nicht geglaubt, dass sie sich darüber so sehr freuen könnte, aber so war es. Sie freute sich über dieses bisschen Gemeinsamkeit, das die Distanz zwischen Herr und Sklavin minderte.

Kapitel 18

Mit einem unterdrückten Fluch beendete Nadine das Checken ihrer Mailbox. Nichts. Kein Anruf von Sophie. Wo zum Teufel trieb sie sich herum? Oder war ihr etwas passiert? Ihre Füße polterten die Treppe hinunter und sie stürmte ungeduldig ins Wohnzimmer.

»Sag mal Laurin, wie ist er eigentlich, dieser Dom?«

Laurin runzelte die Stirn. Er ließ sich ungern stören, wenn sein ganzes Interesse am Sonntag Nachmittag der Formel Eins galt.

»Welcher?«

Als ob sie so viele kennen würden, die aktuell interessant wären. »Na, Sophies natürlich.«

»Warum?«

»Beantworte doch nicht jede Frage mit einer Gegenfrage! Sophie meldet sich nicht. Sie ruft nicht zurück, sie hebt nicht ab.«

»Ach so«, antwortete Laurin gelassen.

»Wie – ach so. Das ist nicht normal!«

Laurin hob die Hand und winkte ab. Nadine ließ sich in einen Sessel plumpsen. Vor der nächsten Werbepause würde er kein Wort mehr reden, soviel stand fest. Verbissen wählte sie wieder und wieder Sophies Nummer. Umsonst.

Nadine gab ein ungehaltenes Knurren von sich und ergab sich den Gedanken, die auf sie einströmten. Es war noch nicht allzu lange her, da hatte sie Sophie überschwänglich von Laurin erzählt.

»Hi Nadine, wie geht's? Wie war dein Wochenende?«

»Mensch Sophie, ich bin ja so glücklich. Laurin ist soooo ein toller Mann.«

Mit einem nicht enden wollenden Wortschwall hatte Nadine ohne Punkt und Komma von ihrem neuen Top geschwärmt und wie wunderbar das Leben auf einmal wäre. Sie hatte einfach Glück gehabt. Seit kurzem lebte sie in einer festen Beziehung mit einem Dom, der nur wenig älter war als sie selbst, und mit viel Gefühl auf ihre Bedürfnisse einging. Allerdings war sie auch anschmiegsamer, nachgiebiger und nicht so starkköpfig wie ihre Freundin.

»Entschuldige, ich rede dauernd von mir, aber ich bin einfach sooo glücklich«, lachte Nadine schließlich atemlos in den Hörer. »Wie war denn dein Wochenende?«

»Na ja, nicht so prickelnd. Ich freu mich für dich. Vielleicht klappt's bei mir ja auch irgendwann. Sag mal, hast du schon von diesem Dom gehört, der besser als alle anderen sein soll und von dem keiner weiß, wie er heißt?«

»Ja, ich glaub schon. Gerüchteküche fürs Sommerloch.«

»Hm, ich habe den Eindruck, es ist mehr als das. Meinst du nicht, du kannst mal deinen Laurin fragen, was er darüber weiß? Tops unter sich wissen ja oftmals mehr oder kennen sich.«

»Na ja, kann ich schon machen«, erwiderte Nadine zögerlich. Sie war sich nicht sicher, wie Laurin auf eine solche Frage reagieren würde. Wäre es für ihn okay?

»Nadine, es ist wichtig für mich!«

»Wieso? Willst du dich an Mister Unbekannt ranmachen, falls er existiert?«

»Warum nicht? Weißt du wie beschissen mein Wochenende war? Langeweile pur. Ich leide gerade an Hormonüberschuss und schnappe bald über«, knurrte Sophie gefrustet.

Laurin knöpfte Nadines Bluse auf, schob ihren Büstenhalter beiseite und streichelte sie sanft. Sie versuchte ihn abzuwehren, aber mit nur einer freien Hand war dies lächerlich. »Wärst du nicht so anspruchsvoll, dann könntest du doch jeden haben, du Nymphomanin«, kicherte sie in den Hörer, weil Laurins Berührungen nicht nur sinnlich waren, sondern auch kitzelten.

Im Grunde genommen war die Feststellung, Sophie sei nymphoman, noch untertrieben. Sophie konnte sich aussuchen, mit wem sie spielte. Aber das schien ihr nicht zu genügen. Sie war ein SM-Junkie. Immer mehr, immer härter, immer öfter. Für Nadine grenzte dies beinahe an Selbstzerstörung.

»Das ist überhaupt nicht lustig. Ich brauch nicht irgendeinen und du weißt das!«

»Ach komm schon, so schlimm wird wohl nicht sein.«

»Noch viel schlimmer«, beharrte Sophie.

Nadine wand sich und kicherte noch lauter. Laurin hatte sie inzwischen Stück für Stück ausgezogen, ihre Beine auseinandergeschoben und ans Bettgestellt gefesselt und angefangen mit langer Zunge ihren Kitzler zu liebkosen.

»Was ist los mit dir? Kannst du mal aufhören so dämlich zu kichern?«

Nadine prustete unbeherrscht in den Hörer. »Entschuldige, es hat nichts mit dir zu tun. Ich muss jetzt Schluss machen.«

»Hey, du kannst doch nicht einfach …«

Nadine war sich sicher, dass Sophie ihr das plötzliche Auflegen zunächst übel genommen hatte. Sie selbst hatte dafür eine aufregende und überaus sinnliche Liebesstunde mit Laurin erlebt, der ihr anschließend angedroht hatte, wenn sie zuviel telefoniere, werde er sie dafür bestrafen.

Sie hatte sich nicht getraut, ihn sofort mit Sophies Frage zu konfrontieren, und hatte noch zwei Tage gewartet, bis sich eine günstige Gelegenheit ergab.

»Ja, ich kann mir vorstellen, wen sie meint«, erwiderte er, »Aber ich werde mich nicht einmischen. Wenn Sophie meint, ausgerechnet dieser Dom solle ihr Herr werden, dann muss sie ihn selbst suchen.«

»Aber Laurin! Was soll ich ihr denn sagen? Sie ist doch immerhin meine beste Freundin.«

Er bedachte sie mit einem finsteren Blick. »Leider.«

»Ach komm schon. Ich bin so glücklich mit dir. Ich möchte doch nur, dass sie auch glücklich wird.«

»Mit ihm?«, erwiderte er mit hochgezogenen Augenbrauen. Er schien einen Moment zu überlegen, in dem Nadine nicht wagte, nochmal auf seine Hilfe zu drängen. Dann entspannte sich seine Miene. »Also gut. Vermutlich will er sowieso kein Treffen. Aber falls doch – mach mir hinterher keine Vorwürfe!«

»Danke Laurin!«

Sie war ihm jubelnd um den Hals gefallen, hatte ihn abgeküsst und sich über seine warnenden Worte keine Gedanken gemacht. Als sie von Sophie hörte, das Treffen hätte stattgefunden und diese würde bei ihrem künftigen Dom einziehen, war sie für einen Moment schockiert gewesen. So schnell? Dann freute sie sich, dass die Suche ein Ende hatte, in der sicheren Erwartung, dass alles glatt gehen würde.

»Jaaa!« Laurins lauter Ausruf und die in die Höhe gereckte Faust rissen Nadine aus ihren Gedanken. Von Formel Eins hatte sie keine Ahnung. Laurins Freude sprach jedoch für einen günstigen Augenblick.

»Darf ich dich jetzt etwas fragen?«

»Immer noch wegen Sophie?«

»Ja. Sie meldet sich nicht, da muss etwas passiert sein. Kannst du mal deinen Freund anrufen?«

»Ihr passiert schon nichts. Er wird ihr halt einfach das Handy weggenommen haben. Kein Kontakt nach außen vereinfacht die Erziehung.«

»Das meinst du jetzt nicht ernst. Das ist ja voll bescheuert.«

»Ach ja? Ich bin viel zu nachgiebig, aber mehr würdest du auch gar nicht aushalten. Sophie geht's gut, sei ganz beruhigt. Sie hat sich eine strenge Hand gewünscht und sie gefunden.« Ehe Nadine sich versah, hatte Laurin ihr das Telefon entwendet und es in seiner Hosentasche verschwinden lassen.

»Hey, du kannst doch nicht …« Sie versuchte in seine Hose zu greifen, aber er hielt ihre Hände fest.

»Wenn du ungezogen bist, ergreife ich dieselben Maßnahmen wie er.«

Nadine lief ein Schauer den Rücken hinab. Auch wenn sie keine Ahnung hatte, worin diese Maßnahmen bestanden, zweifelte sie nicht daran, dass es mehr war, als sie ausprobieren wollte.

»Wann gibst du es mir zurück?«, fragte sie kleinlaut.

»Wenn dein Hintern glüht und ich der Meinung bin, es ist genug. Hol einen Kochlöffel und bring ihn mir.«

Kapitel 19

Endlich durfte sie das Bett mit ihm teilen und sich an seinem Körper berauschen. Sophies Hände streichelten über Leos Brustwarzen. Alles an ihm war wie geschaffen, liebkost zu werden. Sie wurde nicht satt, Küsse auf seiner Haut zu verteilen. Seine Hände wiederum schienen überall zu sein. Unzufrieden runzelte Sophie die Stirn. Aus der Ferne war ein unangenehmes Geräusch zu hören, so penetrant, dass es ihre Stimmung störte. Dabei wollte sie nicht anderes, als sich mit ihrem Herrn in einem wilden Akt zu vereinen. Ihre Brustwarzen spannten erwartungsvoll und ihre Vagina jammerte danach, von ihm ausgefüllt zu werden. Das Geräusch war verstummt. Sehr gut. Sie kniete sich vor Leo auf das Bett, seine Hände hielten ihre Hüften und dann drang er in sie ein. Tiefer, fester …, stöhnte sie voller Lust. Von wo kam denn auf einmal diese ekelhafte Zugluft? Nicht aufhören, nimm mich.

Die Kühle auf ihrer Haut zwang Sophie, die Augen zu öffnen. Leos Miene war Strafe genug. Sie hatte verschlafen! Ihre Zudecke lag unordentlich neben ihrem Bett am Boden.

So schnell wie es ihre morgendliche Steifheit zuließ, rappelte Sophie sich auf und kniete vor ihrem Herrn nieder. »Entschuldigen Sie, ich …«

»Schweig! Ich habe wirklich viel Nachsicht mit dir gezeigt, Sophie. Aber so wie es aussieht, muss ich wohl härter durchgreifen. Solange du hauptsächlich mit deinen eigenen Wünschen

146

beschäftigt bist, werde ich dich nicht belohnen«, donnerte Leos Stimme.

»Bedeutet das etwa, dass ich auch heute wieder nicht kommen darf, Herr?«, wisperte Sophie enttäuscht. Eigentlich hatte es am vorhergehenden Tag nicht schlecht ausgesehen, dass sie bald den Keuschheitsgürtel loswerden und Leo von ihr Besitz ergreifen würde. Es gab nichts, wonach sie sich im Augenblick mehr sehnte. War es da ein Wunder, dass sie heiß und verlangend von ihm träumte? War dies ein Verbrechen?

Leo seufzte bitter. »Ist dein eigenes Vergnügen alles, woran du die ganze Zeit denkst?«

Sophie biss sich auf ihre Unterlippe.

Leo packte ihre Haare und sie wimmerte unter dem harten Griff auf, der ihren Kopf nach oben zwang. »Du versuchst es nicht einmal, mir zu gehorchen«, stellte er grimmig fest.

»Es tut mir wirklich leid, Herr. Ich werde mich in Zukunft mehr anstrengen«, beteuerte Sophie reuig. »Aber ist es denn ein solches Vergehen, wenn ich mich danach sehne, von Ihnen genommen zu werden?«

»Ab unter die Dusche«, forderte Leo ausweichend. »Ich denke, eine Züchtigung wird dich auf andere Gedanken bringen. Eine nasse Züchtigung.«

Er nahm sie mit festem Griff im Genick, hieß sie aufstehen und schob sie vor sich her zur Dusche. Dort nahm er ihr den Gürtel ab und Sophie huschte in die Dusche. Ihre Vagina war unverschämt feucht, wie Leos kritischer Blick auf die Innenseite des Gürtels verkündete, und sie wurde durch die Aussicht auf Strafe noch feuchter.

Leo folgte ihr unter die Dusche und drehte das Wasser auf.

»Wasch mich«, befahl er knapp.

Wenn das eine Strafe sein sollte …? Es war für Sophie ein Genuss, den ungemein attraktiven Körper ihres Herrn zu betrachten und zu berühren. Sie seifte ihn sorgfältig ein, platzierte zarte Küsse auf seinen Armen, an seinem Hals und auf seiner Brust.

Ihre Fingerspitze umrundete sanft jede Brustwarze ihres Herrn. Besonders zärtlich widmete sie sich seinen Genitalien, verweilte länger auf seiner Eichel, ehe sie sich vor ihm hinkniete und seine Beine einseifte.

Sophie hatte niemals zuvor darüber nachgedacht, was einen männlichen Körper sexy machte. Sie hatte einfach so empfunden, das genügte. Was sie selbst als Frau anziehend machte, war ihr dagegen immer bewusst gewesen und entsprechend betont worden. Sie war schlank, aber nicht mager und hatte Rundungen dort, wo sie hingehörten. Ihre Brüste waren wohlgeformt und fest. Weder ein Wonderbra noch eine Schönheits-OP waren von Nöten, um zufrieden zu sein. Ihre Beine waren lang und schlank, und sie verstand es, sich auch auf den extremsten Highheels sicher zu bewegen, ohne zu staksen.

Genau genommen war Leo ein typisch maskuliner Mann. Seine Muskeln waren klar umrissen, durchtrainiert, aber ohne das übertriebene Hervortreten eines Bodybuilders. Sophie liebte die brodelnde Kraft in seinen muskulösen Gliedmaßen, wenn sie diese anfasste. Zwar war sie vielen attraktiven Männern begegnet, aber verglichen mit Leo kamen ihr deren Erscheinungsbild blass und unausgewogen vor.

Wie würde er sie für ihren Ungehorsam bestrafen? Sie erhob sich und Leo zog ihren nackten Körper an sich heran, um sie zu küssen. Er stellte das Wasser an und es strömte aus dem Duschkopf über ihre Gesichter und Haare hinab, als stünden sie unter einem Wasserfall.

»Seif dich selbst ein«, ordnete er danach an und machte ihr Platz, indem er sich an die Kacheln lehnte. Er sah zu, wie Sophie mit schnellen und effizienten Bewegungen ihren eigenen Körper wusch und die Seife abspülte.

»Hände gegen die Wand und Hintern raus. Mehr. In Ordnung, gut.« Seine Hand tätschelte zärtlich Sophies Hintern. »Wehe du bewegst dich!«

»Ja, Herr«, stöhnte Sophie erregt. So mochte sie es. Die angekündigte Strafe war von ihm verschoben worden, aber nicht aufgehoben.

Leo streichelte ihren Po und ihre Schenkel weiter, auch ihre Taille und viel zu kurz ihre Brüste. Dann wechselte er plötzlich und ein harter Schlag traf Sophies Hintern. Hieb auf Hieb folgte und ihre Haut begann zu brennen. Nichts war davon zu spüren, dass sie nass war und dieser Feuchtigkeitsfilm seine Züchtigung dämpfte. Als Leo davon genug hatte, fuhr er auf ihren Oberschenkeln fort. Zielsicher traf er mehrmals auf dieselbe Stelle, erhitzte diese auf fast unerträgliche Weise, ehe er sich eine neue aussuchte.

Sophie jaulte auf und wandte sich abwehrend um – dann erinnerte sie sich und erstarrte.

»Noch ein wenig mehr und du bereust es«, warnte Leo und Sophie presste die Hand schnell wieder fest gegen die Glaswand.

Es war aufwühlend, aber es war auch ein guter Schmerz, denn er heizte ihre Endorphine an, ihren Körper zu überfluten und sie auf eine andere Ebene ihrer Selbst zu entführen.

Leos Hand wurde härter und härter. Sophie schluchzte. Sie versuchte dem Drang der aufsteigenden Tränen zu widerstehen, sich an ihre toughe Seite zu erinnern, die alles hinnehmen konnte. Umsonst. Das Wasser aus der Brause, die Leo wieder angestellt hatte, strömte an der Seite ihres Gesichtes hinunter, vermengte sich mit den ersten Tränen, die ihre Wangen hinunter kullerten.

Es war schwer, die Hände an der Glaswand zu behalten, als wären sie dort mit Kleber fixiert. Alles, was sie noch tun konnte, um den Schmerz irgendwie zu ertragen, war sich unter seinen Hieben zu winden und ihr Gewicht abwechselnd von einem Bein auf das andere zu verlagern.

Auch wenn sie es als demütigend empfand zu betteln, so war es jetzt doch an der Zeit, Leos mentale Stärke auszuloten.

»Oh, verflixt und zugenäht, Herr, es tut so weh … bitte, bitte zeigen Sie Gnade und hören Sie auf.«

»Warum wirst du gezüchtigt, Sklavin?«, knurrte Leo in das Geräusch des laufenden Wassers.

»Weil … weil … ich verschlafen habe.«

»Und warum noch?« Leos Hiebe konnten es mit der Intensität jedes Rohrstocks aufnehmen.

»Weil ich nicht genug um Ihr Vergnügen besorgt war, Herr«, quiekte Sophie.

»Und wirst du dich in Zukunft endlich mehr anstrengen und dich bessern?«

»Ja, Herr! Aua! Ich verspreche es!«, kreischte Sophie, während Leos Hand schneller und schneller auf ihre heißen Schenkel knallte. Eigentlich müsste ihm selbst inzwischen seine Handfläche weh tun, aber vielleicht zog er daraus auch für sich einen guten Schuss Endorphine. Ihre jedenfalls waren in Scharen auf Reisen durch ihren Körper und hießen sie ertragen, was er mit ihr machte.

»Und warum wirst du außerdem von mir gezüchtigt?«

»Weil …«, Sophie zerbrach sich unter unablässigem Wimmern den Kopf. Es war sein Recht. Brauchte es einen anderen Grund? »Weil es Ihnen gefällt, Herr?«

»Genau. Es gefällt mir zu sehen, wie deine Haut knallrot wird, wie du dich unter meiner Hand windest, wie sehr du dich bemühst, mir zu gehorchen und deine Position zu halten. Und ich mag es auch, dich betteln zu hören und dir meine Gnade zu verweigern, weil du es nicht anders verdient hast.«

Mit diesem Worten legte er ein Dutzend weitere Schläge nach und ihr blieb nichts anderes übrig, als bei jedem aufzuschreien und auf das baldige Ende zu hoffen, während diese höllischen Hiebe auf ihren brennenden Hintern herabregneten.

Dann klangen die Schläge sanft aus und Leo dirigierte einen wohl dosierten Strahl lauwarmen Wassers über ihre heiße Haut. Sophie stöhnte auf. Es war alles andere als eine Wohltat, dafür war der Strahl zu hart eingestellt, und wäre das Wasser kühler gewesen, hätte ihre Haut bestimmt darunter gezischt, dachte Sophie. Sie lehnte ihre Stirn gegen das Glas und spürte dann, wie Leo ihre noch warmen Hinterbacken in seine Hände nahm, um sie sanft zu kneten. Sophie fauchte unter dem Schmerz wie eine Katze, schaffte es jedoch stillzuhalten.

Flüchtige Küsse streiften ihren Nacken, seine Hände streichelten sie überall, umarmten sie und neckten ihre Nippel. Es war berauschend. Er schickte sie von der Hölle direkt auf den Weg zum Himmel. Sophie spürte den harten Schwanz ihres Herrn, wie er sich gegen ihren wunden Hintern presste. Wenn er wollte, so war diese Position durchaus geeignet, von hinten in sie einzudringen, sozusagen als Eintritt in den Himmel des Glücks. Aber er tat es nicht. Abrupt wandte er sich ab und trat aus der Dusche.

Sophies war durcheinander. Gab es denn nichts Schöneres für einen Mann, als sich mit einer Frau zu vereinigen? Wenn er sie nicht nahm, so strafte er im Grund genommen nicht nur sie, sondern auch sich selbst. Die Erkenntnis nahm ihr den Atem. An diesem Dilemma war nur sie alleine schuld. Leo war viel zu gut für sie.

In dem Bedürfnis sich bei ihm zu entschuldigen und ihm zu huldigen warf sie sich auf den Boden und küsste voller Inbrunst seine Zehen. Leo ließ sie gewähren und lachte leise.

»Genug. Steh auf«, bemerkte er schließlich.

Sofort gehorchte Sophie, zog eines der vorgewärmten Badetücher vom Handtuchhalter, schlug es um ihren Herrn und machte sich eifrig daran, ihn abzurubbeln.

»Du machst das sehr gut.« Leo hielt sie fest, nahm Sophies Gesicht zwischen seine Hände, wischte ihr eine feuchte Haarsträhne aus den Augen und küsste sie behutsam auf ihre Nasenspitze. »Das ist die Art von Aufmerksamkeiten, für die ich dich belohnen kann, meine Kleine«, murmelte er.

Es war ein völlig neues Erlebnis, sich über so kleine Gesten zu freuen. Eigentlich war es ganz einfach. So wie sie sich über jegliche Belohnung von Leo freute, so machte es ihn glücklich, wenn sie sich um sein Wohlergehen kümmerte, und dazu gehörten nun mal alle Aufgaben, nicht nur die angenehmen.

Kapitel 20

Kaum musste Sophie sich Kochen und Aufräumen widmen, waren ihre Vorsätze verflogen. Eine Weile ermahnte sie sich selbst, wie gut sie sich nach seiner Züchtigung gefühlt hatte, fast so, als wäre sie befriedigt worden. Aber ihr Verstand begehrte bald schon dagegen auf.

Sie war eine moderne, selbstbewusste Frau und hatte es nicht nötig, einem Mann untertan zu sein. Dutzende lägen ihr zu Füßen, wenn sie es nur wollte. Aber sie war vollkommen durcheinander und wusste nicht, was sie tun sollte. Denn ihr Körper und ihr Herz verlangten mehr denn je nach Leo. Ihr Herz? Ja, verdammt, sie hatte sogar Gefühle für ihn entwickelt. Das war kein Bestandteil ihres Plans gewesen.

Sophie seufzte. Auch das noch. Eigentlich betrachtete sie diese Sache als eine geschäftliche Vereinbarung auf Gegenseitigkeit. Lust und Befriedigung als Belohnung für ihre Dienste. Gefühle gehörten nicht dazu und würden sie nur noch abhängiger von Leo machen. Abhängiger und devoter als dieser verdammte Vertrag.

Sie musste verrückt sein. Ihr Verhalten war absolut bescheuert, weil sie sich erniedrigen ließ, nur um ihrem Körper den ultimativen Kick zu geben, auf den sie nach wie vor vergeblich wartete.

Bisher hatte sie gehofft, sie würde das Spiel irgendwann zu ihren Gunsten manipulieren können. Aber es schien eher so, als ob Leo seinem Ruf gerecht würde. Seine Macht über sie war grenzenlos. Sie konnte ihn nicht kontrollieren und eigentlich hätte sie das wiederum zufriedenstellen müssen. War sie nicht wie eine Verrückte auf der Suche nach dem wahren Dom gewesen, der es schaffte, ihr die Stirn zu bieten? Ja schon, aber doch nicht so!

Plötzlich wollte sie, dass Leo ihr seine Liebe schenkte. Was für ein absurder Gedanke. Es mochte Paare geben, bei denen Liebe und BDSM eine Einheit bildeten. Aber Leo war viel zu sehr ihr Herr, viel zu abgebrüht und streng. Womöglich hatte er sein ganzes Potential noch gar nicht ausgespielt. Er hielt sie sich als Sklavin, hatte ihr befohlen, ihn jeden Morgen zu befriedigen und verlangte überhaupt, dass sie nach seiner Pfeife tanzte, mehr als wenn sie ein Schoßhündchen gewesen wäre.

Doch wenn er sie ansah oder berührte, tobten Endorphine durch ihren Körper, wie sie es noch nie erlebt hatte und dieses Gefühl war ebenso aufreibend wie köstlich. Wohin sollte das führen und würde sie diesen Zustand auf Dauer aushalten?

Leo war ein richtiger Dom, wie hatte sie das nur bezweifeln können. Er handelte ganz im Sinne der BDSM-Regeln. SSC. Safe, sane und consensual. Er züchtigte und demütigte sie, aber er wusste ebenso genau, wann er sie auffangen musste und das hatte sie auf angenehme Weise überrascht. Er war streng, aber nicht hart oder ungerecht. Jede Strafe hatte sie sich selbst zuzuschreiben und eigentlich wollte sie das auch nicht anders.

»Was ist los? Träumst du vor dich hin?«

»Uff, haben Sie mich erschreckt!«

Auf das erlernte Zeichen hin kniete sie vor ihm nieder, den Blick auf seine Hand geheftet, falls diese eine weitere Anweisung erteilen würde.

»Ich hatte gehofft, deine guten Vorsätze würden ein wenig länger halten.«

Seine Finger fuhren über ihre Stirn.

»Welche Rebellion plant dieser schöne Kopf jetzt schon wieder?«

Sophies Ohren begannen augenblicklich zu glühen. Rebellion? Oh ja. Sollte er sich doch an ihrer Erziehung die Zähne ausbeißen.

Wenn er ihr keine Lust gewährte, musste er schon beweisen, ein echter Dominus zu sein. So ohne Weiteres würde sie nicht ihren Dickkopf aufgeben.

»Nun gut, du lässt mir keine Wahl. Gehen wir über zu Stufe 2.«

Fragend schaute Sophie zu ihm auf. Ein Zeichen signalisierte ihr, ihm zu folgen. Das war ja fast so, als hätte er ihre Gedanken gelesen.

Leo öffnete das Spielzimmer. Sie sah ihm dabei zu, wie er ein halbes Dutzend Züchtigungsinstrumente aus den Schubladen und von den Haken nahm, und auf einem kleinen Beistelltisch ausbreitete. Ihr schwante Schreckliches. Die bevorstehende Sitzung würde nichts auslassen und zum ersten Mal, seit sie BDSM lebte, fing sie von einer Sekunde zur nächsten vor Angst an zu schlottern – was ihren Körper nicht daran hinderte, ihre Brustwarzen zu verhärten und ihren Schoß aufzuheizen. Verdammt noch mal, was mit ihr geschah widersprach all ihren Erfahrungen. Was wollte sie denn eigentlich selbst? Erst strenges Durchgreifen und dann doch nicht?

»So, kommen wir zum Prozedere«, erklärte Leo. »Ich werde dir pünktlich zu jeder vollen Stunde eine Tracht Prügel verabreichen.« Er warf einen Blick auf seine Armbanduhr und verglich sie mit der Uhr, die an der Wand hing. »Sechs Instrumente, sechs Stunden. Bei jedem Durchgang wirst du Nippelklemmen tragen. Es liegt in deiner Verantwortung, mich an die nächste Session zu erinnern. Falls du es vergisst, wird deine Bestrafung umso schlimmer ausfallen. Verstanden?«

»Ja, Meister.« Sophie zitterte noch heftiger. Seine Stimme klang so streng, dass sie keine Sekunde an seiner Ernsthaftigkeit zweifelte.

Leo griff nach einem Rohrstock. »Nummer Eins.«

Sophie wusste aus Erfahrung, dass der Schlag damit überaus schmerzhaft und vollkommen unerotisch sein konnte, je nachdem wer ihn ausführte und wie, vor allem aber wenn dies auf einen nicht vorgewärmten Hintern erfolgte. Leo hatte bestimmt nicht die Absicht, ihre Erregung zu schüren und ihr Innerstes zog sich ängstlich zusammen.

»Es sind noch knapp zehn Minuten bis zur vollen Stunde. Ich finde, bis dahin kannst du schon mal die Nippelklemmen tragen und dir Gedanken über dein Verhalten machen.«

Sophie presste die Lippen aufeinander.

»Was ist los mit dir? Hast du eine Frage?«

»Nein, nein, es ist nichts, Herr«, erwiderte Sophie hastig. Sie wollte ihm nicht jetzt schon die Genugtuung gönnen, dass sie sich ängstigte. Obwohl sein Blick geradewegs in ihren Kopf einzudringen schien und sie befürchtete, dass er es längst darin gelesen hatte.

Sein Finger winkte sie näher zu sich heran und sie gehorchte zögernd. Ängstlich sah sie ihm zu, wie er die Klammern dem Etui entnahm, in dem sie aufbewahrt wurden. Ein Blick nach unten genügte, um festzustellen, dass ihre Brustwarzen nicht nur lüstern spannten, sondern sich tatsächlich frech von ihrer Brust reckten.

»Nimm gefälligst Haltung an! Wenn ich dich noch mal an die Basics erinnern muss, dauert unsere Sitzung nicht sechs Stunden, sondern die ganze Nacht!«

Sophie schauderte. Leo schien tatsächlich ein neues Zeitalter ihrer Beziehung einzuläuten. So gereizt und streng hatte sie ihn noch nicht erlebt, nicht einmal als er ihr Handy entdeckt hatte. Es schien beinahe so, als packe er erst jetzt sein wahres Ich aus.

»Brust raus, Schultern gerade, Hände nach hinten, Ellbogen höher, Kopf gesenkt.«

Das anschließende Warten war unerträglich. Sophie starrte geradewegs auf Leos Hand, die die erste Klammer hielt. Aber diese rührte sich nicht von der Stelle. Es war unvorstellbar, dass ein Mensch es schaffte, seine Hand derart ruhig zu halten, ohne sie aufzulegen, ohne sie abzustützen. Es war vollkommen klar, dass er sie damit zusätzlich folterte und ihren Gehorsam erprobte.

Der Schweiß brach ihr aus den Poren. Da packte Leo auf einmal zu und die spitzen Zähne der Klammer schnappten nach ihrem rechten Nippel.

Sophie versuchte den Aufschrei zurückzuhalten und gab stattdessen ein raues Keuchen von sich. »Oh Gott, Herr, oh nein, aargh, es tut viel zu weh ...«

»Das soll es auch, Sklavin«, knurrte Leo mit zusammengekniffenen Augen. »Du wirst es ertragen, weil ich es für angemessen halte und damit dir endlich dein Status bewusst ist.«

Eigentlich war ihr das schon lange, nur mit der Umsetzung haperte es. Für Reue war es nun allerdings zu spät. Sophie biss die Zähne zusammen, um den von der zweiten Klemme ausgelösten Schmerz tapfer hinzunehmen, doch umsonst.

»Oh, Scheiße ...« Der Schmerz raubte Sophie fast den Atem. In der Sekunde, als die Zähne zugriffen, tanzte eine Armada roter Punkte vor ihren Augen.

Leos Hand streichelte sanft über ihre Wange. »Es ist schon vorbei. Ergib dich dem Schmerz«, flüsterte er sanft.

Wimmernd lehnte Sophie ihren Kopf gegen ihn. Der Schmerz tobte in ihren Brustwarzen, sandte ein beinahe unerträgliches Ziehen in ihre Brüste aus. Wie viel mehr würde sie noch aushalten müssen, wenn dies erst der Anfang war?

»Bitte, Herr, ich weiß, ich verdiene es nicht anders«, jammerte sie, ihr Gesicht an seine Brust geschmiegt. »Aber ich halte das nicht aus.«

»Oh doch, du kannst und du wirst«, versicherte Leo. Er hob ihr Kinn an und küsste sie liebevoll.

»Es wird heute sehr hart für dich werden, aber diese Session ist notwendig, um dir deine Pflichten zu verdeutlichen«, erklärte er.

»Es tut entsetzlich weh ...«, wimmerte Sophie verzweifelt. Doch trotz des Schmerzes nahm sie die Nähe ihres Herrn und seine liebevoll streichelnde Hand als tröstend wahr.

Sie musste diese Lektion zu seiner Zufriedenheit durchstehen.

Allmählich ließ der Schmerz sogar ein wenig nach und sie fasste neuen Mut, dass sie vielleicht doch stark genug wäre, Leos Prüfung zu ertragen, und sei es nur, um danach diese köstliche Nähe zu erleben. Genau in diesem Moment packte Leo sie an den Armen und schob sie von sich weg.

»Nimm Haltung an!«

Sophie streckte sich langsam. Mit jeder Bewegung, mit jeder Spannung ihres Körpers, nahm der Schmerz in ihren Brüsten wieder zu.

»Zu langsam. Es spielt keine Rolle, ob es für dich angenehm ist oder nicht. Du wirst meine Befehle prompt ausführen, ohne zu zögern, ohne Rückfrage.« Sein Finger deutete auf den Boden zu seinen Füßen und diesmal beeilte sich Sophie, seinem Wunsch schnell Folge zu leisten und kniete vor ihm nieder, die Hände auf dem Rücken, den Kopf leicht gesenkt.

»Hmm, schon besser.«

Trotz ihrer aussichtslosen und unangenehmen Lage registrierte Sophie, wie es ihren Schoß erregte, von Leo auf diese demütigende Weise behandelt zu werden, zumal wenn seine Stimme diesen tiefen, ungeheuer erotischen Tonfall annahm.

»Aufstehen. Lehn dich über den Strafbock. Es ist Zeit für deine erste Züchtigung.«

Sich über dem Strafbock zu drapieren, ohne dass ihre Brüste das Leder streiften und schmerzhafte Signale von ihren Nippeln aussandten, war ein Problem der besonderen Art. Lieber Rohrstock und Peitsche als diese beißenden Klammern, dachte Sophie verkniffen, als sie es geschafft hatte. Ein letzter Blick über die Schulter ließ sie erschauern. Leo zeigte ein ungewohnt grausames Lächeln. Er kam näher und streichelte ihren Po.

»Du hast einen wirklich schönen Hintern, wie geschaffen für diverse Arten der Züchtigung. Er wird glühen, Sophie … Aber vorher habe ich noch eine besondere Überraschung für dich.«

Sophie zitterte innerlich angespannt. Seine Worte standen in vollkommenem Widerspruch zu seiner schmeichelnden Stimme.

Sie fühlte, wie er an der Innenseite ihres linken Schenkels eine kleine Hautfalte zusammendrückte, dann setzte der Schmerz ein, gefolgt von einem weiteren, noch schlimmeren an ihr linken Schamlippe. Sogleich folgte dieselbe Prozedur auf der rechten Seite. Sophie keuchte. Der Schmerz war heftig, die Spannung groß. Er musste einen Schamlippenspreizer oder etwas ähnliches angebracht haben, nur dass er ihn mangels Strümpfen in ihre Haut gezwickt hatte.

Ohne Vorwarnung ging in der nächsten Sekunde der Rohrstock auf ihrem unvorbereiteten Po nieder. Auf vorgewärmter Haut ließe es sich weit besser ertragen, so aber war jeder Hieb von grausamer Intensität. Sophie bemühte sich um Beherrschung. Sie klammerte sich so gut es ging, am Leder des Bocks fest und biss die Zähne zusammen. Aber umsonst. Ein heiserer Schrei entrang sich ihrer Kehle und kurz darauf brüllte sie aus vollem Halse, während ihr Herr einen Hieb nach dem anderen auf ihr Hinterteil niederregnen ließ.

Oh Gott, wie sehr sie diese Strafe verdiente. Wie leer ihr Kopf dabei wurde.

Leo gab Sophie keine Zeit, zwischen den Schlägen durchzuatmen. Sie japste nach jedem Schlag, keuchte und kämpfte mit dem Gefühl zu ersticken. Aber Leo hörte nicht eher auf, bis buchstäblich jeder Quadratzentimeter ihres Hinterteils mindestens einmal seinen Rohrstock kennengelernt hatte.

Als es vorbei war, hing sie schlapp über dem Leder, wimmernd, atemlos und schwindlig.

Leo tätschelte ihr brennendes Fleisch. »Ich bin stolz auf dich, Sklavin. Du bist ausgesprochen sexy, wenn du meine Züchtigung auf diese Weise hinnimmst, zappelnd und in dieser entblößten Stellung ertragend.«

Blieb ihr eine andere Wahl? Sophie konnte sich zwar nicht vorstellen, wie sie die nächsten Sitzungen ertragen sollte, denn schon jetzt schien ihr alles wund, aber was half es, sich dagegen zu wehren? Leo besaß die Macht und das Recht, sie festzubinden und zu zwingen. Was er aber tatsächlich wollte, war ihre Unterwerfung und dass sie es freiwillig für ihn erduldete. Mittlerweile fühlte sie nicht einmal mehr die Klammern an ihren Nippeln, nur noch die schmerzende Hitze ihres Pos, was durch Leos Kneten nicht gerade gemildert wurde. Hilflos wand sie sich unter seiner Berührung und stöhnte leise mit zusammengepressten Lippen.

»Steh auf, Sophie.«

Ihr fehlte ein wenig die Kraft, sich abzustemmen und von dem Bock zu erheben, und er packte sie an den Hüften und half ihr. Der Schmerz, der durch ihre Schamlippen zuckte, ließ sie fast ohnmächtig werden. Seine Hände umfassten ihre Brüste, wiegten sie sanft und sie sah ihm zu, wie er von ihren fast tauben Brustwarzen behutsam die Klemmen abzog. Sekunden später setzte blitzartig die Blutzirkulation wieder ein und Sophie stöhnte vor Schmerz laut auf.

»Oh Gott, Herr, ist das furchtbar ...« Hatte sie vorher geglaubt, ihre Nippel wären fast abgestorben, so kehrte das Leben nun mit umso pulsierender Heftigkeit zurück. In den Schmerz mischte sich lebhafte Erregung, als Leo seinen Kopf senkte und abwechselnd Sophies linke, dann ihre rechte Brustwarze tröstend saugte. Seine Zärtlichkeit war betörend und sie ließ sich fallen, lehnte sich an ihn, stützte sich mit ihren Händen an seinem Körper ab. Als er sich aufrichtete, sank sie an seine Brust, klammerte sich an ihm fest und Leo legte seine Arme um sie, drückte sie an sich und streichelte ihren Rücken. Es war berauschend und Sophie wünschte sich, dieses wunderbare Gefühl ginge nie mehr vorbei.

»Bitte, Herr, zeigen Sie Gnade. Ich halte diese Klammern nicht noch einmal aus«, flehte sie ängstlich. »Es tut mir so leid, dass ich bis jetzt nicht alles richtig gemacht habe. Ich werde mich bessern.«

»Aber Sophie, du weißt doch, dass ich nicht nachgeben werde. Du wirst sie zur nächsten vollen Stunde ertragen, weil ich es zu deiner Bestrafung festgelegt habe – und weil ich dich darum bitte.«

Sophie hob den Kopf und sah ihn verblüfft an. Ihr Herr bat sie darum, seine Entscheidung nicht in Zweifel zu ziehen? Das war – ziemlich raffiniert. Wie sollte man dagegen rebellieren? »Ja, Herr«, flüsterte sie ergeben.

»Gut. Ab mit dir in die Küche, mein Magen knurrt. Mach mir ein Schinkenomelett. Das bekommst du doch hin, oder?«

Sophie nickte. Mit vorsichtigen Schritten ging sie hinüber zum Küchenthresen. Wie betäubt trug sie Eier, Mehl, Schinken und Butter zusammen und machte sich daran, daraus einen Teig zu zaubern und in die Pfanne zu befördern. Er hatte nichts gesagt, wie groß das Omelett sein sollte, also bemaß sie die Menge für zwei Personen.

Leo blätterte derweil gelassen in der Zeitung. Ob er auch las oder nur so tat als ob, war für Sophie nicht zu erkennen. Sie fühlte sich auf jeden Fall beobachtet und ohne den Keuschheitsgürtel und infolge der Schamlippenspreizer nackter als sonst. Als das Omelett fast fertig war, holte sie zwei Teller aus dem Schrank.

»Warum zwei?«

»Ähm, darf ich nichts essen, Herr?«

Leo grinste breit. »Doch. Aber du hast mich nicht rechtzeitig gefragt, ob du darfst. Ich denke, wenn es so gut schmeckt, wie es riecht, verzehre ich das alleine.«

Na prima. Wenn er darunter verstand, sich fürsorglich um sie kümmern. Ihr Magen knurrte protestierend, als sie den Teller gut gefüllt vor ihm abstellte.

Leo gab Sophie das Zeichen, neben ihm am Boden niederzuknien. Zähneknirschend gehorchte sie und schloss für Sekunden die Augen. Der Schmerz nahm allmählich unerträgliche Dimensionen an, als bohrten sich die Klemmen durch ihre Schamlippen hindurch.

Tatsächlich verspeiste er das ganze Omelett alleine und Sophie wünschte ihm im Stillen Bauchschmerzen, Blähungen und alles, was ihr als unangenehme Folgen dieser Völlerei einfiel.

»Puh, hervorragend. Geh und mach mir einen Espresso.«

Widerwillig gehorchte sie ihm. Sie hatte die Espressomaschine erst einmal bedient und dabei erlebt, dass selbst eine so einfach und intuitiv zu bedienende Maschine ihre Tücken hatte. Der Kaffee war überall gelandet, aber nur wenig davon im Tässchen. Diesmal wenigstens schien die Maschine mit ihr Mitleid zu haben. Alles klappte wie am Schnürchen. Im Augenwinkel hatte Sophie beobachtet, wie Leo einen Apfel aus dem Obstkorb genommen, geschält und in Stücke geschnitten hatte. Eigentlich musste er von diesem doppelten Omelett doch pappsatt sein?

Als Sophie ihrem Herrn den Espresso reichte, deutete er auf die Apfelschnitze, die auf dem Thresen lagen. »Iss.«

Sophie wich zurück. Sie hasste Äpfel. Erst als Leos Miene sich verfinsterte, schob sie sich widerwillig ein Stück in den Mund.

»Aufessen«, befahl er knapp und sie gehorchte, um einer Ausweitung des Strafmaßes zu entgehen.

Leo wartete, bis sie fertig war, dann zitierte er sie zu sich, auf seine Seite hinüber. Ehe sie begriff, packte er eine ihrer Brustwarzen und befestigte daran eine Klammer. Sophie stöhnte auf, als der Schmerz einsetzte. Ein Blick auf die Uhr bestätigte ihr, dass die nächste volle Stunde geschlagen hatte. Die zweite Session brach an.

»Lehn dich über den Thresen. Nur zur Erinnerung: es ist deine Aufgabe, mich an die nächste Sitzung zu erinnern.«

Um seinen Befehl auszuführen musste sie sich über einen der Barhocker hochstemmen, darauf bedacht, nirgends mit den Klammern anzustoßen. Ihr Magen knurrte nachhaltig. Der Apfel war kaum geeignet gewesen, ihren Hunger zu stillen und der köstliche Geruch des Omeletts hing immer noch in der Luft. Es blieb ihr aber keine Zeit, bedauernd über diese Gemeinheit nachzudenken, denn im nächsten Augenblick ging ein Kochlöffel auf ihrem Hintern nieder und sie schrie auf.

Kurz und intensiv unterzog der Kochlöffel ihren Po einer herben Prüfung und Sophie schlug vor Qual mit den Füßen nach hinten aus. Vielleicht wäre es nicht so schmerzhaft gewesen, wenn sich ihre Haut nicht in diesem Moment an die vor kurzem erduldete Rohrstockzüchtigung erinnerte.

»Stell dich nicht so an«, kritisierte Leo, als sie wieder vor ihm stand und er die Klammern entfernte. Wimmernd hüpfte Sophie von einem Fuß auf den anderen. »Ist ja schon vorbei. Kümmere dich um den Herd, der muss geputzt werden.«

Das Backen des Omeletts hatte erhebliche Spritzer hinterlassen, aber musste sie deswegen jetzt sofort putzen?

Kaum gönnte Leo ihr keinen Trost, schon hungerte sie nach seinen zärtlichen Gesten. Hatte sie sich wirklich herbeigesehnt, dass er hart durchgriff und sie nach seinem Gusto erzog? Das war viel mehr als ein Spiel und spätestens mit der Unterschrift unter den Vertrag hätte ihr das klar sein müssen. Aber sie hatte vor der Wahrheit einfach die Augen verschlossen, geblendet von ihrer sturen Suche nach dem einzig wahren Herrn.

»Was ist? Starr keine Löcher in die Luft, sondern mach dich an die Arbeit! Und übrigens – der Kochlöffel war fürs Vergessen. Die Sitzung verlängert sich hiermit um eine weitere Stunde.«

Oh Scheiße. Der Schmerz hatte sie vollkommen davon abgelenkt, dass der Kochlöffel nicht zu der Auswahl an Züchtigungsinstrumenten gehörte, die Leo zuvor bereit gelegt hatte. Tränen schossen in Sophies Augen ein. Wenn er so lieblos mit ihr sprach, war es fast nicht zu ertragen. Sie ballte kurz ihre Fäuste unter dem neu erwachenden Widerstand. Nein, nicht ärgern. Leo war ihr Herr und sie schuldete ihm Gehorsam. Es war an der Zeit dies einzusehen und aktiv daran zu arbeiten.

Während der nachfolgenden Sessions geriet Sophies Gemütslage mehrmals ins Schwanken. Sie erinnerte Leo pünktlich zur vollen Stunde an ihre Bestrafung, was sie als besonders demütigend empfand. Die Züchtigungen selbst wurden nicht leichter, aber wenigstens vermied sie auf diese Weise zusätzliche Strafen und zeigte ihren guten Willen zur Unterwerfung. Leo befreite sie auch endlich von den Klemmen an ihren Schamlippen. Wären Löcher hinein gestanzt worden, es hätte sie nicht gewunder.t

Leo verstand sein Handwerk mit jeglichem Instrumentarium und lehrte sie Peitsche, Gerte und Teppichklopfer ertragen. Weder ihre von der stündlichen Klammerung gequälten Nippel, noch ihr knallroter Po erholten sich zwischenzeitlich. Auch sonst gönnte Leo ihr keine Ruhe. Angefangen von diversen Fitnessübungen über das Bügeln eines vollen Wäschekorbes bis hin zum Wienern des Badbereiches fiel ihm ständig neue Arbeit für sie ein.

Sophie fühlte sich vollkommen gerädert.

»Was ist los? Keine Müdigkeit vorgeben. Und hast du nicht etwas vergessen?«

Sophie sah auf die Uhr. Eine Minute nach. »Verdammt Herr, ich kann nicht mehr! Meine Hände sind wund vom arbeiten, mein Hintern vom Züchtigen, meine Knie zittern vor Anstrengung. Ich muss mich auch mal ausruhen dürfen!« Mit jedem Wort war ihre Stimme lauter geworden. Am liebsten hätte sie ihm entgegen geschmettert: Ich bin nicht Ihre Sklavin. Aber genau das war der springende Punkt. Sie war es!

»Du hättest mich aufrichtig und auf Knien um Gnade bitten können«, erwiderte Leo erstaunlich ruhig und freundlich.

»Was?«, schnappte Sophie und stemmte die Hände in die Seiten. »Sie kennen doch überhaupt keine Gnade. Sie wollen mich doch nur demütigen und quälen. Sie sind kein Mensch, Sie sind ein Unhold!«

»Schweig.«

Sein Ton war laut und eindeutig, ebenso seine Geste und Sophie sank widerwillig auf die Knie. Sie hatte sich hinreißen lassen, zu dumm von ihr. Die Wut kochte in ihren Adern. Diese Impulsivität hatte ihr schon häufiger Probleme bereitet und sie hatte geglaubt, sie bekämpft und im Griff zu haben. Aber die gegenwärtige Situation überforderte sie wohl doch mehr, als sie sich eingestehen wollte und ihre Bereitschaft, ihm zu gehorchen, erreichte ihre Grenzen.

Als Leo kurz im Spielzimmer verschwand und mit einem Ballknebel in der Hand zurückkehrte, verließ sie ihr Mut.

»Ich erdulde Diskussionen in angemessenem Tonfall, ich bin bereit, dein Flehen anzuhören, ich bin durchaus für Zugeständnisse zu erwärmen, wenn ich devotes Verhalten gelebt sehe. Aber Unverschämtheiten werde ich nicht dulden. Niemals. Mund auf.«

Sophie starrte ihn frustriert an. Erst der Keuschheitsgürtel, nun der Knebel. Leo zwang sie dazu, sich vollkommen aufzugeben und sie wusste nicht, ob sie ihn dafür hassen sollte, weil er einforderte, was er einfordern durfte, oder ob sie doch eher auf sich selbst wütend war.

Mit einem lauten Seufzer gehorchte sie. Doch die perfekte Erniedrigung folgte erst nach dem Umschnallen des Ballknebels. Leo band ihr ein Lätzchen um.

»Damit du von Zeit zu Zeit deinen Speichel abwischen kannst«, grinste er. »Ich mag es nicht, wenn mein Eigentum versabbert aussieht. Und nun wieder ab an die Arbeit. Mein Bett will frisch bezogen werden.«

Na klar, *Ihr Bett*, dachte Sophie verbittert und erhob sich. Schlurfend bewegte sie einen Fuß vor den anderen und zuckte erschrocken zusammen, als sie sich plötzlich Kopf nach unten über einem der Sessel wiederfand. Leo verfügte über sehr viel mehr Kraft, als sie ihm zugetraut hatte. Seine Hand klatschte in schneller Folge auf ihren gereizten Hintern und Sophie kreischte in den Knebel. Speichel floss ihr Kinn herunter, aber sie traute sich nicht, nach dem Lätzchen zu greifen und ihn abzuwischen.

Ebenso plötzlich war es vorbei und sie stand wieder auf ihren Füßen, ein wenig schwindlig geworden.

»Ich hoffe, du weißt warum?«, fragte Leo leise.

Sophie nickte. Sie wischte sich den Speichel ab und diesmal sprintete sie eilig die Stufen zur Empore hinauf, um seinem Befehl Folge zu leisten.

Beim Abziehen des Bettes erfasste sie wieder ihr Missmut. Sie war nicht mehr und nicht weniger als eine Putzfrau, gewiss aber keine Liebessklavin, außer vielleicht morgens, wenn sie ihn befriedigte. Und was sprang dabei für sie heraus? Nichts. Ein bisschen mehr wäre doch fair, oder? Leo war einfach nur ein Sadist. *Und? Was hast du erwartet? Du wolltest es nicht anders haben!*

Sophies schlechte Laune nahm zu und sie klopfte wütend die Kissen in Form, nachdem sie alles neu bezogen hatte. Inzwischen schmerzte ihr Kiefer und darüber hinaus nervte sie der anhaltende Speichelfluss.

Sie ging die Stufen hinunter, schaute prüfend auf die Wanduhr und stellte sich vor Leo, der es sich in einem Sessel bequem gemacht hatte und mit der Fernbedienung durch die Fernsehprogramme zappte. Es dauerte mehrere Minuten, bis er von ihr Notiz nahm und ausschaltete.

»Nun, ich nehme an, du trittst zu deiner letzten Züchtigung für heute an. Hol mir die Peitsche, die auf dem Thresen auf dich wartet und dann stell dich vor die Stufen, und beug dich bis zur untersten hinab.«

Sophie gehorchte. Solange sie ihren Po nicht anfasste oder sich hinsetzte, war kein Schmerz zu fühlen. Sie nahm die Nippelklemmen und die mehrschwänzige Peitsche, um sie ihm zu bringen. Der Gedanke an die neuerliche Qual machte sie wütend. Hatte er sie nicht schon genug bestraft und auf ihren Status hingewiesen? Wenn sie jetzt vor ihm auf die Knie fiel und die Hände flehend erhob, würde er dann nachgeben?

Ach zum Teufel mit ihm! Einem Impuls folgend ließ sie die Klemmen fallen, holte mit der Peitsche aus und traf Leo, der nicht mehr rechtzeitig ausweichen konnte, auf seiner linken Wange, knapp unterhalb des Auges. Ein leuchtend roter Striemen zeichnete sich ab. Während sie ein zweites Mal ausholte, sprang er auf, packte ihren Arm und entrang ihr die Peitsche.

Aber Sophie gab nicht auf. Sie trat ihm gegen das Schienbein, versuchte ihn mit der anderen Hand zu kratzen, stieß ihn mit dem Kopf gegen die Brust. Nur ihre wütenden Beleidigungen verhalten ungehört. Es entspann sich ein heftiger Kampf zwischen ihnen, doch schließlich schaffte es Leo, ihre Hände festzuhalten, auf den Rücken zu drehen und sie an sich zu pressen.

»Tob dich ruhig aus«, merkte er zu ihrer Überraschung an.

Sophie lehnte sich gegen seinen Griff auf, wand sich und versuchte freizukommen. Vergebens. Ihre Kraft erlahmte und sie ließ schnaufend ihren Kopf an Leos Brust sinken.

»Schon vorbei?«, fragte er amüsiert. »Falls nicht, lass deine Wut jetzt raus, damit wir anschließend Fortschritte machen.«

Das klang beinahe so, als hätte er mit ihrem Wutausbruch gerechnet. Er ließ sie langsam los und als sie artig ihre Arme hinter dem Rücken hielt und keinen neuerlichen Angriffsversuch unternahm, entfernte er den Ballknebel und nahm ihr das Lätzchen ab.

»Nun sag mir ehrlich, was mit dir los ist. Was hat dich so wütend gemacht, dass du auf mich losgehst?« Er strich prüfend mit einem Finger über den Striemen.

Sophie war über seine Reaktion sprachlos. Für jemanden, der gerade ins Gesicht geschlagen worden war, wirkte er ziemlich gelassen. Sie zuckte hilflos mit den Schultern.

»Ich werde auf der Wahrheit bestehen und ich habe keine Lust, sie aus dir herauszuprügeln. Vertrau mir und sag ganz offen heraus, was los ist.«

Sophie schluckte. »Ich – ich habe geglaubt, ich könnte alles aufgeben und gehorchen, aber ich kann es nicht«, flüsterte sie verlegen. »Ich kann mich Ihnen nicht unterwerfen.«

Leo lächelte aufmunternd. »Doch, du kannst.« Er nahm sie in den Arm und küsste sie leidenschaftlich.

Sophie ergab sich vollkommen seiner Eroberung, genoss diesen wunderbaren Augenblick. Hitze schoss durch ihren Körper, erweckte die Lust, die sie in den letzten Stunden nicht gefühlt hatte und hieß sie in eine andere Dimension wegdriften.

Ihr war ganz eigenartig, als Leo sie nach dem langen, Besitz ergreifenden Kuss, freigab. Es war nur eine einzige Kopfbewegung, hinüber zu den Stufen, die Sophie daran erinnerte, welchen Befehl er ihr vor ihrem Wutausbruch gegeben hatte. Benommen gehorchte sie und nahm ihre Position ein. Erst nachdem Leo ihr drei Hiebe mit der Peitsche über Rücken und Po gezogen hatte, fiel ihr ein, dass er ihr die Klammern erspart hatte. Hätte sie ihn etwa daran erinnern müssen? Oh bitte, nicht noch eine Runde.

»Herr«, begann sie zaghaft, nachdem sie sich aufrichten durfte. »Die Klammern ...« Sie hob sie auf und hielt sie ihm mit nach oben gerichteter Handinnenfläche entgegen.

Leo schüttelte lächelnd den Kopf. Er drückte ihre Finger nach oben, bis sie eine Faust bildeten und sich um die Klammern schlossen. »Ich glaube, die brauchen wir heute nicht mehr. Räum alles auf und dann geh ins Bett, ruh dich aus.«

»Danke Herr.« Sophie suchte die Züchtigungsinstrumente und den Knebel zusammen, und räumte sie ins Spielzimmer. Was war los? Sie verstand jetzt noch weniger als zuvor.

Als sie zurückkam, saß Leo mit der Zeitung im Sessel. Unschlüssig blieb sie neben ihm stehen.

»Ist noch etwas, Sophie?«

»Ich möchte mich für den Striemen entschuldigen. Ich wollte das nicht.«

»Hm, Entschuldigung angenommen. Ich werd's überleben. Aber mach das nicht noch mal.«

»Und Herr, der Keuschheitsgürtel – wollen Sie ihn mir wieder anlegen?«, fragte sie rau.

Lächelnd sah er zu ihr auf. »Sag mir ganz ehrlich: Was macht dich glücklich?«

Knallrot wurde sie unter seinem Blick, sie spürte die Hitze in ihren Wangen. »Meinen Herrn glücklich und zufrieden zu sehen«, erwiderte sie leise.

Er lächelte, jedoch nur kurz, und in ihrem Hals bildete sich ein Kloß, ob dies die Antwort war, die er hören wollte. »Wir versuchen es ohne Keuschheitsgürtel, Sklavin.«

Ungläubig zögerte sie mit einer Antwort. »Kein ...«, flüsterte sie erleichtert. »Danke, danke, Herr.«

Sie beugte sich hinunter und hauchte ihm einen Kuss auf die Wange, dann spurtete sie quer durchs Zimmer davon.

Kapitel 21

Die nächsten Tage verliefen stressfreier. Sophie gab sich erheblich mehr Mühe, ihren Gehorsam unter Beweis zu stellen und erntete neben Lob den einen oder anderen Kuss. Wie viel angenehmer sich alles gestaltete, wenn sie sich ein wenig zusammenriss. Sophie seufzte.

Leo war schon einige Zeit aus dem Wohnbereich verschwunden und Sophie vermutete, dass er auf der Toilette war. Die Tür zum Spielzimmer war wie immer verschlossen. Es wäre zu schön, die Nummer für das Sesam-Öffne-Dich zu kennen und alleine alles zu erkunden. Bestimmt befanden sich noch viel mehr interessante Sachen in den Schubladen und Schränken, die sie noch nicht kannte und sie wäre gerne ein wenig darauf vorbereitet, falls sie mal wieder eine Abreibung benötigte, um runterzukommen.

Sophie räumte den Geschirrspüler aus und putzte die Spüle, als Leo auf einmal zurückkehrte. Verblüfft hielt sie inne und musterte ihn von oben bis unten. Dieser verdammt gut aussehende Herr war ihr Gebieter. Sein modernes schickes Sakko war aus schimmerndem schwarzem Stoff. Es passte perfekt zu dem schwarzen Hemd mit Stehkragen und der eng anliegenden Lederhose.

»Sie gehen aus, Herr?«, fragte Sophie enttäuscht darüber, dass er sich vergnügen und sie alleine lassen würde.

»Sehe ich gut aus?«, fragte er anstelle einer Antwort.

Sophie nickte beeindruckt. »Großartig«, erwiderte sie mit zittriger Stimme.

»Lass alles liegen und komm.«

Sophie verstand kein Wort.

Er forderte sie mit einer Geste, ihm zu folgen. »Nun komm schon, trödel nicht. Schminken und anziehen, avanti.«

Sophie trocknete ihre Hände ab und trat hinter dem Küchenblock hervor.

»Sie nehmen mich mit?« Ihr Pulsschlag erhöhte sich schlagartig. Sie würde die Wohnung verlassen und ausgehen? Halleluja.

Leo lachte dröhnend. »Dachtest du, ich gehe ohne dich aus? Ich habe schon etwas für dich zum Anziehen herausgesucht, liegt alles auf deinem Bett. Beeil dich.«

In Windeseile hatte Sophie sich angezogen und geschminkt. Sie mochte kaum glauben, dass sie die Wohnung verließen. Es war eigenartig, denn sie war tatsächlich aufgeregt wie ein kleines Kind. Nun saß sie neben Leo in einem Taxi und versuchte sich wieder zu beruhigen. Überall auf ihrer Haut kribbelte es und es war nicht einfach, ihre Hände und Füße ruhig zu halten. Alles wollte vor Aufregung in Bewegung sein.

Das rote Lederkleid, das Leo ihr auf dem Bett bereit gelegt hatte, passte perfekt. Er musste es auf Verdacht gekauft haben oder sogar in der Gewissheit, dass sie keinen Rückzieher machen würde. Dieser Mann schien jeden ihrer Schritte zu kennen, ihre Vorlieben, ihre Fehler, sogar ihre Kleidergröße.

Das Kleid war vorne und hinten tief geschnitten, wodurch das goldene Halsband besonders ins Auge fiel. Leo hatte sie aufgefordert, ihre Haare hochzustecken. Nichts sollte das Halsband verdecken. Der einzige Hinweis darauf, dass sie nicht irgendwohin gingen, sondern sich innerhalb der Szene bewegen würden. Vielleicht wollte Leo sie als seine neue Sklavin präsentieren? Nichts hätte sie in diesem Moment stolzer gemacht. Sie, nicht eine andere, war die Sklavin dieses beeindruckend attraktiven Doms, über den alle Welt redete, aber den fast niemand kannte. Glückshormone tobten durch Sophies Adern. Wie gut sich das anfühlte. Das könnte sie immer haben, wenn sie sich von ganzem Herzen und aus freiem Willen aufgeben, ihm anvertrauen und ihm gehorchen würde. Am liebsten hätte sie laut geseufzt. Wenn es doch nur nicht so schwer wäre, eine gute Sklavin zu werden!

Nur mit einem String unter dem Kleid und den von einem breiten eingewebten Gummi gehaltenen Netzstrümpfen beklei-det kam Sophie sich seltsam nackt vor. Dabei hätte sie sich nach den Tagen völliger Nacktheit selbst mit so wenig Kleidung eher angezogen fühlen müssen. Eigenartig, wie sich unter Leos Regie alles veränderte.

Lichter flitzten draußen vorbei, Ampeln schalteten von einer Farbe zu anderen, Stop and Go. Sophie sah ihren Herrn von der Seite an und er drehte ihr den Kopf zu und schenkte ihr ein wohlwollendes Lächeln, nahm ihre Hand, zog sie auf seinen Ober-schenkel und drückte sie sanft. Ihr Herz lief über vor Glück. So ein bisschen Romantik war eigentlich doch etwas Wunderbares.

Das Einfamilienhaus, vor dem das Taxi gehalten hatte, versteckte sich hinter einer hohen Hecke, offenbar wurden sie jedoch er-wartet, denn das schmiedeeiserne Tor zum Vorgarten war nicht verschlossen. Leo nahm Sophie fest an der Hand, und sie schritt selbstbewusst und aufrecht wie ein Modell auf dem Laufsteg auf ihren Stilettos neben ihm her. Zwar hatte sie etwas anderes erwar-tet, einen der SM-Clubs, in denen sie sonst verkehrte, nicht eine private Location. Aber was spielte das schon für eine Rolle.

Der Eingang war von einer Außenlaterne hell erleuchtet. Die Tür wurde geöffnet und Licht von innen mischte sich dazu. Eine elegant gekleidete Frau stand im Türrahmen und Sophie blinzelte ungläubig.

»Sophie! Ich freu mich so, dich zu sehen.«

Verdutzt ließ Sophie sich von Nadine umarmen und abküssen. »Was – was machst du denn hier?«

Nadine strahlte über das ganze Gesicht. »Das hier ist das Haus meines Doms. Wusstest du das nicht?«

Woher sollte ich? Sie hatte Nadine und Laurin nie zuhause getroffen, nur in deren Lieblingsclub, einem der softeren Art.

Hinter Nadine erschien ein großer dunkelhaariger Mann, der ähnlich wie Leo ganz in Schwarz gekleidet war, aber bei weitem nicht so gut aussah, wie Sophie befand. Die Männer begrüßten sich freundschaftlich, erst dann wandten sie sich den Frauen zu. Leo begrüßte Nadine, und Laurin wandte sich an Sophie.

»N'Abend, Sophie. Ich hoffe, du hast gefunden, was du gesucht hast?« Er zwinkerte ihr vertraulich zu.

Sophie nickte befangen. »Ja, habe ich.«

Die beiden Männer sahen sich an und lachten.

»Mir scheint, meine Frage ist deiner Sklavin unangenehm«, befand Laurin an Leo gerichtet, der darauf nichts erwiderte, sondern grinste.

Das hörte sich ziemlich vertraut und wissend an. Möglicherweise waren die beiden gute Freunde und nicht nur flüchtige Bekannte. Das hatte Sophie noch gar nicht in Betracht gezogen.

»Kommt rein, die anderen sind auch schon da.«

Sophie und Nadine hätten sich gerne ausgiebig unterhalten, aber dazu erhielten sie keine Gelegenheit. Wie sich herausstellte, waren die Männer zum Pokern verabredet. Drei weitere Männer, Tom, Karl und Mike, saßen bereits wartend an einem langen schwarzen Tisch. Ihre Subs, die nicht weniger aufreizend und dennoch mit einer gewissen Eleganz gekleidet waren wie Sophie, standen hinter ihren Stühlen.

Leo und Laurin saßen sich gegenüber, so dass Nadine und Sophie sich die ganze Zeit über ansehen konnten. Es war die reinste Folter. Sophie hatte von Poker keine Ahnung und langweilte sich entsetzlich und Nadine schien es ähnlich zu gehen. Mühsam verkniffen sie sich das Gähnen und grinsten sich eine Weile verstohlen an.

Während die anderen Subs sich nach einer Weile einen Stuhl nehmen oder auf der Armlehne bei ihrem Top sitzen durften, musste Sophie weiter stehen bleiben. Ihre einzige Abwechslung war, ihrem Herrn von Zeit zu Zeit nachzuschenken, Wein und Cognac.

Wie er das auf Dauer vertragen wollte, war ihr schleierhaft. Ihre wäre von dieser Mischung übel geworden. Aber scheinbar war er hart im Nehmen. Jedenfalls war nun klar, warum sie mit dem Taxi gefahren waren statt mit dem eigenen Wagen. Sie sah sich um. Die anderen Männer tranken Wodka oder Whiskey. Ein Glas Wein oder ein Cocktail wäre ihr im Moment ganz recht gewesen, aber für die Sklaven gab es nur Mineralwasser und Säfte. Einer musste ja wenigstens nüchtern bleiben und den Herrn nach Hause bringen. Abgesehen von Nadine, die an einem Prosecco nippte.

Es dauerte nicht lange und Sophie war es leid, ihrem Herrn über die Schulter zu schauen und zu beobachten, wie das Spiel verlief. Zu ärgerlich, dass sie sich nie für Poker interessiert hatte. Nur so viel bekam sie im Laufe der Zeit mit, dass ihr Herr sich nicht auf der Gewinnerstrecke befand. Gelangweilt sah sie sich um. Das Zimmer war dunkelgrün gestrichen, an den Wänden drei bunte moderne Grafiken, altmodische Wandlampen wie aus einem Historienfilm. Nur die Einrichtung war modern. Außer Tisch und Stühlen befand sich in einer Zimmerecke eine beleuchtete und gut ausgestattete Bar, wo sie die Getränke auffüllte.

Eine Bemerkung ließ Sophie aufhorchen. Was hatte Karl gerade gesagt, es ging bei dem heutigen Spiel nicht um Geld? Um was denn dann? Gepokert wurde doch immer und überall ausschließlich um Geld, das wusste sogar sie.

Karls Blick war unverschämt. Er musterte sie von oben bis unten, blieb länger als nötig an ihrem Busen hängen und leckte sich sogar grinsend über die Lippen, als betrachtete er sie als Beute. Was bildete sich der Kerl eigentlich ein? Selbst als Top stand es Karl nicht zu, sie in Gegenwart ihres Herrn so ungeniert anzumachen und mit Blicken auszuziehen. Immerhin war sie vergeben und Leo war nicht irgendwer.

Endlich konzentrierte er sich wieder auf seine Karten. Karl war sowieso genau der Typ Mann, den Sophie niemals als Top akzeptiert hätte. Ein Kleiderschrank, groß, breit und viel zu muskulös. Entweder arbeitete er körperlich sehr hart oder er nannte ein Bodybuildingstudio sein zweites Zuhause. Melli, seine zierliche Sub, wirkte neben ihm wie Barbie neben KingKong, und seine Stimme dröhnte durchdringend, selbst wenn er leise sprach. Alles Attribute, die Sophie zu martialisch waren. Außerdem stand sie nicht auf Männer mit Bart, und Karl hatte einen Schnurrbart, der in einen üppigen, wenngleich gepflegten Vollbart überging, schwarz mit vielen silbernen Fäden. Eben zwirbelte er die langen, nach oben gerichteten Enden seines Schnurrbarts und hieb verärgert mit der Faust auf den Tisch, dass der Inhalt der Gläser schwappte.

»Scheiße, noch mal.«

Aha, er hatte also gerade verloren. Dabei war sein Blick eben noch ziemlich siegessicher gewesen. So schnell konnte sich das Blatt wenden. Sophie fühlte ein wenig Schadenfreude.

Nadine umarmte ihren Top von hinten und küsste ihn auf die Wange. »Du hast gewonnen!«

Laurin strahlte, wirkte insgesamt aber vergleichsweise ruhig, als hätte er nichts anderes erwartet.

»So ist es. Laurin, verdammt, das ist das dritte Mal in Folge, dass du gewinnst«, brummte Tom. »Allmählich glaube ich, du profitierst vom Heimvorteil. Vielleicht sollten wir dochmal eine andere Location erwägen.«

Laurin zog eine Augenbraue hoch. »Willst du behaupten, ich manipuliere mein …«

»Unsinn! Kleiner Scherz. Sag uns deine Wahl«, forderte Tom ihn auf.

Laurin kostete den Moment aus, schaute die Subs nacheinander an. Dann blieb sein Blick an Sophie hängen und sein Mund verzog sich zu einem Lächeln.

»Sophie.«

Sie erstarrte. Wenn sie das gerade richtig verstand, hatten die Männer um die freie Wahl einer Sub gespielt. Machten sie das etwa häufiger? Das konnte unmöglich wahr sein, so etwas würde ihr Herr doch niemals – Leo schob den Stuhl zurück und stand auf. Er drehte sich um und sah sie an.

»Laurin hat dich für diese Nacht auserwählt. Blamier mich nicht. Ich will keine Klagen hören.«

Sophie suchte in seinem Gesicht nach einem verräterischen Zucken, bestimmt würde er sie gleich auslachen, dass sie diesen Unsinn geglaubt hatte. Aber Leo lachte nicht.

Nadine schien nicht weniger entsetzt. Als sie begriff, dass ihr Top Sophie als Gespielin für eine Nacht ausgesucht hatte, fing sie an, zu kreischen und auf ihn einzuschlagen. Es traf sie also genauso unvorbereitet, dass die Männer um die Wahl der Sub spielten.

»Du Schwein! Wenn du mir das antust, packe ich meine Sachen und du siehst mich nie wieder!«

Leo ging in aller Seelenruhe zu ihr hinüber, ohne sich zu vergewissern, ob Sophie ebenfalls Einwände hätte, und fing Nadines Hände ein. Er machte eine auffordernde Kopfbewegung. »Geh, Laurin, ich mach das schon.«

Ohne sich weiter um Nadine zu kümmern nahm Laurin Sophie an der Hand und zog sie hinter sich her, die Treppe hinauf ins Schlafzimmer.

Sophie befiel Panik. Sie hatte mit vielen Tops gespielt, aber immer war sie diejenige gewesen, die das Geschehen kontrolliert hatte. Wenn jemand an ihr Interesse gezeigt hatte, der ihr nicht sympathisch gewesen war, hatte sie abgelehnt. Jetzt aber lief auf einmal alles aus dem Ruder. Leo hatte sie kaum als die Seine unterworfen, ihren Körper noch gar nicht richtig in Besitz genommen, und schon gab er sie einem anderen, als wäre es ihm völlig egal, wem sie sich hingab. Als wäre er ein Zuhälter. Oder war dies nur ein Test, wie weit ihr Gehorsam ging? Niedergeschlagen, enttäuscht und ängstlich stand sie da und hoffte, es würde einfach schnell vorübergehen.

Das Schlafzimmer war ganz in zartem Rosa und kräftigem Violett gestaltet, angefangen von einer in diesen Farben gestreiften Tapete bis hin zu Bettwäsche in modernem Dekor.

Laurin ging um Sophie herum, schob den Saum ihres Kleides ein Stück hoch und pfiff durch die Zähne, als er ihren knackigen nackten Po erblickte. »Lecker, was Leo sich da angelacht hat. Es wird mir ein Vergnügen sein, dich heute Nacht ausgiebig zu vögeln.«

Am liebsten wäre Sophie im Boden versunken. Nicht einmal bei ihrem allerersten Mal hatte sie sich so unwohl gefühlt wie jetzt.

»Was ist? Du sagst ja gar nichts.«

Sie gab sich einen Ruck. »Alles wird so sein, wie Sie es wünschen.«

»Richtig.«

Laurin zog sein Hemd aus, setzte sich aufs Bett und klopfte darauf, eine eindeutige Geste, zu ihm zu kommen. Sophie gehorchte. Er war nicht unattraktiv, aber sie wollte sich ihm nicht hingeben. Sie wartete seit Tagen darauf, dass Leo mit ihrem Körper nach seinem Gusto Liebe machte und konnte sich nicht plötzlich auf eine völlig andere Situation einstellen. Sie fühlte sich, als ob sie Leo betrügen solle, obwohl er selbst sein Einverständnis erklärt hatte.

Laurin packte ihr Kinn und drehte ihr Gesicht zu sich. Er fuhr ihr sanft mit einem Finger über die Lippen, aber es erzeugte kein lüsternes Prickeln.

Für sie war Laurin einfach nur ein gut aussehender Fremder, der mit Nadine liiert war. Wie sollte sie ihrer besten Freundin jemals wieder unter die Augen treten, wenn sie diese gerade mit ihrem Mann betrogen hatte? Nur weil sie der Preis in diesem blöden Spiel war, bedeutete es nicht automatisch, dass der Deal moralisch vertretbar war.

»So traurig, hm? Bin ich denn so unangenehm oder hässlich?«

»Nein«, erwiderte Sophie leise. »Weder das eine noch das andere.«

»Okay, was ist es dann? Sag es mir.«

Sophie kämpfte gegen die Tränen an, die ihr in die Augen schossen. Sie konnte ihm nicht sagen, was sie dachte und fühlte. Ihre Gedanken und ihr Körper gehörten nur ihrem Herrn. Gerade jetzt, wo sie anfing, sich an ihn und seine Spielregeln zu gewöhnen, wo ihr Herz für ihn einige Takte schneller schlug, ausgerechnet jetzt tat er ihr dies an. Warum?

Sie senkte den Kopf, damit Laurin nicht merkte, was in ihr vorging. »Was soll ich für Sie tun, wie hätten Sie es gerne? Ich – ich bin sehr gut im …« Sie fing an zu zittern. Oh nein, jetzt würde sie sich auch noch blamieren, und Leo mit dazu. Am besten war es, Gas zu geben und die Sache schnell zu erledigen.

»Pssst.« Laurin legte den Arm um ihre Schulter. »Hey, ganz ruhig. Was ist los?«

»Verzeihen Sie. Aber wenn es Ihnen nichts ausmacht, dann würde ich es gerne schnell hinter mich bringen«, flüsterte Sophie. »Sagen Sie mir einfach, in welcher Stellung Sie mich ficken wollen.«

Laurin schob sie von sich und sah sie vorwurfsvoll an. »Wie kannst du das nur denken. Was hat dein Herr zu dir gesagt, als er dich als Sklavin annahm?«

»Ich verstehe nicht, worauf Sie hinauswollen.« Irgendwie ließ ihre Kombinationsgabe nach. Alles schien kompliziert.

Laurin lächelte. »Du solltest Leo ein wenig mehr vertrauen, Dummerchen.«

Das hatte sie von Leo auf schon unzählige Male gehört. Sie sah Laurin seufzend an und sein Lächeln verstärkte sich zu einem breiten Grinsen.

»Nun? Wer bist du?«

»Ich bin Leos Sklavin, sein Eigentum, meinen Sie das?«

»Richtig. Glaubst du allen Ernstes, er würde sein Eigentum einem anderen Mann ausleihen?«

Sophie holte tief Luft. Ihr Herz blieb fast stehen.

»Sie werden also nicht mit mir schlafen?«

»Nein. Das war nie vorgesehen.«

»Warum dann diese ganze Show?«, stieß Sophie erleichtert hervor, aber auch ein wenig wütend, dass Leo ihr diesen Schrecken eingejagt hatte.

»Um eure Reaktion zu testen, deine und Nadines, wie sehr ihr uns, euren Herren vertraut.«

Sophie wurde schwindlig. Vertrauen?

»Du solltest dich glücklich schätzen, Leo als Dom zu haben. Es gibt keinen besseren. Ich war überrascht, dass er eurem Treffen überhaupt zugestimmt und dich dann sogar angenommen hat. Euch beide nun zusammen zu wissen, macht mich wirklich froh.«

»Wieso? Leo könnte doch jede haben.«

Laurin lächelte. »Mag sein. Er ist ein attraktiver Mann. Aber er ist wählerisch und verletzt.«

Sophie zog die Augenbrauen hoch.

»Nachdem seine letzte Gefährtin bei einem Autounfall gestorben ist, hat er sich rar gemacht und keine Frau mehr an sich herangelassen.« Laurins Miene war ernst. »Kümmere dich gut um ihn, Sophie. Er braucht dich genauso sehr wie du ihn.«

Sophie nickte. Plötzlich fiel es ihr wie Schuppen von den Augen, warum Leo so streng mit ihr war. Er hatte Angst sie wieder zu verlieren, nachdem er sich für sie entschieden hatte. Aber, das hieße ja, dass sie ihm etwas bedeutete? Am liebsten wäre sie hinunter gelaufen, und hätte ihm die Füße geküsst. Da blieb nur noch eine Frage: warum war Leo das Risiko eingegangen, sie zu erziehen?

»Und nun?«

Laurin legte sich bäuchlings aufs Bett. »Massiere mich ein bisschen, auf dem Nachttisch steht ein Fläschchen mit Massageöl.«

»Arme Nadine«, sagte Sophie und kniete sich neben Laurin auf das Bett.

»Ich nehme mal an, Leo hat sie inzwischen aufgeklärt«, lachte Laurin. »Ich glaube, sie ist weitaus widerspenstiger als du, aber vielleicht liegt das auch an mir. Ich kann einfach nicht so streng und konsequent sein wie Leo.«

Kapitel 22

Leo hatte die um sich schlagende und kreischende Nadine inzwischen in ein Nebenzimmer verfrachtet. Es dauerte eine Weile, bis ihr die Kraft ausging.

»Setz dich hin und gib Ruh!«

Heulend und mürrisch gehorchte sie unter Leos strengem Ton und setzte sich auf das dort stehende Ledersofa.

Leo sah sich um. Es war schon ziemlich lange her, dass er hier gewesen war. Laurin und er kannten sich eine halbe Ewigkeit. Sie hatten zusammen studiert, sich dann aus den Augen verloren und zufällig eines Tages wieder getroffen – in einem BDSM-Club.

»Ich will nicht, dass er mit Sophie schläft! Er ist mein Mann. Meiner!«

»Wie gut glaubst du ihn zu kennen?«, fragte Leo mit Spott in der Stimme.

Laurins Arbeitszimmer war damals schon gut eingerichtet gewesen, aber scheinbar hatte ihm die Einrichtung irgendwann nicht mehr gefallen. Inzwischen dominierte ein antiker Sekretär mit passenden Schränken den Raum, die obere Hälfte mit Schiebetüren aus Glas, dahinter jede Menge alter Bücher. Zwischen den Schränken das kleine Sofa aus glattem braunen Leder, darüber ein alter Kupferstrich auf tannengrün gestrichener Wand. Nadine saß zusammengesunken wie ein Häufchen Elend auf dem Sofa.

Sie schniefte. »Eigentlich dachte ich, ich würde Laurin gut kennen.« Eine Träne lief ihre Wange herunter.

»Dann vertrau ihm gefälligst.«

Er reichte ihr ein Taschentuch. Nadine wischte ihre Tränen ab und putzte geräuschvoll ihre Nase, aber die nächsten Tränen kullerten bereits wieder hinterher.

Leo setzte sich neben Nadine und legte einen Arm um sie, zog sie zu sich nach hinten. Schluchzend sank ihr Kopf an seine Schulter. Wenn ihr Tränenstrom nicht bald versiegte, würde sein Sakko ganz nass werden.

»Nun beruhige dich mal. Es wird gar nichts passieren.«

»Wo... woher wollen Sie das wissen?«

Leo schob sie von sich. »Schau mich an. Die ganze Sache ist zwischen den anderen und mir abgesprochen. Egal wer gewonnen hätte, er hätte Sophie mit nach oben genommen.«

Nadine sog den Rest der Tränen in der Nase hoch. »Sogar Karl?«

Leo lachte. »Ja, sogar Karl.«

Sie wischte sich resolut mit dem Taschentuch unter der Nase entlang. »Und warum diese Farce?«

»Um Sophies Vertrauen mir gegenüber auf die Probe zu stellen«, erwiderte Leo nüchtern.

Er hoffte inständig, Sophie würde mit dieser Situation klar kommen und es ihm nicht übel nehmen. Am Anfang war es nur ein Spiel gewesen und er hatte niemals die Absicht gehabt, es länger als nur ein paar Tage zu betreiben. Der Vertrag und das goldene Halsband waren nur ein Hilfsmittel gewesen, ihr den Ernst der Lage einzuschärfen. Für ihn selbst bedeutete es wenig. Er konnte es sich leisten, solche Geschenke zu machen.

Nach dem plötzlichen Tod seiner letzten Gefährtin hatte er sich zurückgezogen. Warum auf einmal die Gerüchteküche über ihn brodelte, wusste er nicht. Vielleicht lag es daran, dass er sich rar machte, und bevor Sophie alles auf den Kopf stellte, hatte er sich nach Laurins Anruf entschlossen, sie für eine Weile aus dem Verkehr zu ziehen und ihr zu zeigen, wie gefährlich es sein konnte, sich auf fremdes Terrain zu begeben. Es war ihm nicht leicht gefallen, sie stündlich auf eine Weise zu züchtigen, die wenig erotisch war. Aber er musste ihre Grenzen ausloten und herausfinden, wie ernst es ihr damit war, sich ihm zu unterwerfen und ob sie fähig war, ihn zu lieben.

Inzwischen hatte sie jedoch sein Herz gerührt. Ihm gefiel diese aufsässige hübsche junge Frau mehr, als er vorhersehen konnte. Die letzten Tage nach seiner Strafaktion waren sehr harmonisch verlaufen und er glaubte fest daran, dass sie eine Chance auf eine romantische Beziehung hatten.

»Was ist, wenn die beiden doch miteinander schlafen?«, fragte Nadine in die Stille hinein.

»Das werden sie nicht, ganz sicher nicht«, erwiderte Leo und hoffte, sich nicht zu irren.

Kapitel 23

Ohne viele Worte hatte Leo seine Sklavin entgegen genommen, zum Taxi geführt und nach Hause gebracht. Sophie hätte gerne noch mit ihrer Freundin gesprochen und sich verabschiedet, traute sich aber nicht darum zu bitten. Sie wartete wie befohlen an der Wohnungstür, während Leo und Laurin einige Worte wechselten, die sie aber nicht verstand.

»Geh in dein Zimmer, zieh dich aus und dann komm ins Wohnzimmer«, befahl Leo knapp.

»Ja Herr.«

Leo hatte sich nicht umgezogen. Er sah immer noch sehr beeindruckend aus und Sophie fühlte bei seinem Anblick ihr Herz dahin schmelzen, obwohl er sie streng ansah.

»Du hast also allen Ernstes geglaubt, ich würde dich als Preis einsetzen?«, fragte er.

»Es tut mir leid, Herr. Aber woher hätte ich denn wissen sollen, dass Sie so ein derbes Spiel mit mir treiben?«, erwiderte Sophie mehr trotzig als einsichtig und hielt seinem Blick stand.

»Wann vertraust du mir endlich?«, fragte er leise, fast ein wenig beleidigt.

Sophie sah zu Boden. Er hatte Recht, wie immer. Sie war seiner nicht würdig.

»Du musst mir vertrauen, bedingungslos. Hast du das noch nicht begriffen? Du bist mein Eigentum. Ich würde dich niemals hergeben, aber ich werde dich auch beschützen und mich um dich sorgen.«

»Ja, Herr«, antwortete Sophie nun leicht zerknirscht und erinnerte sich an Laurins Worte. »Stimmt es, dass …«, sie biss sich auf die Lippen. Eine solch intime und private Frage, wie sie ihr auf der Zunge lag, stand ihr nicht zu.

»Was wolltest du fragen?«

Sie schüttelte den Kopf. »Nichts.«

»Sophie, schau mich an. Du darfst mich alles fragen, vor allem wenn es dazu dient, Vertrauen aufzubauen.« So sanft hatte seine Stimme bisher nur selten geklungen.

Sophie sah ihn an. »Stimmt es, dass Sie lange Zeit alleine waren, bevor Sie mich bei sich aufnahmen?«

Leo zuckte fast unmerklich mit den Augen, dann nickte er.

»Warum? Warum ich? Sie hätten es ablehnen können. Warum haben Sie sich jemanden aufgehalst, der so störrisch und schwierig ist wie ich?«

Einen Moment lang sah er sie nur ernst an, dann räusperte er sich. »Es hat mir imponiert, wie hartnäckig du alle rebellisch gemacht hast, um mich zu finden.« Er lächelte. »Ich habe mich ein wenig über dich erkundigt und das hat genügt, um festzustellen, dass du niemals Ruhe geben würdest, bis du mich gefunden hättest.«

Sophie sank vor ihm auf die Knie, die Hände auf dem Rücken, den Kopf tief gesenkt. »Ich werde nie wieder an Ihnen zweifeln, Herr. Bitte helfen Sie mir, mich vollkommen zu unterwerfen. Bestrafen Sie mich für meinen Stolz und meine Ungläubigkeit.«

Es verging einige Zeit, in der Leo nichts erwiderte. Sophie verharrte in ihrer Position. Er war ihr Herr und es oblag ihm, wann und wie er antworten würde. Erregung erfasste sie, ob seiner Nähe und ihrer Sehnsucht, von ihm Anerkennung zu verdienen.

Seufzend brach er endlich sein Schweigen. »Ich bin mittlerweile nicht mehr davon überzeugt, dass eine Bestrafung das einzige geeignete Mittel ist, dich runterzubringen und zu bändigen.«

»Es ist natürlich alleine Ihre Entscheidung, Herr. Aber wenn ich etwas dazu sagen darf?« Ihre Stimme zitterte in dem Bewusstsein, dass sie sich nur durch diese Frage zuviel herausnahm.

»Du darfst.«

»Ich würde gerne Ihr Zeichen tragen, Herr.«

Leo klang erstaunt. »Du trägst doch bereits mein Zeichen. Das Halsband.«

»Ja, Herr, und ich freue mich jeden Tag aufs Neue darüber, Herr. Aber – ich dachte an etwas von Ewigkeit«, wisperte Sophie. »Und um Ihnen zu beweisen, dass mir viel an Ihnen liegt und dass ich Ihnen sehr wohl vertraue.«

»Okay, klammern wir das mit dem Vertrauen mal für einen Moment aus – dachtest du bei deiner Kennzeichnung an etwas Spezielles?«

Alarmiert überlegte Sophie kurz. Der Gedanke war ihr so neu, so frisch durch den Kopf geschossen, dass sie nicht wusste, wie sie darauf antworten sollte. »Ähm, nein, Herr. Das liegt selbstverständlich in Ihrem Ermessen, ob es ein Piercing, Branding, Tattoo oder etwas anderes ist.«

Leo lachte und Sophie atmete erleichtert auf. Sein Lachen klang so angenehm natürlich, so offen heraus, dass ihr Herz vor Glück fast überlief. Er konnte ihr unmöglich böse sein, weil sie sich falsch verhalten hatte.

»Da bin ich ja beruhigt, auch noch etwas entscheiden zu dürfen.«

Sophie sah zu ihm auf. »Ich – ich wollte wirklich nicht vorlaut …« Auf Leos Zeichen hin senkte sie schnell wieder den Kopf, aber der sekundenkurze Blickkontakt hatte ihr zu Vergewisserung genügt, wie gut gelaunt er war.

»Zu einem späteren Zeitpunkt, wenn ich das Gefühl habe, du vertraust mir wirklich und gibst alles – dann können wir darüber gerne noch einmal reden.« Er räusperte sich und seine Stimme klang auf einmal wieder strenger. »Du weißt, wie eine vorübergehende Kennzeichnung aussieht.«

Sophie zuckte zusammen und ihr Kopf sank noch tiefer, bis ihre Nase den Teppich berührte. Sie hätte ihn nicht so vorlaut darum bitten sollen.

»Ja, Herr«, hauchte sie und fühlte, wie sie von einer neuen Welle heißer Erregung erfasst wurde, während sie weiter zu Boden starrte.

»Sophie, ich werde dich mit dem Rohrstock bestrafen, und zwar wirklich hart«, bestätigte Leo kühl. »Du wirst die Striemen einige Tage mit dir tragen.«

Sophie schluckte krampfartig. Noch härter als beim letzten Mal? Sie verdiente diese Bestrafung und sie brauchte sie, um das Gefühl ihm zu gehören zu verinnerlichen – selbst wenn sie vor Angst ein wenig zitterte. In den letzten Tagen wurde ihr mehr und mehr bewusst, dass sie nicht aufhören wollte. Sie wollte nur ihm gehören und sie wollte sich ihm endlich ganz vertrauen – und Frieden bei ihm finden. Die ewige Jagd nach mehr und mehr Lust wollte sie auf keinen Fall wieder aufnehmen. Wenn es nur nicht so schwierig wäre.

»Aber vorher wirst du mich befriedigen. Öffne meine Hose.«

Nichts würde ihr in diesem Augenblick mehr Vergnügen bereiten. Ihre Hände zitterten ein wenig vor Aufregung. Kaum hatte sie den Reißverschluss geöffnet, da schob sich ihr schon sein stattlich erigiertes Glied entgegen.

»Nimm deine Hände auf den Rücken und mach es nur mit deinem Mund.«

Sie gehorchte, leckte zärtlich über die sensible Spitze und Leo seufzte leise auf. Behutsam stülpte Sophie ihre Lippen über seine Eichel, leckte und saugte, schmatzte, presste ihren Mund um sein Fleisch. Konzentriert darauf, Leo höchste Freude zu bereiten, wurde ihre Angst vor dem, was ihr bevorstand, in den Hintergrund gedrängt und ihr nervöser Puls beruhigte sich. Schon bald zeigten ihre Bemühungen die gewünschte Wirkung. Leo presste ihren Kopf gegen seinen Unterleib, als er kam. Zuckend, stöhnend ergoss er sich in Sophies Mund und sie saugte sanft weiter, bis nichts mehr kam.

Nachdem er sie losgelassen hatte, zog er selbst den Reißverschluss wieder zu und strubbelte ihr kurz durch die Haare. »Du bist eine Meisterin der Zunge, sehr gut. Doch das mildert nicht dein Strafmaß. Bist du bereit?«

»Ja Herr«, antwortete Sophie aus tiefstem Herzen. Sie sehnte sich nach dem Schmerz, der sie weiter runterbringen würde, denn noch immer war da dieser Widerstand tief in ihr drin, den sie endlich überwinden wollte, um sich voll und ganz in ihre Rolle zu fügen.

»Ich lasse dir noch ein wenig Zeit, dich mental vorzubereiten und dich zu entspannen.«

Leo ging zum Kühlschrank, wanderte zwischen Spielzimmer und Wohnraum hin und her, schaltete den Fernseher ein. Sophie blieb in devoter Haltung knien. Wie kam er nur darauf, dass sie sich entspannen würde, im Gegenteil. Mit jeder Sekunde wurde sie ängstlicher in Erwartung des Rohrstocks. Noch nie hatte sie es erlebt, dass eine Strafe angekündigt, aber nicht sofort ausgeführt wurde, abgesehen von dieser Aktion zur vollen Stunde. Es war die reinste Folter, sie ihren Gedanken zu überlassen. Sie wusste, dass er unbarmherzig sein konnte und das schmerzte innerlich fast so sehr wie seine Züchtigung sie schmerzen würde.

Endlich kam er, hieß sie aufstehen und öffnete das Spielzimmer. Weste und Sakko hatte er zwischenzeitlich ausgezogen, die Krawatte abgenommen.

Seit Tagen wartete und hoffte sie nun schon, dass sie in den Genuss eines erotischen Spiels darin kommen würde, doch bisher hatte es nur einer echten Bestrafung beziehungsweise der Aufbewahrung der Züchtigungsinstrumente gedient. Wie lange würde es wohl noch dauern, bis sie gemeinsam darin ein erotisches Spiel genossen?

»Was ist los? Du solltest dich entspannen.«

»Ich bin entspannt, Herr«, erwiderte Sophie zu schnell und erhielt einen herben Schlag für diese Lüge.

»Warum hast du dann eine Gänsehaut und zitterst?«

Leo schlang seine Arme um Sophie und zog sie an seine Brust. Unter dem sanften Streicheln seiner Hände auf ihrem Rücken und der Wärme seines Körpers beruhigte sie sich ein wenig. Wie schön es war, seine Nähe zu spüren und sich geborgen zu fühlen – wäre nicht die Aussicht auf die Züchtigung, die er gewiss mit der angekündigten Intensität durchführen würde.

»Geht's wieder?«

»Ja, Herr. Danke.«

»Gut, dann stell dich jetzt ans Andreaskreuz.«

Sophie gehorchte. Ihre Arme und Beine beschrieben zwei gegrätschte V's. Ihre Beine waren dabei weiter gespreizt, als sie es jemals an diesem Gerät kennengelernt hatte. Leo umgab ihre Gelenke mit gepolsterten Lederfesseln und hängte diese mittels Karabinerhaken an den Ösen des Gestells ein.

Ein leises Stöhnen kam über Sophies Lippen. Ihre Position glich einer vertikalen Streckbank. Dieses absolute Ausgeliefertsein brachte sofort ihre Säfte stärker zum Fließen, Angst her oder hin. Leos erotische Ausstrahlung hat nichts an Kraft eingebüßt.

Er presste eine Hand auf ihre Scham, fuhr mit zwei Fingern zwischen ihren feuchten Schamlippen hindurch und verweilte für einen kurzen Augenblick zärtlich reibend auf ihrer Klitoris.

»Gefällt dir das, Sklavin?«, fragte er leise und starrte sie an.

»Ja, Herr«, keuchte Sophie voller Verlangen. Es war grausam, sich nicht einen Millimeter bewegen zu können und zugleich war es von atemberaubender Erotik.

Leo roch an seinen Fingern, dann lächelte er.

»Eigentlich mag ich es, wenn meine Sklavin jederzeit heiß und bereit ist, mich zu empfangen. Und es wäre ja auch an der Zeit, dich hart und ausgiebig in Besitz zu nehmen.«

Sophie stöhnte laut auf. Allein der Gedanke, er würde einfach nur seine Hose öffnen und seinen Schwanz tief in sie hineinstoßen, steigerte ihre Erregung unerträglich. Aber da sie ihn erst vor kurzem befriedigt hatte, war dies wohl eher unwahrscheinlich.

Leo erstickte ihr Stöhnen, indem er ihren Mund mit seinem verschloss und sie lang und leidenschaftlich küsste.

»Es ist allein deine Schuld, wenn ich noch eine Weile warte. Denn leider bist du ja nur wegen deines eigenen Vergnügens feucht, nicht aber für mich.«

»Das ist nicht wahr«, protestierte Sophie, aber Leo legte einen Finger auf ihre Lippen.

»Still.«

Ihr Körper vibrierte vor Nervosität und Erregung. Sein Kuss war wundervoll gewesen. Sie hatte seine warmen Hände auf ihren Armen genossen und sich gewünscht, er würde ihre Brustwarzen berühren. Es war anders, als er sagte. Sie war nur seinetwegen erregt, aber wie sollte sie ihm das beweisen?

Leo machte sich an einem der Schränke zu schaffen und kehrte mit einem Rohrstock zu Sophie zurück. Weil das Andreaskreuz nicht an der Wand lehnte, sondern zwischen Decke und Boden frei im Raum stehend verankert war, war ihr Körper für ihn von allen Seiten zugänglich. Ihre Vagina zuckte vor Begierde. Vielleicht bestand die Chance, unter Leos Züchtigung zum Höhepunkt zu kommen. Wie viele Tage waren inzwischen ohne Sex vergangen?

Ihre Überlegungen froren an diesem Punkt ein, als Leo einen Finger unter Sophies Kinn legte und sie zwang, ihm in die Augen zu blicken. Sophie schauderte – Leos Miene war undurchdringlich und sie wusste, nichts würde ihn erweichen, kein Flehen, kein Weinen. Er war überaus furchteinflößend, wenn er sie auf diese Weise ansah – und zugleich wahnsinnig beeindruckend und sexy.

»Diese Züchtigung wird hart für dich werden, Sophie.«

»Ich weiß, Herr«, erwiderte sie mit bebenden Lippen.

»Warum bestrafe ich dich?«

»Weil ich an Ihnen gezweifelt habe, Herr.«

Leo nickte. »Während ich dich züchtige, will ich, dass du darüber nachdenkst, dass du mir absolut vertrauen musst. Vertrauen ist der unabdingbare Grundstein für absoluten Gehorsam – und für erotische Befriedigung.«

»Ja, Herr«, erwiderte Sophie ängstlich.

»Es wird hart werden, aber du schaffst das.« Leo streichelte ihr tröstend die Wange. »Du sollst mich respektieren, aber du musst keine Angst vor mir haben.«

Er trat auf Sophies Rückseite und hob den Rohrstock. Er strich damit über ihre Schultern, ihre Arme, den Rücken hinunter und über ihre Schamlippen nach vorne, verweilte dort einen Augenblick und Sophie keuchte, als er mit sanftem Druck hin- und hergeschoben wurde und dabei über ihre Perle rieb.

Dann traf sie der erste Hieb des Rohrstocks auf der rechten Pobacke. Es schmerzte nur wenig. Weitere leichte Schläge auf Po und Oberschenkel folgten, und Sophie genoss die sensible Reaktion ihrer Haut. Dann jedoch wurden die Schläge härter und Sophie wimmerte zum ersten Mal auf. Die Schläge trafen sie mal hier, mal dort, bevorzugt auf ihrem Po, aber auch auf Armen und Beinen.

Einer der Hiebe war so intensiv, dass er mit Sicherheit einen roten Striemen hinterlassen würde und dennoch war diese Züchtigung ganz anders als beim letzten Mal. Glückshormone rasten durch ihre Adern und steigerten den Zustand ihrer Erregung von Minute zu Minute mehr.

»Aua«, wimmerte sie und zerrte an den strengen Fesseln.

Leo setzte ohne Kommentar seine Züchtigung fort. Seine Hiebe folgten schneller und härter, und Sophie schrie bei jedem laut auf. Hatte sie geglaubt, harte Züchtigungen bei ihren Spielen erlebt zu haben, wurde sie auch diesmal eines anderen belehrt. Ihr Herr machte mit seiner Ankündigung absolut ernst. Inzwischen war ihr Po sein bevorzugtes Ziel und fühlte sich heiß und wund an.

»Gnade, Herr, bitte! Ich halte das nicht aus«, schrie sie, so laut sie konnte und eine erste Träne lief über ihr Gesicht.

»Dies geschieht nicht zu deinem Vergnügen, Sklavin, sondern?«, erinnerte Leo fragend.

»Weil, weil …«, Sophie schnappte nach Luft.

»Ich höre?«

»Ich kann nicht denken, es tut zu weh«, keuchte Sophie.

Leos Stimme klang unerbittlich und ließ keine Zweifel aufkommen, dass er nicht aufhören würde, ehe Sophie ihm die gewünschte Antwort lieferte.

»Gehorsam«, stieß sie jaulend hervor.

»Auch. Weiter.«

Sophie versuchte verzweifelt, sich trotz ihres brennenden Hinterns zu konzentrieren. Der Rohrstock lag einsatzbereit auf ihrer Haut.

»Vertrauen, ich muss Ihnen vertrauen, gehorchen, mich respektvoll verhalten, nicht widersprechen«, stieß Sophie in schneller Folge hervor. »Vertrauen, dass Sie wissen, was gut für mich ist.«

Der Rohrstock hob von ihrer Haut ab und sauste schneidend wieder herunter, um einen weiteren Striemen einzubrennen.

»Auaa, Herr, Gnade, oh bitte, ich kann nicht mehr«, wimmerte Sophie mit letzter Kraft. Tränen liefen über ihr Gesicht herunter und wenn die Fesseln sie nicht gehalten hätten, wäre sie mit kraftlosen Knien zusammengebrochen. Der Schmerz war tief, stechend und kompromisslos und sie hätte alles getan, damit er aufhörte.

Auf einmal fühlte sie Leos Hände auf ihrem Gesicht, er wischte ihre Tränen weg, legte seine Wange an ihre und nahm sie in seine Arme. »Es ist vorbei. Ich bin stolz auf dich.« Der weiche Stoff seines Hemdes schmiegte sich an ihre Brüste und wurde von ihrem Schweiß durchtränkt. Nur langsam ebbte der Schmerz ab und ging in eine euphorische Erregung über.

»Danke, Herr«, flüsterte sie in sein Ohr.

»Wofür?«

»Für alles … dafür, dass Sie Geduld mit mir Zeit haben und sich die Zeit nehmen …«

Leo lockerte seine Umarmung, eine Hand glitt an Sophies Seite herab und zwischen ihre Beine, ohne Umschweife zwischen ihre Schamlippen und drang tief in sie ein. Sophie keuchte überrascht und rang nach Luft. Ihr Höhepunkt war näher als je zuvor in den vergangenen Tagen, aber Leo zog seine Finger zurück, vielleicht nur um eine Sekunde zu früh und sie stöhnte enttäuscht auf.

Leo machte sich an etwas in ihrem Rücken zu schaffen und als er wieder in ihr Blickfeld trat, machte sie sich erneut Hoffnung auf einen Orgasmus. Ein besonders praller und langer Dildo lag in seiner Hand.

»Willst du?«, fragte Leo amüsiert.

»Darf ich? Oh Gott, Herr, ich sterbe für einen Orgasmus«, wimmerte sie entzückt.

Er ging vor ihr in die Hocke, spreizte mit einer Hand ihre Schamlippen und schob den Dildo mit einem Ruck in sie hinein.

Sophie jaulte erschrocken auf. »Oh nein, Scheiße!«

»Eiswasser«, kommentierte Leo mit teuflischem Grinsen.

Es hatte nicht weh getan, aber diese Überraschung war verdammt kalt. Ein harter Klaps auf ihren Po erinnerte sie daran, dass seit ihrer Züchtigung erst wenige Minuten vergangen waren. Schlag um Schlag auf ihre Haut, die sofort wieder in Flammen stand, wechselte mit einem gefühlvollen langsamen Hinein und Heraus des Dildos. Als wüsste Leo genau den Moment, an dem ihr Orgasmus platzen würde, hörte er immer kurz davor auf, ließ den Dildo in ihrer Vagina verharren und Sophie wimmerte vor Qual.

»Bitte, Herr, bitte lassen Sie mich kommen«, flehte sie.

»Es gefällt dir, so absolut meiner Gnade ausgeliefert zu sein, nicht wahr?«

»Ja, Herr.« Damit hatte er absolut recht. Sie zerschmolz vor Lust.

Leo legte den Dildo beiseite, umfasste mit seinen Händen Sophies Brüste, stimulierte zärtlich ihre Brustwarze und nahm die andere in seinen Mund.

Es war wie ein Stromschlag. Sophies Nippel waren vor Erregung so hart und sensibel, so sehr nach Berührung lechzend, dass es unerträglich schön war, von dem Mund ihres Herrn gesaugt zu werden. Ihr Schoss erholte und erwärmte sich langsam wieder und ihr Lustsaft floss stärker.

Aber Leo hatte wohl nicht die Absicht, sie länger als nötig zu verwöhnen. Er zog sich zurück, gerade als es richtig schön und aufregend war, und hielt auf einmal eine Schüssel mit Eiswürfeln in der Hand. Sein Grinsen war diabolisch.

»Wenn es dir gelingt, diese Eiswürfel länger als eine Minute in deiner Muschi festzuhalten, darfst du kommen.«

Sophie biss sich auf die Lippen. Seine sadistische Fantasie war vermutlich unerschöpflich. Dagegen zu protestieren war in ihrer Situation völlig überflüssig.

Er kniete vor ihr nieder, schnupperte an ihrem Schoß. »Ich hoffe für dich, dass du in diesem Moment geil bist, um für deinen Herrn bereit zu sein und nicht, weil du einen Orgasmus willst.« Ohne ihre Antwort abzuwarten nahm er einen Eiswürfel und schob ihn ihr tief hinein. »Das dürfte dich fürs Erste ein bisschen runterbringen.«

»Aaaah, ist das kalt!« Sie schnappte nach Luft und zerrte impulsiv an den Fesseln, denn alles in ihr verkrampfte sich unter der schockierenden Kälte ihrem Inneren.

»Festhalten«, befahl Leo und Sophie schloss ihre Augen, ballte ihre Hände zu Fäusten, als würde ihr das dabei helfen, ihre Vaginalmuskeln so fest wie möglich zusammenzupressen.

Aber Leo machte es ihr noch schwerer. Mit einem zweiten Eiswürfel strich er über ihre Perle und Sophie jaulte auf.

»Auuu, ahhh!«

Er kühlte ihre Schamlippen, bis sie fast kein Gefühl mehr darin hatte, dann schob er ihr den Rest dieses Eiswürfels ebenfalls hinein.

»So, ich stelle die Uhr. Eine Minute.«

Am liebsten hätte sie ihn korrigiert, dass bereits mehr als eine Minute vergangen war, aber sie hatte Angst, wenn sie sich zum Reden verführen ließe, könnte sie die Spannung nicht halten. Die Kälte auf ihren Brustwarzen zwang sie dazu, ihre Augen zu öffnen. Keuchend bemühte sie sich, die Eiswürfel in ihrer Vagina einzuschließen. Grinsend umrundete Leo mit dem Eis ihre Nippel, die sich ihm steil entgegen reckten. Er ließ keine Möglichkeit aus, sie aus dem Konzept zu bringen, verteilte die Kälte auf ihrem Hals, zwischen ihren Brüsten hinab zum Bauchnabel, auf der Innenseite ihrer Schenkel.

Sophie wimmerte. Wann war endlich dieser verdammte Eiswürfel in ihr geschmolzen?

Ein vibrierendes Brummen ließ sie aufhorchen. Leo hielt auf einmal eine andere Art Vibrator in der Hand, einen sogenannten Zauberstab, der einen großen kugelförmigen Kopf hatte, und näherte sich damit ihrem Schoß.

Er presste ihn auf ihre Schamlippen und insbesondere auf ihre Klitoris. Sophie jauchzte vor Lust. Die Vibrationen waren intensiver als Leos Finger und reizten sie so sehr, dass sie sich lachend in ihren Fesseln wand, ständig nah an einem Höhepunkt, aber in der Gefahr, seinen Befehl nicht ausführen und das Eis nicht halten zu können.

»Nein«, keuchte sie. »Haha, aufhören, das ist unfair!« Der Raum um sie herum verengte sich, die Wände kamen auf sie zu und nahmen ihr die Luft zum Atmen. Er war verrückt, und er machte sie verrückt.

Leo wählte eine höhere Stufe und das Kribbeln wurde noch stärker. Sophie verlor die letzten Reste ihrer Kontrolle. Sie lachte, schrie und quietschte im Wechsel, Schweiß brach ihr aus und – sie verlor den nur wenig geschrumpften Eiswürfel. Mit einem Klack fiel er auf den Fußboden unter ihr.

»Tsts, na so was. Du hast ihn verloren«, stellte Leo mit ernster Miene fest. Im selben Moment klingelte die Eieruhr, die er gestellt hatte.

Sophie war fertig mit den Nerven und ihrer Kraft. Sie hatte so sehr Lachen und Schreien müssen, dass ihr schwindlig war. Es war ihr sogar ein wenig egal, ob er ihr trotzdem den ersehnten Höhepunkt zugestehen oder sie bestrafen würde.

Leo stand vor ihr, sah auf sie herab. Erst als er seine samtweiche Eichel zwischen ihre Schamlippen bettete und sich an ihr rieb, durchzuckte sie die Erkenntnis, dass er seine Hose geöffnet hatte, erregt war und in sie eindringen würde, und da wollte sie nichts mehr, als genau in dieser hilflosen Position genommen zu werden. Jedoch wäre Leo kein wahrer Dominus gewesen, wenn er Eile gezeigt hätte. Er rieb seinen Penis genussvoll in Sophies Spalte hin und her.

»Willst du, dass ich dich nehme, Sklavin?«, fragte er leise.

»Oh ja, Herr«, bettelte Sophie.

»Findest du, du hast es dir verdient, zu kommen?«

»Nein, Herr. Es wäre ein Beweis Ihrer Gnade«, wimmerte Sophie hoffnungsvoll und über sich selbst überrascht, wie es ihr in diesem Moment höchster Erregung gelang, die passenden, unterwürfigen Worte zu formulieren.

Leo lachte amüsiert auf. »Du entwickelst rhetorische Stärken, Sklavin.« Er schob seinen Schwanz so unendlich langsam in sie hinein, tief, bis zum Anschlag, dass es eine höchst erregende Qual war.

Sophie kam nicht dazu, nach Luft zu schnappen. Leo überwältigte sie mit einem intensiven Kuss. Dann presste er ihren Oberkörper mit einer Hand an seine Brust, hielt mit der anderen ihren Po, und begann sie in einem langsamen und gefühlvollen Rhythmus zu penetrieren. Bereits bei seinem zweiten Stoß wurde Sophie von einer Welle höchster Erregung überflutet. Sie schrie vor Lust in seinen Mund.

Leo hielt kurz inne, dann fuhr er fort, in kürzeren Stößen, tief in ihr drin und es fühlte sich an, als ob sein Schwanz noch mehr erigierte, noch mehr ihre Vagina ausfüllte.

»Das tut so verdammt gut, Herr«, stieß sie keuchend vor Lust hervor, als sie ein weiterer Höhepunkt überrollte. Nichts war mehr wichtig. Nichts existierte um sie herum. Es gab nur ihn und sie und diesen fantastisch köstlichen Augenblick.

Leo gönnte ihr diesmal keine Pause. Sein Tempo erhöhte sich, er stieß seinen Penis nun in harten schnellen Stößen in sie hinein, und Sophies Kopf klinkte sich völlig aus. Sie war nur noch Körper, nur noch prickelndes Verlangen. Als Leo laut aufbrüllend ejakulierte, schrie sie ein letztes Mal in einem gewaltigen Höhepunkt auf.

Leo wartete einige Minuten, küsste und streichelte Sophie, bis sie sich beruhigt und ein wenig erholt hatte. Dann erst löste er die Fesseln.

»Ist alles gut, meine Kleine?«, fragte er zärtlich.

»Ja, Herr.«

Kleine hatte noch niemand zu ihr gesagt und so viel kleiner als er war sie überhaupt nicht – und erst recht, wenn sie Highheels trug. Aber als Bekundung seiner Zuneigung oder Besorgnis konnte sie das gut akzeptieren.

»Geh unter die Dusche und dann wärm mir mein Bett vor.«

Sophie sah verwirrt zu ihm auf. Wärmflasche, Heizdecke oder …?

Leo gab ihrer Nase lächelnd einen Stups. »Du hast schon richtig verstanden.«

Sophie beeilte sich, ehe er es sich vielleicht anders überlegte. Kaum war sie unter seine Bettdecke geschlüpft, hörte sie, wie das Wasser der Dusche rauschte. Kurz darauf kam Leo und bedeutete ihr, ein wenig auf die Seite zu rutschen.

Sie durfte also tatsächlich in seinem Bett liegen, bei ihm … sie wagte vor Glück fast nicht zu atmen.

Leo legte einen Arm um sie und sie kuschelte sich an ihn.

»Herr, darf ich Sie etwas fragen?«

»Ja, frag.«

»Warum tun Sie sich das an, mich zu Ihrer Sklavin zu erziehen?«

»Ich dachte, das hätten wir schon geklärt? Gegenfrage: was ist deine Aufgabe?«

»Ihnen zu dienen und Sie glücklich zu machen, Herr.«

»Richtig. Und welche Aufgabe habe ich?«

Diesmal überlegte Sophie einen Moment. »Mich zu einer guten Sklavin zu erziehen?«, erwiderte sie zaghaft.

»Richtig. Hast du als Sklavin ein Recht darauf, in deiner Rolle glücklich zu sein?«

Verdutzt zog sie die Augenbrauen hoch. »Äh, ich – ich weiß nicht.«

Leo blieb ihr die Aufklärung schuldig. »Nun, ist es nicht so, dass du niemals aufgegeben hättest, nach einem Herrn zu suchen, der dominant genug für dich ist? Ich wollte verhindern, dass du dich dabei ins Unglück stürzt.«

»Ich kann auf mich alleine aufpassen«, erwiderte Sophie ein wenig trotzig.

Leo lachte. »Ja klar, das sieht man. Hast du dir nie Gedanken gemacht, als du meinen Bedingungen zugestimmt hast, dass du an einen grausamen, perversen Kerl geraten könntest, der dich windelweich prügelt, oder dich drogenabhängig macht, oder in Wirklichkeit ein Zuhälter ist und dich anschaffen schickt?«

Sophie zuckte zusammen. »Doch, habe ich«, gab sie kleinlaut zu.

»Wärst du in einer solchen Situation glücklich gewesen?«

»Nein, natürlich nicht.«

»Und? Warum hast du dann trotzdem allem zugestimmt?«

Sophie zog fröstelnd die Schultern hoch, als wüsste sie es nicht. Leo nahm die Decke und steckte sie hinter ihrer Schulter fest.

»Du kleine Schauspielerin, du würdest niemals zugeben, wenn du einen Fehler begehst, nicht wahr? Dein verbohrter Stolz lässt das nicht zu.«

»Aber – das hört sich ja an, als wären Sie der barmherzige Samariter und hätten sich nur deshalb entschieden mich anzunehmen, um mich zu retten?«, wisperte Sophie ungläubig und ein wenig spöttisch.

»Fast. Ganz so ist es nicht. Ich hatte genügend Zeit, Erkundigungen einzuziehen und dich zu beobachten.«

»Beobachten?«, echote Sophie alarmiert. So etwas Ähnliches hatte er schon einmal angedeutet, aber sie hatte sich nicht getraut, dies zu hinterfragen. »Und was haben Sie dabei herausgefunden?«

Sie hörte aus seiner Stimme heraus, dass er lächelte. »Dass du schön bist, ehrgeizig, hartnäckig, aber auch innerlich verletzlich, außerdem dickköpfig, wenn es nicht so klappt, wie du dir das einbildest.«

»Klingt ziemlich negativ, Herr. Ich verstehe immer noch nicht, warum Sie entschieden haben, sich das antun.«

»Weil ich auch einen Dickschädel habe und weil du mir gefällst. Scheinbar unlösbare Aufgaben haben mich bisher ebenso wenig wie dich abgehalten, sie anzugehen und zu knacken.«

Er stützte sich auf seinem Arm auf und musterte aufmerksam ihr Gesicht. Sie fühlte sich, als wäre es sein Finger, nicht seine Augen, die jedes Detail nachfuhren, ihre Wangen, ihren Mund. Ihre Haut kribbelte und ihr wurde heiß. Er brauchte sie nur anzusehen und sie hatte das Gefühl, sie wäre gefesselt und könne sich nicht einen Millimeter rühren. Hatte sie jemals den Gedanken gehabt, aufzugeben und bei der nächsten, sich bietenden Gelegenheit abzuhauen? Absurd. Leo war besser als das, was sie sich als Dom gewünscht hatte.

Kapitel 24

Die nächsten Tage vergingen wie im Flug. Sophie strich auf Geheiß ihres Herrn jeden Tag abends auf einem Kalender durch. Noch stand Erziehung als Hauptbeschäftigung im Programm. Doch hatte dieses Thema einiges von seinem Schrecken verloren.

Zu Anfang stand auf dem Kalender für das letzte Wochenende eine Party. Mittlerweile hatte Leo jedoch beschlossen, diese um einige Wochen zu verschieben. Sophie hatte ihn fragend angesehen und Leo hatte erklärt, diese Party würde einerseits dazu dienen, sie in seinen engeren Freundeskreis einzuführen, der nicht nur aus den Personen bestehe, die sie am Pokerabend flüchtig kennengelernt habe. Andererseits erwäge er zu diesem Anlass, sie zu kennzeichnen. Mehr hatte er ihr nicht gesagt und sie platzte fast vor Neugierde, was sich für kurze Zeit in erneutem Ungehorsam niederschlug.

Es kam der Tag, an dem sie beide wieder arbeiten gehen würden. Sophie fühlte sich wie ein Füllen, das nach langer Zeit im Stall endlich wieder ins Freie darf und ausgelassen herumspringen will. Sie trat aus der Tür, schaute sich um. Wie konnte man sich nach nur zwei Wochen Leben in der Wohnung so sehr von der Stadt entfremdet fühlen. Einerseits sehnte sie sich nach ihrem Job, der Abwechslung, einem Stück Normalität. Andererseits wusste sie, dass sie den ganzen Tag kaum würde erwarten können, wieder heimzukehren.

Heim. Ja, bei Leo war ihr neues Zuhause, auch wenn der Weg zu einer perfekten Partnerschaft noch weit war. Auch wenn sie noch hart an sich arbeiten musste. Sie war angekommen.

Einmal tief durchatmen. Igitt. Es war ihr noch nie aufgefallen, dass die Stadt nach Abgasen stank. Sie rümpfte die Nase.

»Was ist?«, fragte Leo, der gemeinsam mit ihr hinausgegangen war.

»Bei Ihnen riecht es viel besser als hier draußen. Danke für alles und bis heute Abend.«

Sie hauchte ihm einen Kuss auf die Lippen, dann drehte sie sich um und eilte zur Straßenbahnhaltestelle. Wie hatte sie nur jemals glauben können, eine falsche Entscheidung getroffen zu haben? Nadine und Laurin hatten für ihre Vermittlung ein Geschenk verdient. Leo war der Mann ihres Lebens. Etwas Besseres hätte ihr gar nicht passieren können.

Kaum war sie außerhalb seiner Reichweite, holte sie ihr Handy aus der Handtasche, das er ihr an diesem Morgen zurückgegeben hatte.

»Nadine? Oh Gott, Nadine. Ich platze vor Glück. Hast du heute Mittag Zeit? Ich muss dir soviel erzählen …«

Epilog

Heute Abend jährte sich ihr Vertrag. Aus diesem Anlass hatte Leo soeben zwei Gläser mit Prosecco gefüllt und mit ihr angestoßen. Aber seine Ansprache war alles andere als feierlich und beglückend gewesen. Er wollte ihr die Freiheit zurückgeben. Sophie brauchte einige Sekunden, um den Inhalt seiner Worte zu begreifen.

»Ich verstehe nicht, Herr«, erwiderte Sophie verwirrt und tastete nach ihrem Halsband, das inzwischen zu ihr gehörte wie ihre Haare. »Wollen Sie mich nicht mehr? Habe ich mich als Sklavin nicht würdig erwiesen, Ihnen zu dienen?«

In den vergangenen Monaten war sie überzeugt gewesen, dass er mit ihr zufrieden und auch glücklich wäre. Er war streng und liebevoll, und das Leben mit ihm war aufregend, aber von einem Gefühl der Sicherheit und Geborgenheit bestimmt. Es stimmte sie traurig, dass dies möglicherweise eine Fehleinschätzung gewesen war. Ein dicker Kloß bildete sich in ihrem Hals und ein noch größerer in ihrer Brust.

»Doch, hast du. Du hast alles gelernt, was ich von dir erwarte.«

Sophie zog fragend die Augenbrauen hoch. »Aber?« Bei seinem Anblick summte es in ihrem Unterleib vor Lust.

»Kein Aber. Ich schenke dir deine Freiheit zurück, wenn du sie haben möchtest.«

Sophie verstand kein Wort. Freiheit? Sie würde niemals mehr so frei sein, wie sie einst gewesen war. Ihr Herz, ihre Seele, ihr Körper waren an Leo gebunden. Selbst wenn sie nicht in seiner Nähe war. Gerade dann – denn sie fühlte eine tiefe Sehnsucht, ihm möglichst bald wieder ganz nah zu sein, in jeglicher Hinsicht, mit allen Konsequenzen. Ohne ihn war sie nur ein halber Mensch.

»Sind Sie nicht glücklich mit mir?«, fragte sie zaghaft. Sie würde alles tun, das zu ändern. Um ihr Herz legte sich ein Ring der Angst, er könnte verneinen.

Aber sein Lächeln war die Antwort auf ihre Frage und sogar eine deutlichere Antwort, als seine Worte. »Doch, sogar sehr.«

Sophie schüttelte verwirrt den Kopf. »Dann verstehe ich das nicht. Warum wollen Sie mich wieder loswerden? Ist es Ihnen zu anstrengend?«

»Nein.« Leo streichelte ihr zärtlich über die Haare. »Du Schäfchen. Kannst du es dir denn nicht denken? Ich bin zwar dein Herr, dennoch hast du gewisse Macht über mich. Sinnliche, lustvolle Macht, allein schon, wenn du mich mit deinen strahlend blauen Augen anschaust, und dazu bist du intelligent und schön.« Er seufzte. »Ich würde dich sehr, sehr vermissen. Niemand könnte dieses Loch ausfüllen.«

Sophies Herz machte einen Sprung. »Warum lassen wir nicht alles so, wie es ist?«

In Leos Lächeln lag seine ganze Wärme, seine Zuneigung, aber auch seine Dominanz. Nirgendwo anders wollte sie in dieser Sekunde sein. Ihre Endorphine verteilten sich wie aus einer Fontäne in Sekundenschnelle in ihren Adern.

»Ich will Sie nicht verlassen Herr, ich will nicht gehen! Bitte, darf ich bleiben?«

Leo sah sie einen Moment lang nur an und sie befürchtete schon das Schlimmste, als er endlich seufzte. »Ja. Wenn du das von ganzem Herzen möchtest. Meine nervige, ungezogene, zickige, anstrengende und zugleich fantasievolle, sinnliche, devote, masochistische, dauergeile Sklavin – ja. Nichts würde mich glücklicher machen. Ich liebe dich.«

Sophies Erleichterung bahnte sich ihren Weg durch ein glucksendes fröhliches Lachen. Oh ja, er liebt mich, jubelte ihr Herz. »Warum – warum dann dieses Theater?«, flüsterte sie.

»Weil ich möchte, dass du ohne Zwang bleibst, nicht wegen des Vertrages, zu dem ich dich genötigt habe, sondern aus freien Stücken. Und ich dachte, wenn du willst, könntest du mich ab sofort duzen und ich würde dir erlauben, mich Leo zu nennen.«

»Meine Güte, haben Sie mir einen Schrecken eingejagt«, schnaubte Sophie und ballte für einige Sekunden die Hände zu Fäusten. »Ich will bleiben, weil ...« Sie holte tief Luft. Sollte sie es wagen? »Weil ich Sie – weil ich dich liebe, Leo, du verflucht raffinierter Dom.« Sie legte ihre Arme um seinen Hals und küsste ihn voller Leidenschaft.

Das war der eigentliche Zauber der Liebe. Sie hatte nach Sex und Dominanz gesucht, aber sie hatte viel mehr gefunden, etwas ganz einzigartiges: die Liebe ihres Lebens.

In dieser einzigartigen Kombination von Liebe und Sex, von Geben und Nehmen, von völliger gegenseitiger Hingabe, geriet alles um sie herum in Vergessenheit und sie waren zu zweit nur noch Eins. Es gab nichts, absolut gar nichts, was bedeutender oder wunderbarer hätte sein können. Nichts konnte sie mehr trennen. Das Leben war wunderbar.

Inhalt

Antje Ippensen
Fesselndes Geheimnis

Auf der Suche nach ihrem verschwundenen Vater gerät die junge Christine in ein Spiel um Dominanz und Vertrauen – und auf die Spur von Geheimnissen, die ebenso fesselnd wie mörderisch sind.

Auf den Spuren ihres verschwundenen Vaters stößt die junge Christine auf den schillernden Club »La Belle Folie«, in dem hemmungslose Lustspiele veranstaltet werden. Fasziniert beschließt sie dem geheimen Doppelleben ihres Vaters auf den Grund zu gehen.

Doch kann sie dem undurchsichtigen Vincent, der ihr Aufnahme in dem Club verschafft, trauen?

Schon bald findet Christine erste Anzeichen für eine Verbindung zwischen ihm und ihrem Vater. Und es stellt sich heraus, dass Vincents Hilfe nicht von ungefähr kommt.

Um die Wahrheit zu erfahren, muss sich Christine auf ein sinnliches Spiel von Dominanz und Unterwerfung einlassen, das sie immer tiefer an den fesselnden Sog der Lust fesselt …

Ein romantischer BDSM Thriller.

Taschenbuch, ca. 204 Seiten · ISBN: 978-9-942602-03-7

ELYSION

www.elysion-books.com

Jennifer Schreiner

Zwillingsblut

In einem Jahrhunderte währenden Kampf um Legenden und Leidenschaften setzt er seinen letzten Trumpf.

218 Seiten · € 12,90
ISBN 978-3-942602-04-4

Als Sofia in einem verschlossenen Sarg erwacht, wird ihr schnell klar, dass sie Mittelpunkt eines makaberen Spieles ist, welches ein Vampir für die attraktive junge Frau inszeniert hat.

Hineingeboren in eine Vampirgesellschaft, in der die übermächtige Vampirkönigin andere weibliche Vampire verbietet und in der Männer unbegrenzte Macht über Frauen haben, wird Sofia rasch als Bedrohung betrachtet. Während die Königin Sofia von ihren »Schatten« durch die ganze Welt hetzen lässt, buhlen der gefährliche Callboy Xylos, der undurchsichtige Joel und der sinnliche Edward um die Gunst der Vampirin.

Doch erst als die »Schatten« Sofia in die Enge getrieben haben, begreift sie den Plan ihres Schöpfers und muss sich entscheiden, welchem der drei Männer sie ihre Seele anvertraut.

www.elysion-books.com